ゲームセットにはまだ早い

須賀しのぶ

幻冬舎

ゲームセットにはまだ早い

装幀　大久保伸子
装画　きたざわけんじ

目　次

第一章　夢の賞味期限

1

「今日のワースト星座は、残念ながら乙女座のあなた！　思いもかけないトラブルに巻き込まれてガッカリしそう」

高階（たかしな）は箸を止めた。

いつもなら、朝の民放などＢＧＭがわりだ。寮の食堂のテレビはついているが、朝練と始業時間の間は短く、野球部員は凄まじい勢いで朝食をかっこまざるをえないので、テレビに気を払う者はほとんどいない。よくて天気予報を気にするぐらいだ。

しかし今日は、春キャンプ初日。場所も川崎の寮ではなく四国のホテルで食堂も多少はのんびりとした空気が漂っているせいか、妙に芝居がかった女子アナの声が耳に入ってしまった。

「なんだ圭、おまえ乙女座か？　似合わんなぁ」

正面に座っていた同期の木村が、にやけ顔で言った。捕手というポジション柄だからかどうか知らないが、やたらとめざとい。

「突然のアクシデントに気をつけろだってさ。怪我気をつけろよ」

「洒落（しゃれ）にならないからやめろ」

「うそ、マジで気にしてんの」

「大学四年の時にも、朝の番組で同じこと言われたんだよ。で、その日、紅白戦で大ケガして、それきっかけでスランプに落ちてドラフト漏れた。験（げん）が悪（わり）ぃの」

「あーそりゃキツいな」

そうとも、キツかった。むちゃくちゃキツかった。高階は、こみあげる怒りをやり過ごすために、ことさら音をたててたくあんを嚙みしめた。

東都リーグの名門・東城大学で二年秋からレギュラーで四番。大学球界でも屈指のスラッガーともてはやされ、エースの橋本とともにプロ入りは確実と言われていた。それが春の紅白戦でその橋本から死球を受けて負傷、春のリーグ戦の前半を棒に振った。レギュラーに復活してからも以前のような活躍はできず、焦りで無茶な練習を重ね腰まで故障した。必ずプロ指名するからと約束していた球団からも、ドラフト会議当日に指名はなく、秋の神宮大会もボロボロだった。

それでも社会人野球の古豪・佐久間運輸の野球部入部が決まり、この三年、がむしゃらにやってきた。なによりもまず、ケガをしないよう細心の注意を払ってきたのだ。

「怪我なんて間抜けなことするか。じゃ、お先」

残りのご飯を味噌汁とともに流し込むと、高階は席を立った。星占いは終わってペットコーナーに入っていたが、テレビから流れる女子アナの声を聞くだけで腹が立つ。占いなんぞまるで信じてはいないが、運勢最悪と明言されれば、ちょっとは気になるものだ。だいたいなんでそんな不愉快なもんを朝のテレビでやるんだよ、もう二度とあの局は見ねえ、と半ば八つ当たりに近いことを考えながら、高階はさっさと歯を磨き、支度を済ませてグラウンドに出た。

穏やかな瀬戸内の海に面したこの土地は、同じく海に面した川崎よりも、ずっと気候が安定していた。とはいえ二月の曇天とくれば、ジャージ姿で吹きさらしのグラウンドに立っているのは堪える。体を暖めるために軽く走っているうちに、気分は落ち着いてきた。仲間と笑いながらストレッチをしているうちに、朝の些細な一件などすぐに頭から抜け落ちる。

キャンプ初日、いよいよ今日から佐久間運輸野球部の一年は始まる。ここ数年、社会人野球最大の大会・都市対抗では毎度いいところまでいくものの、優勝には手が届かない。選手一同、今年こそはという思いは強かった。なかなかスタメンに入れない高階も、今年は冬の間しっかり体をつくってきたし、このキャンプでベストの状態にもっていくつもりだった。

しかし、災害は、いつも予想外の方向からやってくる。

「廃部？」

素っ頓狂な声は、誰のものだっただろう。ひとつではなかったから、声の主はわからない。高階自身も、声を出していたかもしれない。自分でもよくわからないぐらい、驚いていた。

「そうだ。先日の会議で、男子バレーボール部、そして硬式野球部の廃部が決まった」

居並ぶ選手の前で、監督が一言一句同じ言葉を繰り返す。普段から、だいぶメタボがすすんでる体型と皺（しわ）だらけの顔で、実年齢より十は上に見えるが、くすんだ顔色とどんよりとした目つきのせいで、今日はさらに十歳上乗せして見えた。

「本社の業績についてはみんなもよく知っているだろう。運動部なんぞに割いてる予算はないということだ。ここ数年で、他社の名門野球部がずいぶん潰れた。とうとう、うちの番というわけだ」

「ですが監督」

主将の森口が、青ざめた顔で声をあげる。二十八歳の彼は、何があっても動じないことで信頼を集めていたが、さすがに今日は目が泳いでいた。

「去年だって都市対抗ベスト４入りしましたし、毎年本選でも好成績を残しています。こう言ってはなんですが、バレー部よりもよほど――」

「日産は都市対抗で優勝したが、それでも廃部は覆らなかった」

しん、とあたりが静まりかえる。周囲の気温が、一気に五度ほど下がったような気がした。

『アンラッキーは乙女座のあなた！　思いがけないトラブルに――』

高階の耳の奥で、あの女子アナの声が甦る。おい、まさか。冗談だろう。一度ならず二度までも？

高階は茫然と、耳に手を当てた。

「今日はキャンプ初日なんですよ！」

「初日だからこそだ。俺だってこんな話をしたくない」

監督は苦虫を嚙み潰したような顔で言った。

「部長も、ぎりぎりまで本当に頑張ってくれたんだ。だが一昨日、役員会議で正式に決定された。活動は今年度いっぱいだそうだ」

「成績次第で延期ということは……」

「ない」

きっぱりとした否定の言葉に、森口の顔は青を通り越して土気色になった。

「今季が最後だ。だからこそ、がむしゃらにやろう。同時に、今後のこともそれぞれ考えてもらわなければならない。移籍先についてはこちらもできるかぎりのことはするが、あくまで動くのは個人だ。全ては今年の成績次第。全てを出し切るつもりで、頑張ってほしい」

監督はひとりひとりを見渡し、一度言葉を切った。

「また、野球部が廃部になっても、移籍しないかぎり君たちが社員であることに変わりはない。そこは、会社も保証してくれた。これを機に、ユニフォームを脱ぎ、社業に打ち込むという道もある。言いたいことは各自あるだろうが、会社の決定は覆らない。気持ちを切り替えて、今年一年集中し、佐久間史上最高のプレーをして、有終の美を飾ろう。それが、君たちの未来のためでもある」

はい、といつものように大きな返事があがったものの、明らかに空元気だった。その日の練習はみな上の空で、監督やコーチの怒声も迫力に欠けていた。

「ありえねーわ。業績上向いてたはずだろ。こんなん詐欺だろ」

長い一日が終わり、部屋に引き揚げるなり、同室の木村がベッドに大の字になった。大きな体を受け止めたスプリングが悲鳴をあげる。高階もベッドに八つ当たりしたい気分だったが、ひとまず乱暴に腰を下ろすにとどめた。

「二年前に結構でかい人員整理あったよな。あれ乗り切ったから、正直、当分は安泰だと思ってた。参ったな」

ここ数年、すさまじい勢いで企業チームが姿を消してはいる。名門だろうがなんだろうが関係ない。スポーツ選手が企業の広告塔となり、社員の団結を促すような時代はとっくの昔に終わったし、これだけ不況が続けば、億以上の予算がかかる部が潰されるのも無理はなかった。

うちもいつ潰れるかわかんないよな、とはみな冗談まじりで言ってはいたが、本気でそうなると思っていた者はいなかっただろう。二年前に社長が代わった際に大幅な人員整理があり、廃部の噂も出た。高階や木村は入部してすぐのことだったため戦々恐々としていたが、結局廃部となったのは、ろくな成績を出していないバスケットボール部だけだった。

自分たちは都市対抗の常連で、優勝経験もある。毎年、社員たちも熱心に応援してくれるし、やはり廃部なんてされるはずがなかったと、みな胸を撫で下ろしたものだった。

以来、不穏な噂は一度も聞かなかった。それがいきなり、シーズンの最初にこれだ。狐に抓まれたような、とはこういう気持ちを言うのだろうか。

「まあ、もう腹くくるしかないよな。監督が言うとおり、将来のために、今年一年死ぬ気でやらんと」

「切り替え早いな。よそに引き抜かれる自信あんのか」

いっそせいせいしたとでも言いたげな木村の顔を、高階は意外な思いで見た。

木村は、学生のころからの知り合いだ。リーグは違ったが、全日本選抜ではチームメイトになったこともある。捕手として入ってきた木村は、ベテランの正捕手・大吹という巨大な壁を前に常に苦しんできたが、その大吹も三十路だし、そろそろ世代交代の時期でもある。木村の他に捕手はもうひとりいるが、今年こそはレギュラーを奪いとると、キャンプ前から意気込んでいた。

「まさか。そんなの主力だけだろ。俺なんてそもそも試合にろくに出てないのに、他のチームの目にとまるわけがない。でもこうなった以上、仕方ないしさ。今年、一試合でも多くマスクかぶってアピールできるよう頑張るけど、今から就職活動も頑張らないとやばいだろ。切り替えていかないと」

「大吹さんはどうするかね。浦沢商事が捕手ほしがってたような気がするが」

「そりゃああの人は迷うまでもないだろ」

「やっぱ声かかってんのか」

木村は笑って手を振った。

「ちがうって。あの人とかトシ食ったベテランは、もう潔く引退して社業に戻るだろ。そういう意味で、迷うまでもないって言ったの」

ああ、と高階は気の抜けた声を出した。木村はよく、さらりと残酷なことを言う。そして、それはたいてい正しい。

「そういう点では、うちはまだ恵まれてるほうだよな。部員、みんな正社員だもん。野球部なくなっても食っていける」

「……まあな」

高階がドラフトから漏れて企業を探した時には、いくつも手をあげてくれたが、その中で佐久間に決めた理由は、いくつかある。

まず、知名度。佐久間運輸野球部は創部六十年、都市対抗優勝経験もある名門だ。プロも多く輩出している。

高階は大学時にドラフトに漏れて、社会人野球にやって来た。社会人野球に進んだ大卒の選手は、二年はドラフト指名を受けられない。その二年の間に成長し、それこそ自分の力で優勝旗である黒獅子旗をとって、今度こそ万全の態勢でドラフトに臨みたいという願いがあった。

第二に、佐久間運輸が川崎にあること。佐久間以外の企業からもいくつか誘いはあったものの、首都圏で生まれ育った高階は関東から離れたくはなかった。

そして最後の理由が、佐久間野球部は正社員採用であるという点だった。

最近は、野球部員を契約社員として採用する企業が増えている。その場合、野球部から退部、もしくは野球部そのものが廃部となった時には、部員は即座に首を切られるのだ。

しかし佐久間運輸は、部を退いた者をそのまま受け入れている。むろん何年もここにとどまるつもりはなかったが、万が一のことを考えれば、やはり正社員のほうがいい。

とはいえ、まさかその「万が一」がこんな形で降ってくるとは、思わなかった。

「で、高階はどうなん。どっかアテあんの」

「ないよ」

「またまた。ドラフト候補だったろ。俺らとは違うだろうが。声かけられたら、ついでに俺もなんとかして」

「関係ないって。社会人に来てから、全然活躍してないんだし」

高階は苦笑するしかなかった。

ドラフト解禁となる二年の間に、いっそう成長を。そんな青写真は早々に消えた。一年目はほとんどリハビリで消え、二年目に今年こそはと意気込んだものの、さすがに名門の層は厚くレギュラーの座は遠かった。社会人野球のシーズンの始まりを告げるスポニチ大会や、地方のＪＡＢＡ大会には出してもらえるものの、初夏の都市対抗予選ともなると、なかなか出番がない。俊足であれば代走で使ってもらえただろうし、守備がうまければ守備固めという道もあっただろう。打開策もないままシーズンが代わり、次のキャンプでは飛ばしすぎてまた故障。三年目も不調のまま終わってしまった。

それでも、どこかで楽観はしていた。今年はいつになく調子がいい。新しいチームは、大学や高校の監督から辿れば多分どうにかなるだろう。

なにより、今年しっかり結果を出せば、ドラフトにかかる可能性だってあるのだ。


「本当に申し訳なかった、高階君。私の力が足りないばっかりに……」

ドラフトから漏れた日、ロッテのスカウト・結城（ゆうき）は、電話のむこうで声を震わせた。前日には明るい声で、球団は必ず指名すると約束してくれた、と言っていたのに。

結城にはじめて声をかけられたのは、まだ無名の高校時代だった。なんでも、対戦校にマークしている投手がいたので試合を見にやって来て、高階のプレーに惹（ひ）かれたのだという。スカウトに声をかけられるという晴れがましい経験に、高三の高階は有頂天になったものだった。

それ以降、結城とはしばしば顔を合わせた。大学でレギュラーになった時にはまっさきに知らせたし、大事な試合となると、よく彼のトレードマークである麦わら帽子と色あせたアロハシャツを、観客席の中に探したものだ。

結城は何も悪くはない。球団が高階をとると結城に約束をしたのは嘘ではないだろう。だがドラフト会議は、戦場だ。相手の出方によって瞬時に戦術を変える、高度な駆け引きが行われる場所。頭脳戦にして心理戦だ。

指名リストに入っていても、たとえば上位で希望の左投手がとれなければ下位でも左投手を指名するし、そうすればそこに入る予定だった内野手は後回しにされる。そういうものだ。駆け引きの中で、高階圭輔は最終的に切られた。わかっている。だから誰もが、指名すると確約されても、ドラフトが終わるまで安心できない。

あの日、会議の間じゅう、大学の一室で待ちぼうけを喰らった。そして結城の涙まじりの声を聞いた時、全身から力が抜けた。自分が熱心に目をかけてきた選手が漏れたことは、スカウトにとっても大きな痛手だ。結城が本当に悲しんでくれているのがわかったから、高階は逆に怒りや失望のやり場を完全に失った。

「だが君は必ずプロになる人間だ。どうか社会人野球というステージで、大きく羽ばたいてほしい。誰もが君を認めるように」

結城はそう言ってくれた。その言葉に支えられて、ここまでやって来た。今も、ときどきは連絡をする間柄だし、もし活躍すればきっと彼はまた見てくれる。

とにかく今は、監督が言う通り、必死にやるだけ。佐久間有終の美を飾るのだ。そうすれば必ず道は開ける。

甘かったと悟るのに、そう時間はかからなかった。

2

九月になっても、太陽は凄まじい自己主張をやめなかった。真っ昼間の炎天下、ビルを出て駐車場に行くだけで汗が噴き出る。スーツの上着を小脇に抱えて自分の車のスペースへと急ぐと、ちょうど近くの営業車から男がひとり出てくるところだった。

目が合って、高階は思わず顔をしかめる。嫌いな男だ。外面は完璧で営業の成績はよく、上司の受けも抜群だが、自分にとって得にならないと判断した相手には非常にわかりやすい対応をする。

「よう高階、今から練習？」

男は爽やかに笑ったが、目が据わっている。まずい。どうやら、かなり機嫌が悪そうだ。午前の営業回りでよからぬことがあったらしい。

「はい。お疲れ様です」

高階は頭を下げ、さっさと前を通り過ぎようとしたが、案の定、相手は逃がしてはくれなかった。

「いいねえ、おまえらは。午前中、ガキでもできるような仕事して、あとは球遊びして給料貰えるんだもんなあ」

聞こえない、聞こえない。高階は黙って車のドアを開け、頭を下げたが、相手はまだまだ八つ当たりしたりないのか、しつこく言った。

「でも今年でそれも終わりだもんな。そもそも、都市対抗で有終の美を飾るって言うからあれだけ大々的に応援団送り出したのに、二回戦敗退ってちょっとどうかと思うよ。スポーツ部門てさあ、いちおう会社の広告塔として存在してるわけだろ？　それでこんなていたらく、恥ずかしくないわけ？　営業だったら降格もんよ、普通」

「力及ばず、申し訳ありません」

「力及ばずって言うけどさ、おまえは試合出たの？　それ言えるの、試合出た奴だけじゃないの？」

せせら笑われ、カッと頬が熱くなった。

こいつ、野球なんか興味がない、くだらない、とことあるごとに言っているくせに、ずいぶん把握してやがる。

言われた通り、高階は結局、試合には出てない。夏の本選だけではない。キャンプが終わって、春のスポニチ大会が始まって、都市対抗の予選になっても、スタメンとして出場することはなかった。

何も言わない高階に気をよくしたのか、営業は調子に乗ってなれなれしく肩に手を置いた。

「だいたい、大会終わったのに、まだ練習あるわけ？　なんのためにやんの？　どうせ潰れるんだろ？」

肩に置かれた手がじっとりとして気持ちが悪い。払いのけたいのを必死にこらえて、高階はできるだけ静かな声で言った。

「十月に日本選手権があるんですよ。関東代表のひとつとして出場が決まっているので」

「ふーん。でもおまえ、そんなことしていていいの？　江口(えぐち)みたいにとっととやめて、早く仕事に慣れたほうがいいんじゃない？」

江口の名に、肩がぴくりと揺れた。

彼は、高階のひとつ下の外野手で、六大学でベストナインに選ばれたこともある。ずいぶん期待されていたが、社会人投手のレベルの前に苦労して伸び悩んでいた。

同じ境遇の高階とよく励まし合っていたのに、江口はキャンプが終わるなり退部し、周囲を驚かせた。

高階も寝耳に水で、どうしてと問い詰めた。あと半年じゃないか、今まで一緒に頑張ってきたんだから最後まで一緒にやろうと何度も説得した。

「あいつ、根性あるよ。まあ典型的体育会脳だけど、素直だしな。タフだし営業に向いているよ」

営業はやたらと江口を持ち上げる。江口は七月の異動で、総務から彼の課に移っていた。

「ちゃんと自分の立場ってもんをわかってる。そうだよなあ、野球ばっかしてきて、一般常識ぜんぜんないもんなぁ？　野球できなくなって引退したころにゃ、同期はとっくに課長かなんかで、なのにおまえらときたら新人より使えない。悲惨だよなあ。そりゃ若いうちに見切りつけて、頭下げてしっかり勉強したほうがいいに決まってる」

肩に置かれた手が、溶けてそのままシャツにはりつきそうだった。どうにも耐えられなくなって、高階はさりげなく手を外して、車のドアを開けた。

「練習時間が迫ってるので、失礼します」

頭を下げて、返事を待たずに体を折り曲げて車内に入る。むっとした熱気が押し寄せて、吐きそうになった。むかむかする胃にとどめをさすように、声が降ってくる。

「だからさあ、なんのために練習すんだ？　どうせ最後まで残ったって、試合に出られるかわかんないんだろ？　それなら、今後のためにも、会社にやる気見せたほうがいいんじゃないの。先は長いんだぜ」

確信した。彼は、こちらがいまだにどこからも声をかけられていないことも知っている。残らざるをえないことを知って、いたぶっているのだ。

「そういう考え方もあるでしょう。でも俺は、野球部員として採用して頂きました。野球部があるかぎり、野球部を通じて会社に恩を返すのが、筋だと思いますので」

では、と再び頭を下げて、扉を閉めた。一度も、顔は見なかった。たぶん、にやけた顔を見たら、ぶん殴っていたと思う。

まだ相手は何か喋(しゃべ)っていたが、エンジンをかけてエアコンをフルでつければ、もう気にならない。何食わぬ顔をして駐車場を出て、球場へと向かう。本社ビルから球場までは、車で十五分ほどだ。

エアコンから吹き出る風が、全身にまみれていた汗を瞬く間に冷やしていく。なのに、まだ肩に不快な感触が残っている。できることなら、皮をむしりとってしまいたい。

赤信号で止まり、フロントガラスごしに空をじっと見る。ビルの合間に、全く秋のきざしのない、うすい水色の空。太陽の熱に色素まで吸い取られるような。

いつまで、こんなに暑いのか。もう、夏は終わったのに。

信号が青に変わるまでの時間が、やたら長く感じられた。自販機で買ったアイスコーヒーをがぶ飲みする。勢いがよすぎたのか、噎(む)せてしまった。

咳(せ)き込んでいるうちに、青になっていたらしい。背後から、苛立たしげなクラクションが鳴った。

「うっせーな」

アクセルを踏む。本当は、右折するはずだった。球場はその先にある。

高階はそのまま直進した。まっすぐ進んで、適当なところで曲がり、人気(ひとけ)のない場所に出ると、路肩に車を止める。

限界だった。

エンジンを切って、彼はハンドルの上に突っ伏した。

「なんのために、最後まで続けるんすか？」

あの日、説得を続ける高階に、江口は言った。

「なにって。だって俺たち、野球やるためにここに来たんだろ。最後までやるべきだろ」

高階の言葉に、江口はわからないといった体(てい)で首を振った。

「やっても試合に出られませんよ。だったらさっさと見切りをつけて、新しいところに行ったほうがいいです。他の企業の練習に参加してみても、結局お呼びはかからないだろうし」

「それならいっそ独立リーグに挑戦するって手もあるだろう」

日本野球界の「プロ」は、ＮＰＢ、すなわちセ・リーグとパ・リーグを統括する日本プロ野球機構だけではない。

もうひとつのプロ、それが独立リーグだ。

数年前に四国にアイランドリーグが誕生してから、雨後の筍(たけのこ)のように独立リーグが各地につくられた。プロゆえに、ＮＰＢの十二球団と同じようにドラフトや適性検査試験(トライアウト)で選手をとるし、球団から給料も支払われる。

とはいっても雀(すずめ)の涙で、とてもではないが給料だけでは生活できない。それどころか、支払いが大幅に遅れたり、未払いのままという話もざらにある。選手は皆、オフの間はバイトに明け暮れて金を貯めねばならずトレーニングどころではないし、環境はアマの企業チームより大きく劣る。

それでも、本気でプロを目指して野球を続けるため、あえて企業チームではなく独立リーグを選択する者もいる。社会人野球とは異なり、独立リーグでは、入団してからドラフト指名まで何年か待つ必要はない。企業チームにいたころは何年経っても指名されなかったのに、独立リーグに移った途端にドラフト指名された者もいる。

ＮＰＢとしても、安定した将来が保障されている社会人を指名するのは、冒険だ。プロ野球選手になるということは、会社員というレールから引きはがしてしまうことでもある。

そして現役の寿命は短い。社会人を指名する時は即戦力として期待するから、使えなければ、すぐにクビになってしまう。そうすると、選手は早々に無職になってしまうのだ。

その点、独立リーグにいる選手たちは、プロになるためだけにそこにいる。安定した生活なぞ望んでいない。だから、球団側も気軽に指名ができる。

「そんな博打できませんよ」江口はおどけて肩をすくめた。「俺、続けていてもたぶんあと一、二年でクビ切られます。どこに行っても同じです。自分、ここまでなんで。そういうの、わかるんです」

「何言ってんだよ。諦めるの早すぎるだろ。ヤケになるな」

「ヤケじゃないっすよ。自分のことは自分がよくわかってます。ほんとは、大学の時から、俺はもうここまでだって薄々わかってたんです」

いつものへらへら笑いは、すっかりなりをひそめていた。まっすぐ高階を見る小さな目は、澄み渡った湖の水面のように静かだった。

「俺バカだし、ほんとに野球しかしてこなかったし、野球抜きでまともに就職なんてできそうにない。だから、佐久間から話が来た時、すっげえ嬉しかった。これで地元の親、安心させられるって。野球って金かかるし迷惑ばっかかけてきたけど、野球のおかげで俺、こんなでかくてまともな会社入れるんだ、続けてきて本当によかったって思ったんす。だから、もう充分なんですよ」

高階は唖然とした。江口がそんなことを考えているなんて、思ってもみなかった。だっておまえ、入ってきた時、プロになりたいって目を輝かせていたじゃないか——そう言いたいのを、ぐっとこらえた。

「そりゃ、できればあと少しやってみたかった気もするけど……廃部ってことは、もういいだろって神様かなんかが言ってるんだと思いますよ。俺の目的はどのみち、会社ですから。なら一刻も早く、仕事覚えたほうがいいでしょ。だからこれは、俺なりのケジメです。先輩たちの最後、外から見届けますよ」

江口はさばさばした顔で笑う。高階は怒鳴りたかった。ふざけんなよ、そんなニキビ跡残した、まだガキみたいなツラしてるくせに。なに、わかったふうな口きいてんだ。なに、いっちょまえの男みたいな顔してんだよ。

「でもおまえ、野球やりたくないのかよ」

自分でもわかるぐらい、高階の声はみっともなく掠れていた。

「そりゃやりたいですよ。でも、クラブチームに入るなり、いくらでも方法はありますよ」

そこで江口はいったん言葉を切って、じっと高階の目を見た。

「プロへの道さえ諦めればね」


あのあと、自分はなんと返したのだったか。覚えていない。ただ圧倒されて、無性に頭に来て、悲しくて、わけがわからなくなったことは覚えている。

「ふざけんなよ」

高階は呻いた。

プロの世界にはＮＰＢと独立リーグの二種類があるように、アマチュアも二種類のチームに分かれる。ひとつは、高階たちが所属する企業チーム。もうひとつが、クラブチームだ。ひらたく言えば、有志の集まりである。日曜の朝に仲間たちと集まってわいわいやる草野球チームもここに入る。

かつてドラフト候補と騒がれて、自分よりも若い江口が、そんなところに。耐えられなかった。しかし彼の目には迷いはない。なにより、それが辛かった。

まだ自分だけ、宙ぶらりんだ。焦っている間にも、チームは本選出場を決め、盛り上がった。予選の後に与えられた短い休みの間に、高階は他企業の練習にいくつか参加した。クラブチームからは誘いがあったが、企業からはひとつも声がかからず、マネージャーを通してどうにか約束をとりつけ、必死にプレーをした。

木村は、新神戸製鉄に移籍が決まった。若い捕手を欲しがっているからと言われて関西まで足を運び、数日練習に参加して、使えると判断されたのだ。

喜ぶ彼を高階は祝福したが、胸中は複雑だった。新神戸製鉄は、かつて高階に声をかけてくれた企業で、当時は遠いという理由で真っ先に切ってしまった。もし今、先方から話がくれば、喜んで出向いただろう。しかし今、彼らが欲しいのは捕手で、特筆するべきところのない内野手は需要がないらしかった。

チームメイトも、続々と次のステージが決まっていく。思い切って地方プロリーグに挑戦する者もいた。一方、木村にとって目の上のコブだった捕手の大吹は、大方の予想通り、引退を決めた。二人目の子供が生まれたばかりだというし、今の環境を変えるのは難しいだろう。

三十名いた部員のうち、十名はすでに引退を決めている。

(俺はどうすればいい?)

もう少しで、プロになれた。ただ単に運が悪くて、あのドラフトでは漏れてしまっただけ。ちょっときっかけさえあれば、また必ずチャンスはやってくる。見てもらえる。ずっとそう信じてきた。

疎遠になっていったスカウト。必死にプレーしても、見向きもされない現実。

まだ二十五。まだ終わるわけがない。そう思っていたけれど、野球選手・高階圭輔は、あのドラフトの時に、完全に終わっていたのではないか。

独立リーグのトライアウトが、もうじき始まる。まだ自分は終わっていないと思うのならば、もっと身を入れるべきだ。それなのに、情報を集めてはいても、トライアウトを受ける覚悟ができていない。それはつまり、自分でももう無理だとわかっているからではないのか。社員としての生活を全て捨ててプロへの道を進もうとしても、この先には何もないことを知っているからじゃないのか——

コン、と乾いた音がした。

最初は、何かが窓にぶつかったのかと思った。

音は何度か続く。明らかに、誰かが叩いている音だ。うるせえな、ほっとけよ。高階は胸の中で毒づいた。俺は今、人生のドン底を噛みしめてんだ。

「ちょっと！　ねえ、死んでるの？」

切羽詰まった声がした。若い女の声だ。本当に死んでたらその問いかけ意味ないだろ、と思いつつ、これ以上無視するとよけい鬱陶しいことになりそうなので、突っ伏したままひらひらと手をあげた。

「あ、生きてる。よかった！　大丈夫ですか？　今、人を呼んできますから！」

今にも駆けだしていきそうな声に、高階はぎょっとして顔を上げた。そのころにはもう、女がこっちに背を向けて、足を踏み出していた。

「待て待て待て。べつに具合悪いわけじゃないから！」

窓がぴったり閉まっているせいで、バカでかい声で叫ばなければならなかった。

口を開けると、車内の熱気が口の中に直撃してかなりキツい。思ったより長く止まっていたらしい。

女は足を止めて、振り返る。ずいぶん若い女だった。一六〇そこその体に、地味な紺色のジャケットとスカート。いかにもなリクルートスーツだ。肩から提げた大きな黒いショルダーバッグといい、就職活動中の大学生かもしれない。この時期にまだ就活とは大変だ。少し、親近感を覚えてしまう。体つきは中肉中背、髪は真っ黒で、後ろで適当にクリップでとめている。化粧っ気のない顔には、なんの変哲もない黒縁の眼鏡。いや、なんの変哲もないというのは語弊がある。縁がやたらと太い。

「なんだ、元気じゃない。驚かせないでくださいよ」

眼鏡女は、ずり落ちかけたバッグを肩にかけ、少し怒ったように言った。

おまえが勝手にのぞきこんだんだろうが、と喉まで出かかったが、高階はぐっとこらえた。慌てて顔は拭いたものの、どうせ泣いていたことはばれているだろう。自分でも目が腫れているのがわかる。

「すみません、ちょっと寝てました。起こしてくれてどうも」

洟を啜って、キーをいれる。エンジンの振動に、ほっとした。ちょっとした音がまじるだけで、恥ずかしさが紛れる。

「こんな炎天下でエンジン切って寝るなんて。死んじゃいますよ」

「気をつけます。それじゃあ」

高階はろくに彼女のほうを見もせずに、車を出した。とにかく一刻も早く、この場から立ち去りたかった。

角を曲がる際に、バックミラーを見る。彼女はまだその場に立っていた。

3

球場に着いて、まず洗顔をした。頬を勢いよくはたいて気合いを入れ、いつも通りグラウンドに向かう。

アップに続いて、ノックにティーバッティング、シートバッティング、フリーバッティング。軸足に体重を残すのを意識する。まだまだだが、少しずつ、うまくミートしている気はする。フリーでは、一本だが柵越えもして、気分がよかった。

守備も、今日は比較的調子がいい。馬鹿みたいに泣いたせいで、逆に気持ちが切り替えられたのだろうか。監督が次々飛ばしてくるノックも全てミスなく捕り、送球もスムーズにいった。ショート、セカンド、サードにも入った。必要とあれば外野も。やれるなら、どこでもいい。試合に出してもらえるなら。

休憩に入って、ダグアウトに戻るさなか、なにげなくバックネットのほうへと目をやった高階は、そのまま動きを止めた。

バックネット裏の下は、放送記録室になっている。練習試合などをやる時は、ここに記録員や放送員が入る。

今、そこにいるのは佐久間のマネージャーだ。もともと投手として入部したものの、高階が入部する一年前に肩を壊し、マネージャーとなった瀬口である。

長身の彼の隣に、もうひとり。妙にぶっとい黒縁の眼鏡。そして味もそっけもないリクルートスーツ。さきほどの女が、記録室の窓越しにこちらを見ている。

「なんで？」

思わず漏れた声が聞こえたわけではないだろうが、彼女は高階に向かって軽く会釈をした。反射的に帽子をとって頭を下げたが、わけがわからなかった。

練習は、八時には終わった。クールダウンを行い、グラウンド整備をしていると、瀬口に声をかけられた。

「ちょっと名刺もって事務所に来てくれ」

「うす」

近くにいた木村にトンボを預けて、大股で事務所に向かう。すると果たして、眼鏡女が立っていた。なんとなくそんな気はしていたので、驚きはしなかった。彼女は結局、練習が終わるまでずっと、記録室にいた。

「お疲れ様です。お呼びたてして申し訳ありません」

彼女は、高階に向かって深々と頭を下げた。瀬口がにこやかに口を開く。

「高階、こちら新潟の三香田(みかだ)ヴィクトリーの安東さんだ」

「三香田ヴィクトリー？」

眉が寄った。どこかで聞いたことがある。

「はい。マネージャーをしております、安東です。どうぞよろしくお願いします」

眼鏡はスチールのケースから名刺を出し、やけに丁寧に差し出した。高階も慌てて佐久間運輸総務課と書かれた名刺を取り出す。

受け取った名刺にはたしかに、『三香田ヴィクトリー・マネージャー　安東心花』と書いてある。反射的に、安東ところてんと呼んでしまった。ところてんは心太だったな、と思い出したが、もうそうとしか読めない。

「三香田ヴィクトリーは、創設したばかりの新しいクラブチームだ。五月に監督からも連絡を頂いたよ」

瀬口の口調にはわずかに非難の色があった。チーム名に聞き覚えがあるはずだ。高階に声をかけてきたチームのひとつだ。そういえば瀬口が、監督が一度伺いたいとかなんとか言っていたような気がする。クラブチームなど考えたこともなかった高階は即座に断り、それきり思い出しもしなかった。

「はい。すでにセレクションも行いまして、現在、来年度からの公式戦参加に向けて練習中です。そこで高階さんにぜひ、チームの練習に参加して頂きたいと思いまして」

ところてん女史はにこりともせずに言った。高階の返答を待っているようだったが、言うべき言葉が見つからない。

なぜ、またここに来たのだろう。企業チームにことごとく門前払いを喰らっていることをすでに知っているのだろうか。しかも以前は監督自ら連絡してきたらしいのに、今度は明らかに自分より年下のマネージャー、しかも女。

「いきなりこんなことを言われても混乱されますよね。少し説明させて頂いてもよろしいですか。三香田市には昔、根元製紙の企業チームがあったんです。ご存じでしょうか」

高階は曖昧に頷いた。根元製紙は全国でもそこそこ名の知れた企業だ。かつては野球部が存在し、都市対抗出場経験があることも記録では知っている。しかし三香田市にあるということは知らなかった――というよりも、そもそも三香田市という市の存在すら今日はじめて聞いた。

「二十年前に残念ながら廃部にはなりましたが、クラブチームとして活動は存続しておりました。クラブチーム選手権では、毎年好成績を残しております。ですがやはり、社会人野球の二大大会である都市対抗と日本選手権に出場したい。それには力不足ですので、ここで三香田市のバックアップのもと体制を一新し、選手も地元選手メインではなく、全国から広く有望選手を募ろうということになりました。それでぜひ、高階さんにチームをご覧になって頂きたく、ご挨拶に伺った次第です」

「最近は、企業よりもクラブチームのほうが元気ですよね。企業チームは減る一方ですが、クラブはどんどん増えていく。その中から、プロを本格的に狙う選手が集まるようなチームも増えてきて、我々も戦々恐々ですよ」

愛想良く迎合する瀬口を見て、高階の胃がむかついた。たしかに、彼の言うことにも一理ある。不況のあおりを受けて次々潰れていく企業チームに対して、クラブチームは増加の一途を辿っている。たった今、安東が話したように、企業チームが廃部となってクラブチームに移行するケースも多く、そういうチームはしばらくの間は企業時代の戦力を保っているので、強豪ではある。また、元プロ野球選手や芸能人がオーナーを務めるようなチームは、やはりその知名度と資金力にものを言わせて選手を集めるので、強くなる。

しかし強豪といえども、あくまでクラブチーム内でのこと。悲しいかな、企業チームとは雲泥の差がある。クラブチームの中で勝ち抜いてきても、企業チームと試合をすればほとんどコールド負けというのが現状だ。

かたや、高校、大学で注目されてきた選手が集まるエリート集団、なおかつ企業の全面的なバックアップによる充分な施設の状況で、存分に練習できる企業チーム。

かたや、練習場所を確保するのに四苦八苦し、充分な資金もないクラブチーム。差がつくのは、当然のことだった。

「ありがとうございます。ですがやはり企業チームで長くやっていらした高階さんのような選手ならば、クラブチームと聞いて不安になるのも当然です」

安東マネージャーは、微笑んで続けた。

「お話ししたとおり、三香田ヴィクトリーの基盤は、根元製紙です。クラブチームに移行してからも、専用の球場で練習して参りました。一度は三香田市に譲渡しましたが、今回の新チーム設立を受けて改めて買い戻し、雨天練習場もございます。施設に関しては問題ありません。また根元製紙の社宅の一部を、独身寮および家族用の寮として間借りすることも決定しておりますので、住居も格安でご提供できます」

「へえ……ずいぶん協力的なんですね」

高階の言葉に、安東は誇らしげに頷いた。

「新チームは三香田の町おこしの一環ですので、市全体でバックアップしております。ですから就職の件も、ご安心を。根元製紙始め、三香田市の企業が選手を採用することになっております。すでに企業の内定もある方も何人かおりますので」

「雇用形態は？　それと、勤務時間は？」

「基本は契約社員になりますが、正社員採用も検討されます。時間は、勤務先によりますが、スポンサーの企業は全てチームの状況を把握しておりますので、土日はもちろん、平日でも大会中は優先的に休みがとれます。クラブチームにありがちな、休みがとれずに試合に出られないということはありません」

彼女は台本でも読み上げるようにすらすらと語った。瀬口はもっともらしく頷いた。

「クラブチームの弊害はほとんど解消されていますね。広域複合企業チームに近い形かな。そういうチームが増えてくれると、アマ野球界もどんどん活性化しますよ」

調子のいい瀬口を横目で睨（にら）みつけ、高階はため息まじりに「監督やコーチ陣は？」と尋ねた。

「片桐裕也（かたぎりゆうや）監督です」

安東は自信たっぷりに答えたが、あいにく覚えはない。高階の微妙な表情を見て、彼女は少し落胆した様子で付け加えた。

「十五年前の甲子園、常磐旋風って覚えていますか」

そこでようやく合点がいった。

「ああ、常磐高校の片桐監督ですか」

当時、高階はまだ小学生だった。夏休みはリトルの練習に明け暮れていたが、テレビで放映される甲子園の試合は連日夢中で観ていた。

常磐旋風。たしかにあった。新潟代表、常磐高校。甲子園出場は初出場。１４０キロを出すようなエースも、超高校級のスラッガーもいなかったが、怒濤の勢いで勝ち抜き、最終的にベスト４という好成績をおさめた学校だ。優勝候補の強豪に延長戦の末に大金星をあげた時には、高校生らしい堅実なプレーと、素朴で爽やかな常磐球児たちに日本中が熱狂した。彼らを率いたのが、まだ二十代半ばの片桐裕也監督だった。彗星のごとく甲子園に現れたこの青年監督は、甘い顔立ちと謙虚な態度を武器に、生徒以上にお茶の間とメディアの人気を集め、甲子園が終わった後も、新聞やテレビでしょっちゅう特集を組まれていたような記憶がある。

「高校野球の監督ですか……。またずいぶん面白いところをもってきましたね」

皮肉のつもりだった。高校野球で結果を残したとしても、社会人野球と戦い方は全くちがう。しかも常磐旋風は十五年も前のことで、常磐高校が甲子園に名を連ねていたのは、たかだか二、三年の間だ。今ではまったく聞かない。

しかし、安東は目を輝かせた。

「はい！　マレーシアにいたところを口説き落としてきたんです」

「マレーシア？」

「常磐高校を去ってから、ずっと外国にいらしたんです。南米や東南アジアといった野球途上国の指導にあたり、マレーシアではナショナルチームのコーチも務めています」

「へえ……それは興味深いですね。常磐の監督時代、思うところがあったんでしょうか」

「ぜひ直接お話ししてみてください。片桐監督のもと、新チームは着々と形が出来てはいるのですが、核となるスラッガーがいないんですよね」安東は、目に力をこめてじっと高階を見つめた。「それも右の。ぜひ、高階さんにお願いしたいと」

高階の口元が歪(ゆが)んだ。

「じゃあなぜ監督が来ないんですかね」

「おい高階。以前の申し出を断ったのはおまえだろ」

たしなめた瀬口を、鼻で嗤(わら)う。

「あの時は都市対抗予選前ですし、それどころじゃありませんでしたから。普通こういうのは、監督か部長がいらっしゃるのではないですか」

自分でも非常に厭(いや)な言い方だと思った。俺はこんなに厭味でひねた奴だったのかとうんざりする。

「申し訳ありません、監督は入院中で」

「……入院？」

「はい。過労で倒れまして。もちろん後日改めまして部長とこちらに足を運ぶ予定です。今日は私、会社が休みだったので、我慢できなくて先に来てしまいました」

安東は皮肉にもかまわず、はにかむように笑うと、鞄から二通の封筒を取り出して差し出した。

「監督と部長から預かっております。目を通して頂ければ幸いです。それとこちらが、三香田市とチームの概要です」

高階は機械的に封筒と分厚いファイルを受け取った。おそらく読むことはないだろう。

「私たちのチームには、長打力のある右打者が必要なんです。三香田は遠いですし、クラブチームですから不安はおありかと思いますが、どうか選択肢のひとつに加えていただけないでしょうか。週末はいつも練習をしておりますので、一度ぜひ、いらしてみてください。お願いします」

「お言葉は嬉しいですが、お断りします」

即答するとは思わなかったらしく、瀬口はぎょっと目を見開いた。

「おい、高階？」

「俺、もう野球を続けるつもりはないんです。本気でやるのは、佐久間野球部が廃部になるまで。そう決めてるんですよ」

安東は驚きはしなかった。しかし、心から悲しそうに太い眉を寄せた。

「高階さんほどの選手が、もったいないです」

「本当にもったいないなけりゃ、他の企業もほっときませんよ。こう言っちゃなんですが、今こうしてあなたと話しているのが、俺の正当な評価なんです」

自分でも、あまりに失礼な言いぐさだと思った。しかし、それがまぎれもない本音だ。

「高階さんがお決めになることですから、私はどうこう言えません。それでも野球に関わる者として、このままやめないでほしいとお願いしたいんです。私、高階さんに野球を楽しんで頂きたいんです」

「楽しむ？」

何を言っているのだろう、と思った。自分にとって野球は仕事であり、人生だ。遊びでやっているんじゃない。

「はい。楽しむって、大切なことです」

安東はまっすぐ高階を見ていた。気に障る視線だった。まるで、あなたの苦しみは全てわかっていますとでも言いたげな表情。おまえに何がわかると怒鳴りたい衝動が湧きあがる。

「考えさせてください」

しばしの沈黙のあと、高階がため息まじりに答えると、彼女はぱっと頭を上げた。

「本当ですか！」

「考えると言っただけです。ここまで来てくださったことにはお礼申し上げます」

「いいえ！　どうぞよろしくお願いします。いつでもご連絡ください。よろしくお願いします」

二度もよろしくと言って、安東は再び深々と頭を下げた。そして瀬口にも礼を述べ、床に置いてあった、いかにも重そうな鞄を肩にかけ、きびきびした足取りで事務所から出ていく。パンプスからわずかに浮いた踵に、絆創膏が貼ってあるのが見えた。


「三香田に顔出すなら早いほうがいい。あのへん一気に寒くなるから」

彼女を出口まで送ってきた瀬口は、気乗りのしない顔でファイルをめくっていた高階を見て、苦笑まじりに言った。

「いいえ、行きませんよ。ああ言わないと、帰ってくれなさそうだったんで」

「おまえ、感じ悪かったぞ。あの態度はないだろう」

「ありがたいとは思っています。でも、もし本気で続けるなら、独立リーグ受けますよ」

瀬口は、微妙な顔つきで顎を掻いた。

「うん、まあそうなるよな。ただまあ、練習に一度顔出してみてもいいんじゃないか？　前にも監督から申し入れがあったぐらいだし」

「遠いですよ」

「さっき聞いたんだが、地酒うまいらしいぞ。土産に買ってきてくれよ」

「それが目当てですか」

くだらない会話を交わしているうちに、怒りは次第に薄れ、姿を変えていく。

ひたひたと心を占めていくのは、諦めだ。

これが、現実なのだ。よくよく思い知った。安東とやらには感謝しなければならない。諦めきれなくて這いずりまわっていた自分に、いいとどめを刺してくれたのだから。これがもし、片桐監督もしくは野球部長が来ていたのならわからない。だが、来たのは女のマネージャー。彼女には悪いが、その時点でお話にならない。

企業チームでは、まず女のマネージャーは存在しない。瀬口のように、チームのことをよく知る元選手が就任するケースがほとんどで、彼らの激務ぶりを見ていると、選手よりよほどキツいのではないかと思うこともしばしばだ。今日のように偵察に出向くこともあるので、やはり経験豊富なほうが望ましい。クラブチームも、かつての企業が移行したケースの強豪などは、やはり男が務める。

安東ところてんはマネージャーとして熱意はありそうだが、やはり若い女というだけで、本気で上を目指す気があるのかとチームの姿勢を問いたくなってしまう。

自分を見いだしてくれたのは、そういうチームだけ。やはり、野球選手・高階圭輔はとっくに死んでいた。それがやっと、わかった。

大人になれ。もう、夢を見る時間は終わったんだと。

4

バスを降りるなり、後悔した。

一時間前、電車を乗り継いで駅に着いた時も多少不安を感じてはいたが、三香田なんて聞いたことのない地名だし、新潟から電車で一時間半と聞いていたから、鄙(ひな)びているだろうと覚悟はしていた。が、そこから二時間に一本しかないというバスに乗り、車窓の景色からどんどん民家が消えて、山道を登り、道の両脇から凄まじい勢いで伸びる雑草を波をかきわける船よろしくバスが押しのけて走る様を見て、覚悟はだいぶ甘かったのではないかと思い始めた。

あちこちへこんだ丸い板に「総合運動公園前」と書かれた標識が立つだけのバス停に高階を放り出したバスは、さらに山奥に消えていく。高階は途方にくれて、あたりを見回す。

山。どう見ても、完膚なきまでに山だ。

高階はほとんど山に免疫がない。母は両国(りょうごく)、父は千葉の出身で、子供のころによく御宿(おんじゅく)の荒い波にもまれてはしゃいだ記憶はあるが、山関係は小学生の林間学校で行ったぐらいだ。

見渡すかぎり、民家は全くない。バス停からは、コンクリートで舗装された道が上に延びている。この上に、総合運動公園とやらがあるのだろうが。なぜバスがそこまで行かないのか謎だった。

重い荷物を肩にかけ直し、傾斜のきつい坂をしぶしぶ登る。日射しは強いが、さすがに神奈川とは気温がちがう。新幹線に乗る前は軽く汗ばむ陽気だったのに、今は晩秋のような風が吹いている。三香田市は、新潟の北部にあたるらしい。

坂道はさほど長くはなかった。百メートルほどで、突然、開けた場所に出る。手前は駐車場――と呼んでいいのかわからない。舗装もされていない、土埃（つちぼこり）舞う野原だが、車が何台か停まっているから、おそらく駐車場なのだろう。

その向こうが、だだっ広いグラウンドだった。さきほどから足もとが揺れているのは、音をたてて重機が土を掘り起こしているからだ。

隣の円形の建物が、球場である。ここから見ても、外壁が今にも崩れ落ちんばかりなのがわかる。総合運動公園と銘打ってあるものの、ここがまともに使われていたのは何年前なのか。重機が入っているのだからグラウンドは使っているのかもしれないが、この様子では球場は期待できそうにない。

十日前、安東マネージャーが帰った翌々日には、三香田ヴィクトリーの部長が挨拶にやって来た。いかにも気むずかしそうな強面（こわもて）の初老の男で、監督が入院中で来られないことを詫（わ）び、改めて入団を検討してほしいと申し出た。こちらはいかにも交渉に慣れた様子で、高階は断り切れず、一度練習に行くことに同意してしまっていた。佐久間の監督やマネージャーにも、また「地酒がうまいから」と後押しされてしまったのでは仕方ない。今日は地酒を運ぶ係と割り切ることにした。

今にも崩れ落ちそうな球場を見やり、高階は汗をぬぐった。この寂れた光景が、今の自分そのものだ。むきだしのコンクリートの外壁に、いくつもひび割れのあとが残る、古い球場。上を向けばいまいましいほどの秋晴れなのがまたおあつらえむきではないか。

入り口の前に止まって、高階は一度深呼吸をした。

いいか主輔、今日は仕事だ。監督命令で、三香田ヴィクトリーのテストを受けにきた。それだけだ。決してヤケクソじゃない。面倒くさいが、やらなきゃならない仕事だ。

肚（はら）を決めて足を踏み入れようとした時、背後から近づく足音に気がついた。

振り向くと、白いTシャツにカーキのニッカボッカ、頭に白いタオルの三点セットという、いかにもガテンな男がこちらに来るところだった。

重機はいつしか止まっている。この男が操作していたのだろう。

「こんにちは。佐久間運輸の高階君？」

一瞬、返事ができなかった。男の歯が、驚くほど白かったからだ。肌が灼けているせいもあるだろうが、それにしたって尋常ではない白さだった。

「はい。三香田ヴィクトリーの練習場はこちらで……」

「そう、今アップはじまったところ。ごめんね、安東は後援会の役員会に呼び出されてさ。彼女から聞いてます。あ、監督の片桐です。はじめまして」

高階はぽかんとして、輝く歯を見つめた。記憶の中の、甘い顔立ちの好青年と、似ても似つかない。

「よかったよー。安東が、君が来てくれるかずっと心配していてね。もし野球やる気になったとしても、新潟なら独立リーグのほうに行くんじゃないかって。そっちに結構とられるんだよ。声かけてもみんな、独立リーグ志望ばっかりで、うちなんか見向きもしてくれない。だから高階君が練習に参加してくれる気になって本当にありがたいんだ」

首にかけたタオルで滝のような汗を拭いながら、片桐は弾丸のような早口で喋った。

笑顔は爽やか――と言えなくもないが、常磐高校監督時代は、こんな真っ黒な顔と不自然な白い歯のサーファーでは断じてなかった。サーファーを差別してるわけではないが、明らかにこの場にはそぐわない。そもそもここに海はない。

よくよく見れば、Tシャツからのぞく腕は良質の筋肉がみっちりついてるし、ニッカボッカをはいていても、全身鍛え上げているだろうことはよくわかる。

「監督は、選手もやるんですか」

資料によれば、片桐は四十歳である。社会人野球、ましてクラブチームならこれぐらいの選手はいるし、監督兼選手も珍しくない。

「まさか。僕が選手やってたのは大学一年まで。だいたい僕が出る幕なんてないよ、ピチピチのいい選手が揃ってるからね。さ、立ち話もなんだし、どうぞ中に！」

片桐裕也は満面の笑みで、高階を球場の中に押しやった。秋の日射しが遮られたのは一瞬で、短い階段を上ると、すぐにまた視界が明るく開ける。

予想外の光景だった。

きれいに整備された、黒々とした土のグラウンドに、きっぱりと白い線が引いてある。そしてみちしるべのように端然と佇む白いベース。形よく盛り上がったマウンドの上には、ピッチャーズプレートが神聖な宝物のように横たわっていた。投手が現れ、ここに足を置く瞬間をただひたすら待っているように、白い板は息をひそめてそこにいた。

黒と白のコントラストが鮮やかな内野の向こうにひろがるのは、息を呑むような緑だった。一見、人工芝かと思うほど色鮮やかな——しかし人工ではありえない、澄んだ緑の芝が、いちめんに日射しを浴びて輝いていた。

「どうだい？　きれいだろう」

声をかけられなければ、高階はあと五分ぐらいその場で惚けていたかもしれない。球場の外観からは想像もつかない、本当に美しいグラウンドだった。グラウンドの周りには申し訳程度の座席があって、そちらはベンチが半分崩れていたりとひどい有様なのに、グラウンドだけはたった今生まれたばかりのように生き生きと輝いている。その上を、練習着を着た選手たちが走っていた。

「改修工事したんすね」

公共の球場、しかも地方のものは、たいていは悲惨な状態にある。芝は荒れ放題、ところどころごっそり抜けている。業者などそうそう頻繁にいれられないので仕方がない。外観やスタンドの荒廃ぶりを見ても、ここもつい最近まではそうだったのだろう。

「工事はこれから。冬の間にやってもらうことになってる。外壁やベンチなんかはさすがに素人の手には余るからね。でもグラウンドはみんなでやったんだ」

「そういえばさっきも重機を」

「資格もってるんだよ。芝はホームセンターでまとめ買いして、先月、みんなで汗だくになって植えた。これは寒冷地仕様のやつで、よくある高麗芝よりはちょっと値が張るんだけど、それでも業者に頼むよりははるかに安く済むし。あと自分たちでトラックまわして、運送料も浮いたしね」

高階はあっけにとられて、きれいに生え揃っている芝を見た。選手みずから芝を張り替えるチームなどはじめて見た。

「この球場を使わせてもらえる許可が下りたのはよかったんだけど、とにかく芝の傷みがひどくてねえ。このままじゃ足をとられて怪我にも繋がるし、プレーが雑になるだろ。あ、そうだ、グラブ見せてくれないか？」

突然手を差し出されて面喰らったが、バッグから素直にグラブを取り出して渡した。

「年季が入っているねえ。よく手入れしてある。スパイクもいい。このグラブ、何年使ってるの」

「六年になります」

「いいね。道具に感謝して大切にするのは一流の条件だ。さて、それでこの芝だ。お金のこともあるけど、自分で苦労して植えた芝なら、みんな大切に手入れして長持ちさせようって思うだろう。肥料も散布剤も自分たちでやったし、これからも自分たちでやる」

「なるほど。さっきのグラウンドは？」

「あそこもトレーニングで使うんだ。あと、僕たちが譲り受けたのはこの球場だけで、他は未だに三香田のものだから、普通に近所の人が走りにいくこともあるよ。けどあんな状態じゃケガするだろ。ま、そんなわけでもうちょっとやってくるから。みんな、ちょっと！」

監督が大きく手を叩くと、ちょうどジョギングを終えた選手たちが素早く集まってきた。

「高階君だ。今日、一緒に頼むよ」

監督に背中を叩かれ、高階は帽子をとって挨拶をした。ざっと見たところ、自分と同年代の者が多いが、どう見ても高校生という選手もいるし、三十過ぎとおぼしき者も数名いる。その中でひとり、やたらと目立つ男がいた。とびぬけて背が高く、頭はワカメのような髪が乗っていた。よく灼けた顔はサングラスと髭（ひげ）で隠されていて、表情も年齢もわからない。異様にあやしい。

「じゃクニ、後はよろしくね。ああ高階君、この人が選手兼コーチの國友武さん。今は暫定キャプテンてとこね」

監督が話しかけたのは、一番年かさに見える男だった。四十前後といったところか。大柄で、体の厚みもある。だいぶ前髪の後退が進んでいて、目尻の垂れた、穏やかそうな顔をしていた。

「よろしく。ま、気楽にやってくれ」

國友は右手を差し出した。笑うと、えびす顔になる。無性にビールが飲みたくなった。

「安東から話は聞いてる。佐久間なんだよな。今年、大変だったなあ。監督がぶっ倒れている間に安東ひとりで乗り込んだって聞いたけど、失礼はなかった？」

「はい。監督は大丈夫なんですか」

「ご覧の通り異様に元気だ。こっち来てくれ、ロッカー案内するから」

國友はまだ笑ってる選手を尻目に、ダグアウト裏からロッカーに向かった。隣はトイレとシャワーで、どちらも年季が入っている。一瞥して、高階が絶対使いたくないと思うほどに。

「えらい古いだろ？」心を読んだように、國友が頭を掻いて言った。「掃除はしてるんだが、こう古いとなあ。とりあえず冬に、自分たちでタイル貼り替えようと思ってんだ。あとはトイレにはせめてドアつけないとな」

廊下とトイレの境にあるのは、薄汚れたビニールの暖簾だけという有様だった。大きな暖簾だから目隠しにはなっているが、臭いがだだ漏れだ。

「球場の譲渡が決まったのが六月でね。それまでも使わせてもらっていたんだけど、まだその時は市のものだったから、勝手に手を入れられないだろ？　でもこれからどんどんよくなっていくよ。あのグラウンドみたいに」

「グラウンド、いいですね」

「サンキュ。じゃ、準備できたら合流してくれ」

國友は高階の背中を軽くはたき、グラウンドに戻っていった。

残された高階は、ひとまず指定されたロッカーに荷物を入れようとしたものの、たてつけが悪くて扉がなかなか開かない。むりやり引っ張ったら、あろうことか蝶番ごと外れてしまった。

焦って見回してみると、ドアなんてものは飾りにすぎないのだという独自の美学を熱く主張しているロッカーばかりだった。ここでは、ドアはそういうものなのだと思うことにしたほうがよさそうだった。

シャワーは水は出るようだが、お湯のほうはあまり期待できそうもない。無意識のうちにあちこちチェックをしている自分に気づき、高階は笑った。どうせ今日明日だけのつきあいだというのに。

5

グラウンドに出た高階は、面喰らった。どこでも練習の始まりはキャッチボールと決まっている。が、なぜかトスバッティングをやっていた。

「おう、来たか。はい、これ使って」

笑顔でバットを差し出す國友にますます面喰らう。自前のバットを手にもっているのが見えないのだろうか。高階の疑問を察したのか、國友は笑った。

「すまんなあ、うちはこれが強制だから」

手渡されたのは、一見すれば普通の木製バット。重さも変わらないが、これは——

「竹バットっすか」

「そう。うちは練習はいつもこれ。使うのは久しぶりか？」

竹バットでは、正しいフォームで真芯でボールを捕らえなければ飛ばない。外すと、猛烈に手が痺(しび)れる。とくに冬場、ピッチングマシン相手に竹バットで行ったバッティング練習は、痛みのあまり吐いた記憶がある。そうやって徹底的に体に捕らえる感覚を教え込むのを目的とするもので、中学や高校の打撃練習ではおなじみだ。

「高校以来ですかね。ミート力を徹底してつけるためですか」

「それもあるが、第一に竹バットは折れないから。クラブチームは懐(ふところ)事情が厳しいからねえ。そうそう折ってられねえんだ」

竹バットを手にして、高階はしみじみ、今までの自分の境遇を顧みた。

芝を汗だくになって自分たちで張り、竹バットを使う。よく見れば、ボールはいずれも古く、新たに縫った形跡がある。ひとつを手にとり、不恰好（ぶかっこう）な縫い目をじっと見ているうちに、鼻の奥がつんとした。

佐久間では、野球部に年間二億の予算を使っていた。企業チームとしてはとくに多いほうではない。佐久間だけではなく、高校や大学も野球の名門と呼ばれるチームに所属していた高階は、道具は大切にしていたものの、バットは折れたら折れたで仕方がないと当たり前のように思っていた。

こんな感覚は、久しぶりだ。が、いざ竹バットを使ってみると、ほんのりとしたあたたかさは、即座にふっとんだ。こんなに痛かったかと思うぐらい、腕が痺れる。痺れるということは、芯で捕らえていないということ。痛みに苦しみながら、何度も繰り返してフォームを修正する。

汗だくになったところで、トスをあげてくれていた國友と交替し、今度は高階が國友へトスをあげる。最初に見た時からいかにも飛ばしそうな図体だとは思ったが、ミート力もたいしたものだ。腰の回転が速く、フォームがぶれない。しかも高階がフォアやバックハンド、さまざまな形でとりやすいよう、返してくれる。さすが選手兼コーチというだけあってうまい。

トスバッティングは十分程度で終わり、ここでようやくキャッチボールの号令がかかった。

「高階さん、お願いしていいですか」

声をかけてきた細身の男の練習着には、左胸に大きく「尾崎」と書いてあった。年齢は二十歳そこそこといったところだろう。体つきばかりか顔も細く、目も眉も細くつりあがって、ヤンキーかと身構えたが、「よろしくお願いします」と帽子をとって現れたのは、潔い坊主頭だった。

キャッチボールを始めて三たび、高階は面喰らうことになった。最初は近い距離でゆっくり投げ始め、少しずつ離れていくのが普通だが、尾崎は素早く投げてどんどん距離を開けていく。互いの距離が塁間の距離を超えたところで、尾崎はスナップスローで低い球を投げてきた。送球は素早く、正確だった。

ウォーミングアップの一環でもあるキャッチボールでこんなに緊迫感が漂うとは。たいていは二十分ぐらいかけて体を暖めていくものなのに、その半分もいかないうちに二人の距離は最大限まで離れてしまった。

「よーし、それじゃボール回しな。右回り」

國友の号令でダイヤモンドに選手が散り、素早くボールが回される。ひとつひとつの時間が小刻みで、人数も少ないので集中が切れる間がなかった。右回り、左回り、中継を想定したプレー。終わった時、キャッチボールを始めてからまだ三十分しか経っていないことに気がついた。

「短くないか？」

思わずこぼれたつぶやきを、尾崎が耳聡く拾った。

「今日は週末だからいいですが、クラブチームだと普段の練習時間が限られてるでしょう。なのに、ちんたらキャッチボールだけで二十分もかけてられるかってことで、実戦を想定したキャッチボールなんだそうです」

尾崎は顔に似合わず、言葉遣いは丁寧だった。そのへんの学生部員にありがちな略語は使わない。が、見た目やこの練習着からして、まだ学生であることは明らかだった。

「そういうもんかね……。しかし、ええと尾崎か。うまいな。大学生だろ？　どこ？」

「今、相南大の四年です。ライトやってます。日本選手権でのご活躍、見てましたよ」

相南大は、東都リーグではないものの、同じ首都圏の大学リーグに所属する強豪である。同じ首都圏からここまで来ている選手がいて、高階はほっとした。どうやら、全国から集めると言った安東の言葉は嘘ではなかったらしい。

「相南か。今四年ってことは、西武に行った村上と時期かぶってる？　俺、全日本選抜で一緒になったんだけど」

「はい、俺が入学した時、村上さんは押しも押されもせぬエースでした。春の紅白戦から、スカウトがたくさん来て凄かったですよ」

「だろうな。まあ、あいつもプロじゃぱっとしなくて苦労してるみたいだが」

大学時代は即戦力と騒がれた村上は、実際はドラフト下位で西武に入団した。一年目は敗戦処理としてそこそこ登板したが、二年目からはほぼ二軍暮らしだ。

尊敬する先輩を馬鹿にされたと感じたのか、にわかに尾崎の顔が曇る。高階は慌てて話を変えた。

「今ここにいるってことは、卒業後はもうここに入ることに決めてんのか。でも今、秋リーグの時期じゃないか？」

「俺は万年二軍なんで。こっちの会社に内定頂いたんで、週末、来れそうな時はできるだけこっちに来るようにしています。芝張りも手伝いましたよ。卒業したらすぐ、引っ越してくるつもりです」

「ずいぶん思い切ったな。相南なら二軍でも、もっと近場にいいところあるだろ」

声をひそめると、尾崎は苦笑した。

「俺、いずれ高校野球の監督やりたいんですよ。教職とってたんで、母校でコーチやらないかと言われていたんですが、その前に片桐監督のもとで研鑽（けんさん）を積むのもいいかと思って。あの人の経歴、面白いじゃないですか」

尾崎は嬉々（きき）として片桐の経歴を語り出した。だいたいのところは高階も知っていたが、片桐が監督を務めていたマレーシアのクラブチームが国内リーグで快進撃を続け、マレーシア代表チームに三人も送り込んでいるのは初耳だった。さらにマレーシアに来る前には、南米や中国で指導をしていたこともあるらしい。

「手腕を見込まれて、今までにも日本から誘いはあったそうなんですよ。主に高校や低迷に悩む企業チームから。でもそれはことごとく断ったのに、このクラブチームの依頼は受けた。興味が湧くでしょう？」

彼は目を輝かせていたが、あいにくあまり興味のない高階は、適当に相槌を打っておいた。さすがクラブチーム、よくわからない理由で入団してくる物好きもいるらしい。

話題の監督は、守備練習に入ってまもなく再び姿を現した。疲れも見せずにノックに入った片桐を見て、高階は目を瞠った。

うまい。ものすごく、うまい。

小学生から野球一筋の高階は、今まで多くの指導者のノックを受けてきた。が、まちがいなく片桐はダントツだ。

同じポジションにノックを打つ時のバウンドが、判で押したように同じだ。地面の跡を見れば一目瞭然である。右に左に、手前に奥に、自由自在。テンポが非常にいいのでこちらもリズムをつくりやすい。

一見したところ、選手のレベルはバラつきがある。國友や、さきほどキャッチボールをした尾崎は、やはりうまい。さらにショートにも一人、とんでもなくうまい選手がいるが、逆に明らかに経験不足とわかる選手も少なくない。あのやたらと目立つサングラス男も、守備はひどいレベルだ。もたつく選手には即座に、とりやすいバウンドになるよう監督が調整する。たいした技術だ。

守備練習をこなして休憩を挟んだ後は、待ちかねた打撃練習だ。皆、トスバッティングやティーバッティングをこなし、順番が来ると打席に入る。高階も打席に入り、何本か柵越えをした。歓声があがるのは気持ちがいいが、柵越えなら佐久間の練習でも普通にしているのだ。なのに、実戦では結果がついてこない。

「大学時代のフォームに戻そうとしているのかな」

フリーバッティングを終えて打席から離れると、即座に片桐に声をかけられた。

「……はあ、まあ」

答えに間があいたのは、片桐が大学時代のフォームを知っていることに驚いたせいだった。

「佐久間に入ってから、ずいぶんフォームいじられたんだねえ。苦労しているようだ。体開くのが早い。腰がまわってない。上半身に頼るな。手首でこねるな。アッパーになってる。――って言われた？」

笑顔でここまで遠慮なく並べられると、気が抜ける。高階も「全部言われましたね」と苦笑した。もともと上半身とリストが強すぎるきらいがあるため、不調になるとすぐ上半身の力に頼り、手でバットをこねてしまう癖がある。きれいにフォロースルーができなくて打球が飛ばない。コーチも最初のうちこそ指導してくれたが、そのうち匙を投げた。高階も諦めて、最近は大学時代のフォームをDVDで参考にしている。自分の絶頂期、大学三年神宮大会の記録だ。

「まあ気持ちはわかるけど、戻すのはやめたほうがいいな。大学時代の君と今の君じゃ、体のバランスがまるで違う。体を痛めるよ。それよりも、こう」

片桐は高階の左肩を押さえつつ、高階が手にしたバットのヘッドを上から下に振り下ろすようにして体を押した。

「上から点で押すように打つほうがいい。君の打ち方は、左打者のそれだ。左打者なら、たしかに今のようにフラットに、できるだけバットとボールが触れる面積を多くして、押し出したほうが飛ぶ。だが右打者は点で叩く」

言われた通りに何度かスイングし、フォームを確認しつつ、片桐が軽く投げた球を壁に向かって打つ。面ではなく点。言いたいことはわかるが、長年しみついた癖は簡単には直らない。その後も、片桐に言われるまま、体の前でバットを大きな×を描くように振ってから打ったり、バウンドした球を打ったりと、点で打つ感覚を摑(つか)む練習を繰り返した。

「で、点で打つには、こっちの手首が問題だ。力入りすぎてるね。力抜いて、打つ瞬間に力をこめる」

片桐の指導は的確でわかりやすい。バウンド球を打つ練習などは学生時代にもやったことはあるが、彼の指導は、全体のバランスから、徐々にポイントを絞っていくので系統立てて理解しやすかった。


ひととおりフリーが終わると、練習はシートバッティングに移る。守備は九名、実戦さながらの配置で行われる打撃練習で、高階はまず攻撃側に回された。マウンドにあがったのは、片桐が「うちのエースだよ」と紹介した、長谷川という男だ。体つきは中肉中背で、年齢は三十歳だという。目尻のさがった、穏やかそうな顔立ちの男だった。球速はないがキレとコントロールが抜群だ。とくにチェンジアップとスライダーがまざったような妙な変化球には目を瞠った。あれを決め球で放られたら、打てる自信はない。

「クニさん、でかいのかまして！」

「このままじゃハセさん、調子に乗っちゃうよ！」

攻撃側はゴロの山を築いていたがキャプテンの國友が打席に入ると、それまでしぼんでいた打撃チームも、がぜん元気を取り戻した。ゆっくりとルーティン作業を行い、構える様は、風格がある。一球目、いきなり快音を響かせた時には、歓声があがった。残念ながらファウルになったが、みごとな大飛球だった。

二球目はボール。次はカットしてファウル――フルカウントに追い込まれても、國友は粘りに粘った。そして九球目、彼のバットはとうとう球を捕らえた。当たった瞬間、「いった」と高階はつぶやいた。そういう当たりだった。

ベンチに戻ってきた國友は、満面の笑みで高階とハイタッチをした。

「ホームランが露払いとかないでしょ。どんだけプレッシャーかけるんですか」

高階の打順は、國友の次の次。ネクストバッターズサークルに入ってマスコットバットを振り、感覚を確認する。悪くない。しかし、さきほどまではいい感じに振れていたのに、長谷川投手のピッチングを見ているうちに混乱してきた。

ここのところ、いつもそうだ。フリーバッティングまでは調子がよくても、実戦形式でこのサークルに入った途端に混乱し、感覚を忘れてしまう。また失敗したらどうしようと恐れるあまり、なんの攻略もたてられぬまま、打席に入る。そして案の定、失敗する。事前にいくらデータを見ていても、同じことだ。

マウンド上の長谷川は球種が豊富だ。どこの何に絞ればいいだろうか。あのよくわからないチェンジアップは捨てるべきだ。だがあのスライダーもなかなか――

「息、止めてごらん」

ぐるぐる考えていると、突然、背後で声がした。ふりむくと、白い歯が輝いている。

「いいっていうまで止めて。ハイ」

ぱん、と笑顔で手を叩かれ、反射的に息を止める。そのまま待つこと、十秒。十五秒。——二十秒。次第に息が苦しくなってきた。顔に血が上る。非難をこめて片桐を睨みつけるが、あいかわらずの笑顔だ。本気で苦しい。息。息が吸いたい。頭の中はそれしかない。もう駄目だ、と思った瞬間、またパンと手が鳴った。

「三十秒。なかなか」

「……な、なんなんですか！」

思い切り息を吸い込みながら抗議すると、にやりと笑って、打席を指差した。

「はい、君の番。いってらっしゃーい」

笑顔で送り出され、わけのわからぬまま打席に入る。まだ息が苦しい。打席に入るまでにかろうじて呼吸を整え、バットを構える。マウンド上の長谷川が、ロジンバッグを手にとり、「大丈夫か」と笑った。

「問題ないです。どうぞ遠慮なく！」

集合した時には全く目に入らなかったぐらい地味な男だが、こうして見るとやけにふてぶてしい。伊達に年は喰っていないようだった。

その背後には、みずみずしい芝の繁る、美しいグラウンド。ばらばらのユニフォーム。まだ腕に痺れを残す竹バット。古びたボール。そしてシートバッティングだというのに、みなぎる熱気。弾けるような声。誰も彼もが楽しそうだ。

急に、胸が熱くなった。打席でこんな感覚に陥ったのは、ずいぶん久しぶりのような気がする。

ああ、打ちたい。心から思った。打たなければ、ではない。ただ打ちたい。放り込みたいのだ。

ここのシートバッティングは、カウントが1ボール1ストライクからという設定で行う。一球目は、見送った。外低めいっぱい、ストライク。いきなり追い込まれてしまったが、さすがに客人相手にさっさと勝負を決めるのは何だと思ったのか、次は高めのストレート。ボールだった。國友を見習い、粘りに粘る。今日は珍しく頭がクリアで、感覚が「来ている」。ずっと違和感がまとわりついていたフォームが、しっくりくる。

長谷川がモーションに入る。一度こちらに背中を見せる、トルネード投法に近い。タイミングはだいたいわかったが、どの球種も腕の振りが変わらないので難しい。が、次は「来ない」という勘がして見送る。案の定、あのドロンとした球だった。危なかった。振ってたら、ひっかけるところだった。

よし、いける。次こそ仕留められる。

長谷川の足が上がった。予期したタイミングでバットを振り下ろす。リリースの瞬間、これはいけると思った。

衝撃が、体を走る。会心のインパクト。快音を響かせ、ボールは一直線に駆けていく。

「速（はえ）ぇ！」

誰かの声が聞こえた。打球はあっというまに右中間を抜けていく。高階は勢いよく走った。一塁を蹴り、そのまま二塁へ。余裕で滑り込んだところに、ライトから球が返ってくる。

「すっげー打球っすね」

小柄なセカンドの選手がにこにこと話しかけてくる。

「どうも。久々にいい感触だ」

「さすが佐久間っすね。しかし、よく打てましたねアレ。ハセさん二球続けて勝負球だったのに。あれ打てる人、ほとんどいないんすよ」

「ああ、打ったやつもあのドロンとした球か。いや、なんも考えないで振ったら当たったんだよ」

謙遜ではなかった。本当に何も考えていなかった。いつもは考え過ぎてパニックに陥るのに、今日は頭の中はからっぽで、いい感覚のまま――

そこで高階は目を見開き、ネクストバッターズサークルを見た。

腕組みをした片桐が、にやにやと笑っていた。

6

練習がひととおり終わった後、高階の胸には久しく感じたことのない充実感がみなぎっていた。久しぶりに野球をした、と思った。我ながら不思議だ。佐久間での練習のほうがずっとレベルが高いのに、それよりずっと濃いと感じるのはなぜだろう。

「高階さん」

トンボをかけていると、背後から控えめに声をかけられた。ふりむくと、練習中は全く姿を見せなかった安東が立っていた。休日だというのに、今日もスーツ姿だ。

「ご挨拶が遅れまして、申し訳ありません。遠いところを、せっかく来て頂いたのに」

「いえ、急に来ることになったので、こちらこそ失礼しました。役員会お疲れ様です」

「ありがとうございます。私も、高階さんのプレーを見たかったのに悔しいです。今日はどうでしたか？」

「とてもいいチームですね。世辞じゃないですよ」

それまで緊張していた安東の顔が、ようやく緩んだ。

「よかった。嬉しいです」

「片桐監督、面白い指導をしますね。ひとつひとつの練習にかける時間が少し短すぎる気もしますが、おかげでどれも集中してやらざるを得ません。内容も合理的だ」

「海外だとお金もないし、みな飽きっぽいし気性が荒いものですから、とにかくわかりやすく、飽きさせないように目先を変える工夫をしなきゃならなかったそうです。素振りもみんなで物干し竿振ってたらしくて」

「へえ、それなら体幹は問答無用で鍛えられますよね」

「一年以内に結果出さないとクビになるから、とにかく急ピッチで仕上げたそうですよ。だからこのチームも、来年夏には必ず東京ドームに連れて行くって言ってました。高階さんも一緒に来てくださいませんか」

高階は、自分が整備したばかりのグラウンドに目を向けた。さきほどまでの喧噪が嘘のように、カクテルライトを浴びて、静かに眠りにつこうとしているフィールド。

夏に東京ドームで行われる、都市対抗。そして秋に京セラドーム大阪で行われる、日本選手権。

この二大大会にクラブチームが参加するのは、容易なことではない。

まず都市対抗は、本選参加のためには第一次、第二次予選を突破する必要があるが、企業チームの場合は実質上の参加は第二次となる。第一次は、クラブチームどうしの激突である。ここを勝ち抜いてはじめて、ようやく企業チームと同じ土俵に立つことが許されるのだ。しかしいざ勝負となると、大半はコールド負けを喫するのが現実だった。

そして、秋の日本選手権。これは、夏の終わりに西武ドームで行われる全日本クラブ野球選手権に優勝したチームのみが、参加を許される。

いずれも険しい道だが、不可能ではない。実際、都市対抗には、企業チームを蹴散らして本選参加を決めるクラブチームもある。

三香田はいいチームだ。寄せ集めではあるものの、予想していたよりもずっと技術は高い。この秋冬でみっちり監督の指導を受ければ、春には化けているかもしれない。なにより誰もが野球をすることに飢えている。こういうチームは、強くなる。環境も悪くはない。

「申し訳ありません」

しかし、高階は受け入れることはできなかった。

憧れた大舞台。スタメンで打席に立ち、もう一度花を咲かせたい。プロに行きたい。この数年ずっと胸を焦がし続けた夢が、ひょっとしたら。そんな想像がよぎらなかったかと言えば、嘘になる。だからこそ、思うのだ。今まで何度も、甘い夢を見た。もう目ざめるべきなのだ。

叶(かな)う可能性の少ない夢のために、それ以外の全てを失う勇気は自分にはない。野球をやっていた時間よりも、その後の人生のほうがずっと長いのだから。

「そうですか。残念です」

安東は見るからにしょげた様子で言った。

「本当に、申し訳ありません。よくして頂いたのに」

「いえ、あんな飛び込みで行ったのに、こうして来てくださっただけでもありがたいことですから。楽しんで頂けたのなら、よかったです」

「じゃあ何しに来たんだよ」

突然、背後で低い声がした。振り向くと、あのやたらとでかい男が立っていた。サングラスをしているが、こちらを睨んでいるのがわかった。

「楽しく思い出づくりにでも来たのかよ。企業様もヒマだな、こんなところまで遊びに来るなんて」

「ちょっとやめてよ。私が来てくださいって頼んだんだから」

安東が慌てて制止するが、男は止まらない。

「ああ、ヒマなんだよな。佐久間運輸は潰れて、もう行くあてもないんだもんな。それで仕方なく来たはいいが、こんなところじゃやってられないってか？」

なんだ、こいつは。高階は眉を寄せた。なぜこんなにケンカ腰なのだろう。そもそもこの男は、恵まれた体軀のくせに見かけ倒しもいいところで、守備も下手なら、打撃もまるでなってはいなかった。

「やってられないなんて言ってない。正直、ここに来るまでは面倒だとしか思ってなかった。けど今はいいチームだと思う」

「じゃあなんでやらないんだよ。こんな時期にノコノコ来やがって。前に監督からも勧誘されてるはずだよな？　おせえんだよ」

「やめなってば！」安東が声を張り上げた。「あんたが言えた義理じゃないでしょうが！　テストの日、大遅刻してきたの誰よ？」

「今関係ないだろ、いつの話してんだよ。なんで女ってのはすぐ昔の話蒸し返すんだ」

「昔って、まだ二ヶ月経ってないよ耄碌（もうろく）したの？　だいたいいつも遅刻しまくりサボりまくりのくせに、珍しくまじめに来た日にえらそうに人に説教とか脳ミソ沸いてんじゃないの、恥ずかしいんですけど！」

「うっせーな、俺だっててめえのせいで入ることになったんだぞ、俺にはあんなクソな態度で引き連れてきたくせに、なんでこいつにはそんな下手に出てんだよ」

「あれはあんたが遅刻してくるのが悪いんじゃん！　ちゃんとしてる高階さんとあんたなんか比べようがないでしょうが、比べること自体失礼だよ」

いきなり大げんかを始めた二人を前に、高階はただあっけにとられていた。それまで一言も喋らなかった大男が相当口汚いのも驚いたが、それまで丁寧な態度を崩さなかった安東の豹変ぶりもすごい。

「はいそこまで。高階君ドン引きしてるじゃない」

片桐の声に、ぎゃんぎゃん吠えていた安東は、はっとして高階を見た。途端に真っ赤になる。

一方、大男のほうはまるで態度を変えず、高階に向かって顎をしゃくった。

「おいおっさん、こいつと勝負させろ」

おっさんというのは、もしや監督のことだろうか。高階は唖然として片桐を見たが、当人は笑っている。

「唐突だねえ。勝負ってなに？　ホームラン競争？　言っとくけど、君と高階君じゃ勝負にならないよ。君すぐ練習さぼるし。素振りちゃんとしてる？」

「してる。気が向いた時に」

「いやだからそういうのは毎日ね……」

「だがシャドウピッチングはしてる」男は高階に向き直った。「一打席勝負だ。俺の球が打てなければ、このチームに入れ」

「は？」

「ああ、打てなければってのはヒットって意味じゃねえから安心しろ。当てられなければって意味だ」

そういう意味で訊き返したのではないが、彼の言葉は高階をますます驚かせた。

「おまえ投手なのか？」

「ああ。今はこのおっさんのせいで外野なんてやらされてるけどな」

高階のもの問いたげな視線を受けて、片桐は肯定するように黙って首をすくめた。

「投手ねえ。ふーん……」

高階は改めて目の前の男を観察した。たしかにこれだけの身長だ、投手の経験があるのも頷ける。実際さきほどフリーバッティングで打撃投手を務めていた時は、サイド気味の右投げで、それなりの球を放っていた。しかしあの程度なら高階でも投げられる。

「何考えてんのかわかるけどな、さっきのはあくまでバッピだ。本気で投げればあんなもんじゃねえ。かすりもしねえよ」

馬鹿にした口調に、頭に血が上る。

「なめてんのか」

「なめてんのはそっちだろ。どうする？」

肉厚の唇が、挑発するように歪んだ。サングラスに隠された目がどんな光を宿しているか、ありありとわかった。

不穏な空気を察し、安東が慌てて二人の間に割って入る。

「ちょっとナオミ何言ってんの？　監督も止めてくださいよ！」

「おっさん、今日だけは止めんな。おっさんだって、こいつ欲しいんだろ。右の大砲ほしいっつってたじゃねえか」

「まあそりゃあ。でも佐久間の正社員の座を捨ててこっち来いとかちょっと言えないしさあ」片桐は頭を掻きつつ、高階に向き直った。

「ただ、マネージャーも今日、君が来てくれるのを楽しみにしていたんだ。なのにせっかくの勇姿を見られなかったのは気の毒だから、あとちょっとだけつきあってくれないかな？　賭け云々はおいといてさ、一打席勝負だけ。新幹線には間に合うように送るから安心して」

「本当にこいつが投げるんですか？　悪いですが、すぐ勝負が終わりますよ」

「僕もそう思うけど、どうする？　やってみる？」

「いっすよ別に」

「よかったね隼人。じゃ行ってらっしゃい」

男は鼻を鳴らすと、大股でベンチに向かい、グラブを替えて再びマウンドに向かった。グラブをはめている手を見て、高階は軽く目を瞠った。右にはめている。両利きか。

目先を変えればいけるとでも踏んだのか。ならば、なめられたものだ。

マウンドに立つ男は、大きい。打席から見ると、天から見下ろされているような気分だ。投球練習に入った男は、ゆっくりと、大きく振りかぶった。最初の数球は、とくにどうということはなかった。まあさすがに右投げの時よりフォームはいいかな、と思う程度だった。

が、四球目、空気ががらりと変わった。

高階はその時、打席の近くに立っていた。ボールとの距離はあったが、顔の前にたしかに風を感じた。

球は見えなかった。しかし、空気は唸り、構えた捕手のミットは悲鳴をあげた。見れば、捕手はもう少しで尻餅をつくところだった。

「いってぇ」

マスクの下で呻いたのは、正捕手として紹介された三宅という男だった。三十前後の、いかにも頑丈そうな体をもち、キャッチング技術もなかなかのものだ。その彼が、顔をしかめたまま、しばらく動けなかった。ボールはミットから落ちて、転々と転がっている。しびれる腕を振り、三宅はボールを拾って土を払い、「ナイスボール！」とマウンドにボールを投げ返す。その動きもどこかぎこちなく、まだキャッチした時の衝撃から完全に立ち直っていないことを物語っていた。

再び男は投球動作に入る。長い両腕が、ぐんと天を突き刺すように伸びる。右投げの時とは違い、伸びやかなワインドアップ。投球練習を繰り返すつど、球は伸びていく。バッピの時の死んだ球ではなく、まちがいなく生きた球。

両利きではない。左が、彼の本領なのだ。

「あれ、誰です」

高階は掠れた声で言った。

「直海っていうんだけど。直海隼人。君の一つ下だけど、覚えてる？」

名前を聞いて、唖然とした。

片桐は、知ってるか、とは問わなかった。覚えているか、と。それほど、かつて直海隼人の名は鮮烈なものだった。

「覚えてるもなにも。田嶌商の直海でしょう。巨人ドラ一の」

秋田の名門・田嶌商で高一の秋から背番号1を背負った直海は、二年の夏には一五〇キロを出した。ただコントロールが壊滅的なこともあり、県大会を勝ち抜くことができなかった。それでも高三の夏、晴れて秋田代表として甲子園に乗り込んできた彼は、はじめてのマウンドの第一球で、いきなり一五五キロを叩き出し、甲子園中をどよめかせた。

長身から投げ下ろす豪速球、しかもサウスポー。球種はストレートとスライダーしかなかったが、打てる者などほとんどいなかった。

田嶌商はベスト8で消えたが、直海は全日本選抜でもエースとして投げ続け、アジア大会優勝に貢献し、ドラフトでは五球団が競合した結果、鳴り物入りで巨人に入団した。スポーツニュースでも、当然トップの扱いだった。

プロに入ってからも、高卒でありながら初年度からマウンドに登り、その圧倒的な球速でベテラン打者もねじ伏せて初白星をあげ、ファンを魅了した。にもかかわらず、わずか二年でプロから去ったという、彗星のごとく現れて消えた左の本格派である。

消えた理由は、故障と素行の悪さ。彼は入団時からすでに肩に爆弾を抱えていたらしいが、その後、肘の靭帯（じんたい）を痛め、再建手術もしている。しかしリハビリに専念しなければならない時期に、寮を脱走して夜遊びに興じ、まだ未成年だったにもかかわらず歓楽街のバーで暴れて警察沙汰となり、クビになった。高校時代から、態度と素行の悪さで有名だっただけに、みな納得したものだった。

「なんで、ここにいるんすか？」

信じられない。二年で解雇された後は、全く消息を聞かなかった。海外にいるという噂だけは聞いたことがあるような気がするが、なぜこんなド田舎に？

よく似た偽者？　いいや、本物だ。こんなとんでもない球を投げる人間が、そう何人もいてたまるものか。

「まあまあ、それは後で。さあ入った入った」

片桐は客引きのような笑顔で、ぐいぐいと高階の体を押した。高階はまだ茫然としているうちに打席に立ち、マウンド上の直海を見上げた。でかい。さきほどよりもさらに大きく見える。

「そういえば俺が勝った場合の話をしてませんでしたが」

高階の言葉に、審判の位置に立った片桐は「ああそういえば」とはじめて気がついたような顔をした。

「地酒がうまいって聞いたんで、何本か貰えますかね」

「お安い御用。じゃ、賭けは有効なんだ？」

「直海隼人が相手なら、そうするしかないじゃないですか。黒獅子旗とるって、マジなんですね」

黒獅子旗。

都市対抗を制したチームに与えられる、最強の証。社会人野球の世界にいる人間ならば、誰もが憧れる栄光。佐久間では、手が届かなかった。手が届くどころか、自分はスタートラインにすら並べなかった。

高階の言葉に、片桐はにやりと笑った。

「もちろんだよ。本気じゃなきゃ、わざわざ帰ってこないよ。俺、ほんとは来年またマレーシアのナショナルチームのコーチにつく予定だったんだからさ」

正気とは思えない。得体の知れない、いかにも寄せ集めのこのチームで。しかし、今日一日でもわかった。彼らは本気だ。

問題は可能かどうかだ。本気で夢を見ることまでなら、誰でもできる。結果が伴う夢なのかどうかは、ここできっと見極められる。

マウンドを見る。直海が見下ろしていた。サングラスごしでも、はっきりとわかる。見ている。ねじ伏せる獲物として。

途端に、体に火がつくのを感じた。喉がからからになる。

この感じ、久しぶりだ。今まで試合で打席に入る時は、ただただ緊張していた。今度こそ打たなくては。失敗するわけはいかない。監督にいいところを見せなければ。そんなことばかりが頭を巡り、目の前の投手のことなど二の次だった。

しかし今、高階は直海しか見えていなかった。こいつは俺と勝負したがっている、と感じた。そして自分もまた同じ。打ちたい。渾身の球を、渾身の打撃でねじ伏せたい。

それは、何にも勝る誘惑だ。まじりけなし、この一瞬だけの全力の勝負。

捕手の背後にまわった片桐が、右手をあげてプレイボールを宣告する。

さっそく、直海が投球動作に入る。ほれぼれするようなワインドアップ。

来る、と思った瞬間、思い切り振った。その直後、ミットが爆発したような音を立てた。

「ストライク!」

速い。完全に振り遅れた。今はタイミングをはかるために振っただけだが、これは予想よりはるかに速く入らないと駄目だ。

(いや、それ以前の問題だ。まるで見えない)

二球目は見送った。ド真ん中だった。

再び、喉が鳴った。一打席勝負どころではない。三球勝負になってしまう。

直海ははじめから、ストレート以外投げる気はない。コースに投げ分ける気などさらさらなさそうだった。捕手がナイスボールと声をかけて、球を投げ返す。マウンド上で球を受ける直海の姿は、自信に溢れていた。

おまえに、俺の球は絶対に打てない。そう言われているようだった。

「タイム」

一度打席を外し、深呼吸をした。ゆっくりと、バットを振る。落ち着け。今の二球で、だいたい軌道とタイミングはわかったはずだ。

肌が粟立つ。楽しくてたまらないのに、頭はしんと冷えている。

世界は今、投手と自分しかいない。その世界の中心で、直海がゆっくりとモーションに入る。呼吸を合わせる。グリップを軽く引き上げる。

——面で押すな。点でたたきつけろ。

白球が迫る。タイミングはジャストだ。

(よし、捕らえられる！)

瞬間、ボールが消えた。いや、ベース付近で急激に伸びた。

バットの芯で捕らえた時の心地よい震動のかわりに、今までで一番重い音が背後で聞こえた。

「ストライク、バッターアウト！」

勝ち誇った声が、高らかに響いた。

第二章　たからものを探して

1

『三香田ヴィクトリー　入団テストのお知らせ』

ポスターを見た時、安東はサッカーチームの募集でもするのかと思った。

というのも、ポスターがあったのは、スーパーマーケットのサッカー台だったからだ。むろんサッカー台は客が商品の袋詰めをする台のことなので球技とはなんの関係もない。

が、よくよく見れば、ポスターの写真に写っているのは、サッカーの競技場ではない。東京ドームだ。しかもバットに小さな白球、ヘルメットまでレイアウトされている。

どうやら、三香田ヴィクトリーなるチームが新しくこの地に出来るらしい。サッカーチームのような名前だが、野球クラブチームだ。有志が集まった地元の草野球チームというわけではなく、わざわざ入団テストまで行うという。

「一緒に黒獅子旗を狙おう、だってさ」

文字を読み上げ、安東は口元を歪めた。黒獅子旗といえば、社会人野球最高峰の大会・都市対抗の優勝旗。実際、ポスターには黒字に金の獅子が縫い取られた旗もはためいている。

何年か前に、芸能人や元プロ野球選手が監督やオーナーとなってクラブチームをつくり、都市対抗にも出場した。それをきっかけに、町おこしにクラブチームをつくるケースが増えているというのは、ニュースか何かで見た気がする。おそらくその流れに乗ったのだろうが、さすがにこれは無理があるだろう。三香田の過疎化は深刻だ。

「あらたマート」は新潟市に本社をもち、新潟県内ばかりか信越地方にもチェーン店をもつ巨大スーパーマーケットである。

三年前、この不景気にぶじ大手スーパーに就職できた時には喜んだ。両親もとても喜んでくれた。群馬にある安東の実家は、祖父の代から続く小さな酒屋で、長女の心花が継ぐことが暗黙の了解となっている。年子の兄はちゃらんぽらんで飽きっぽく、すでに高校時代に「俺はこの店は絶対に継がない」と宣言して父親に勘当されかけていたぐらいなので、あてにはできない。正反対で堅実を絵に描いたような妹の心花は、いずれ店を継ぐことを考えて大学では経営学部に入り、就職先も流通・小売業を希望していた。

それだけに、入社三年目にして三香田店赴任が決まった時は、気が遠くなった。

三香田店は窓際も窓際、毎年閉店が噂されるお荷物店舗だ。かつては、製紙業では日本有数の大手に数えられていた根元製紙が歴代最大の社員数を誇っていたこともあり三香田の人口も多く、店も繁盛していたようだが、それも昔の話だ。

過疎化が進み、今や控えめに言ってもド田舎の三香田に行きたい社員などいない。人口は激減、頼みの根元製紙も事業を縮小し社員も半数近くに減ったというし、当然、三香田店の業績も下降の一途を辿っている。人がいない以上、どう頑張ってもこの土地で業績回復は望めない。やりがいもない、娯楽もない。流刑地（るけいち）と言われている三香田店に、なぜ入社三年目で飛ばされたのか。資格をとった矢先のことで、落ち込むどころではなかった。とんでもないヘマをやらかしたとしか思えないが、思い当たるふしはない。入社以来大きなトラブルもなく、勤務態度はまじめと上司の評判もよく、資格試験の成績も悪くなかったはずだ。

同期の同情の声に見送られ、三香田に来て一日で、安東は予想以上のド田舎っぷりに絶望した。客層の平均年齢が異様に高い上、客と馴れ合い関係ができていて隙あらばサボる熟練（と言えば聞こえはいいが、単に年数が長いだけ）パートと、彼女たちに完全に牛耳られて抵抗する気力もない店長以下わずかな社員という布陣。この中で、少なくとも一年はやっていかねばならないのだ。

そんなところで、野球で全国を目指すとは。頭がお花畑になったとしか思えない。

「どうせテストなんてやったって、来るのおじいちゃんだけでしょ」

安東は鼻で笑い、サッカー台から離れた。そして五分後には、ポスターのことなど完全に忘れてしまった。


（なのに、どういうことよコレ？）

グラウンドに黙々と白線を引きつつ、安東は今日何度目かわからぬ疑問を頭に浮かべた。

七月末、季節は真夏だが、標高の高いこのあたりは風も爽やかだ。とはいえ、山の上のグラウンドに突き刺さる陽光は容赦がない。

殺人的な陽光にもめげず、三香田市民球場では、ユニフォームを着た男たちがいきいきと動き回っている。

七月最後の土曜にあたる今日は、三香田ヴィクトリー入団テスト当日である。安東は今日、出勤予定だったはずだった。それなのになぜか、涼しいスーパーではなく、Tシャツにジャージという姿でグラウンドにいる。

「安東さん、三香田ヴィクトリーのポスター見たよね？　でさ、そのテストが今週末なんだけど、手伝いに行ってくれる？」

死んだ魚の目をした店長にいきなりそう告げられたのは、わずか三日前のことだ。一ヶ月前に貼り出されたポスターのことなどすっかり忘れていた安東は、「三香田ヴィクトリー？」と訊き返し、店長の目をよけいに濁らせた。

「おいおい、町おこしの一環なんだし忘れないでよ。部長が三香田商工会議所の野口会長なんだから。うちもスポンサーだから、テストに手伝いを出さなきゃいけなくてね」

「私その日シフト入ってますけど。社員で休みなのは木内さんでは」

「木内さんには交替してもらうよう言ってあるから大丈夫。やっぱり先方も若いほうがいいと思うし、なにより安東さん野球部だったんだよね？　経験者のほうがいいでしょう」

「ソフトボール部です。野球は小学生までです。ていうか関係ないですよね、それ」

いちおう反論を試みたものの店長は聞く耳をもたず、安東はむりやり週末の休みをとらされた。理不尽もいいところだったが、そもそも三香田に来てから理不尽ではないことのほうが少ないので、早々に諦めた。ここではとにかく、諦めが肝心だ。

正社員はたいてい一、二年で異動する。安東はもちろん二年もいる気はなかったので、異動希望が出せる時期になれば即座に提出する予定だった。来年の異動まで、あと一年たらず。店長や地元の商工会と問題を起こすのは得策ではないと、自分に言い聞かせて当日出向いてみれば、案の定、商工会の面々にこき使われるはめになった。グラウンド整備に会場設営、受付、誘導。荷物運び。正直言って、シフトに入っていたほうがまだ楽だ。キャッチボールの人数が半端だからと、「君、経験者なんだろう」とグラブを持たされた時には、何がなんでもこれは休日出勤扱いにしてもらおうと心に決めた。

ウォームアップが終わり、ようやくテストが始まると、安東にもようやく一息つく時間が与えられる。日陰のダグアウトに避難し、さきほど自分で大量に用意した麦茶をこっそり飲みつつ、グラウンドに目を向けた。

こんなド田舎のクラブチームにわざわざテストなんぞしにくる人間などいるものかと思っていたが、意外なことに盛況である。半数近くは、つい先日までこの球場を使っていた地元クラブチームのメンバーだそうだが、三香田以外、果てには新潟の外からわざわざやって来た者もいるのには驚いた。

安東は立て続けに麦茶を三杯飲み干し、改めて選手たちを観察した。年齢もレベルもピンキリだが、とにかく皆、いきいきしている。

「野球かぁ」

安東は小三で野球を始めた。当時はなんでも兄の真似をしているころだったので、先に始めていた兄に続く形でチームに入った。小学生の間はずっとそこで野球を続け、中学からは学校のソフトボール部に入った。

こうして球場にいると、まざまざと甦る。響く球音。渦巻く熱気。所属していた少年野球チームやソフトボール部はとくに強いわけではなかったが、練習は真剣にやったし、それなりに楽しかった。しかし、大人になってまで続けたいと思うほどではなかった。安東は、勉強はもちろん部活も委員会もまじめに活動したが、打ち込んだというよりも、それが学生の義務だと思ったからそうしただけだった。

ここにいる者たちは、どうなのだろう。正直言って、安東のほうがまだマシなのではないかと思うようなレベルの選手もいる。しかし皆、夢中でプレーをしている。義務でもないのに、この暑い中、物好きなものだ。

「おい、安東」

突然背後から重低音で呼びかけられ、安東は飛び上がる。

おそるおそる振り向くと、ロッカー室へと続く通路から、強面の老人がのしのしと歩いてくるところだった。安東は腰を九十度折る勢いで頭を下げる。

「すみません野口さん、勝手に飲んじゃって！」

三香田ヴィクトリー部長・野口正三は、三香田の古い建築物のほとんどを請け負ったという野口組の会長であり、三香田商工会議所の会長でもある。七十を過ぎているが未だ壮健そのもののがっしりした体つき、頰に走る傷痕、なによりただならぬ眼光がえもいわれぬ迫力を醸し出している。

「茶ぐらい飲まなきゃあんたも干からびるだろう。よく働いてくれたしな」

てっきり、さぼっているのを見とがめられたのかと思ったが、野口はどうでもよさそうに安東が手にしたコップに目をやった。しかし、酒枯れした声はやたらドスがきいており、叱られているわけではないとわかっても震え上がってしまう。

「あ、ありがとうございます。何かお手伝いすることはありますか」

「ああ、悪いんだが、来る予定の奴がひとり来てなくてね。ようやく連絡がとれたんだが、外の人間だから、どうも迷ってるようなんだ。悪いんだが、迎えに行ってくれないか」

「はいっ喜んで！」

「助かる。橋のたもとの観音堂、わかるか。あそこに、ボロい黒のワゴンがあるから」

安東は二つ返事で飛び出した。面倒なことこの上ないが、野口の威圧感に晒されているよりは面倒のほうがはるかにましだった。


山道を下り、大通りに出た赤いフィットは、くだんの橋へとひた走る。住宅街や駅に背を向けて、どんどんと山奥へと入っていく道だ。周囲の木々はいっそう濃くなり、まだ昼前だというのに薄暗い。

一ヶ月前にこのあたりをＭＴＢで流した時は、まだここまで葉が生い繁ってはおらず、明るい日射しと風が心地よかったが、今や緑の天蓋は車に覆いかぶさらんばかりだった。

突然、道の左側から木々が消え、視界が開ける。薄汚れたガードレールのはるか下方は、ここからは見えないが、流れの速い川が流れている。対岸にあたる山の表面は青々と萌え、美しい。

しばらく進むとガードレールがとぎれ、安東は迷わず、川へと下りる脇道へと入っていった。脇道によりそうように、いくつか家が並んでいるが、いずれも廃屋だ。二十年ほど前はこのあたりも小さな村落だったそうだが、今は誰もいない。道を中ほどまで下りると鉄橋があり、手前は少し開けた広場のようになっていて、小さな滑り台、ブランコといった遊具の奥に、今にも崩れ落ちそうな観音堂がひっそりと建っている。その観音堂の横に薄汚れたワゴン車を見つけ、安東は車を止めた。

「どうやってこんな所に迷いこんだのよ……」

ワゴン車のバックドアは開け放たれており、簡易テーブルと椅子が出したままになっている。フィットを降りて近づいてみると、テーブルの上にはステンレスのカップと、将棋台が置かれていた。迷っていたというわりに、ずいぶんと悠長ではないか。頭にきて車内をのぞき込んでみたが、人はいない。

「すみませーん、三香田ヴィクトリーの者ですが」

大声を出して周囲を見回してみたが、答えはない。気配もない。そしてようやく、相手の名前を聞いていなかったことを思い出した。慌ててスマホを取りだしてみたが、なんと圏外。

「まじですか……」

安東はしぶしぶ車から離れ、橋へと向かった。車にいないとなると、川だろう。

このあたりには時々、酔狂な釣り客が来ると聞いたことがある。

谷底の川までは結構な距離があるが、渓流の音はやかましいぐらい耳に届く。このあたりは上流と中流の中間ぐらいで、流れが速く、昔の大水で何度か周囲の家屋も流されたとかで、今は川に下りるのは禁じられているが時々、川釣り客が勝手に潜り込むことがあるらしい。

安東は橋の中程まで進み、川をのぞき込んだ。案の定、河原に男が一人いる。ここから見ても、ずいぶん大きな男だとわかった。

「こんにちは！　セレクション参加予定の方ですよねー？」

声をはりあげると、男が顔をあげた。返事はない。こちらに向けた顔も、すぐに川面へと戻る。

「三香田ヴィクトリーの者です！　お迎えに来ましたー！」

頭にきていっそう声をはりあげると、たまらず男が「大声出すな」と怒鳴った。

「あなたも出してますけどね！　ていうか釣りしてる場合じゃないでしょうが!!」

とうとう男は竿を上げた。と思ったら、安東に背を向け、ますます上流のほうへと入り込んでいく。

「ちょっと、どこ行くんですか！」

男の足は止まらない。安東は舌打ちし、橋から広場に走り、転落防止のために建てられたネットフェンスの破れから、川へと続く斜面に侵入した。

斜面は急で、膝ほどもある野草に覆われていたが、その中に踏み固めたような細い道がある。フェンスの破れ目もこの道も、マナーのなっていない釣り客たちの仕業だろう。安東は慎重に足を進めた。

が、ふと、足の前で何かが動いた。耳ざわりな音をたてて、草の上を這っていく、紐(ひも)状の——

「ぎゃあああああ！」

色気のない絶叫が、響き渡った。

反射的に逃げようとして足を滑らせた安東は、とっさに近くの草を摑んだが、派手な音をたてて草はちぎれ、安東の体は勢いよく斜面をずり落ちていく。止まらない。せめて頭だけは庇いながら、安東はあっというまに小石だらけの河原に落ちた。

ようやく体が止まり、ほっとして立ち上がろうとした途端、右足首に痛みが走った。どうやら、捻ったらしい。情けなさと痛みで涙が出そうになった。見れば、ジャージは泥だらけであちこちすり切れ、落ちる時にめくれてしまった部分の皮膚は、石だか灌木だかにひっかけたのか血が滲んでいた。急いであたりを見回し、ヘビがいないことを確認すると、安東は四つん這いのまま川へと向かった。

「何してんだ」

背後から、声がした。振り向くと、さきほどの男が立っている。

「……こっちの台詞です」

「足やったのか？」

「やりました。あなたのせいです」

「はぁ？」

「あなたがテストに来ないでこんなところで油売ってるから私がこんな目に遭うんじゃないですか。ドタキャンなんていい大人がすることじゃありません！」

間近で見る男の風体は、橋の上から見た何倍も迫力があった。背が高いのはわかっていたが、二メートル近くある。日に灼けた顔の下半分は髭に覆われ、適当に束ねたドレッドヘアとサングラスのせいで威圧感は三倍増しだ。

石橋を叩いて渡る、君子危うきに近寄らずが信条の安東は、通常ならばまず逃げ出す相手だ。しかし、落下の痛みとパニックと怒りで、安東のテンションは完全におかしくなっていた。

「私だってべつに手伝いなんてしたくなかったんですよ貴重な休日なのに！　そもそも私なんの落ち

度もないのにいきなりこんなところに転勤させられてその上ヘビとか意味わかんないし私が何したって言うのよばかー！」

　三香田に来てからというものたまりにたまった鬱憤が爆発し、涙目で怒鳴り散らす安東を見て、男はじりじりと後じさった。気づいた安東が、ぎろりと睨めつける。

「ちょっと、どこ行くつもりですか」

「帰る」

「私、歩けないんですけど。見捨てていくんですか？　かよわい女子をここに？」

「どこにかよわい女子がいるんだよ」

　二人は睨みあった。もっとも男はサングラスをかけていたので、安東から目は見えない。が、睨まれているのはわかった。そして、いいかげん諦めたように、逸らされたことも。

「わかったよ。病院、どこだ」

「今日は病院は午前までです。受付はもう終わってます。だから球場行ってください」

「あ？」

「球場に医務室がありますんで」

　男は再び殺気立ったが、結局手早く荷物を片付けると、安東を背負い、斜面を登り始めた。おぶわれて改めて、安東は相手の大きさを感じた。巨体に似合わぬ身軽な動きで男はやすやすと斜面を登りきると、ひとまず安東を地面に下ろし、ものすごく面倒くさそうに釣り道具やテーブルを片付けた。

「乗れ。自分の車は後でとりにこい」

　できれば安東はフィットで行きたかったが、この足ではアクセルもブレーキも踏めそうにないので、しかたなくワゴン車に乗り込んだ。球場へのナビは、必要なかった。男は迷いなく、球場方面へと車を走らせたからだ。

「やっぱり、道に迷ったっていうのは嘘だったんですね。いつからあそこにいたんですか？」

「ゆうべ」

「……は？」

「通りがかったら、いい釣り場があったから。今日、テストに行くまで釣ろうと思ったんだよ」

男は悪びれずに言った。

「はあ、それで時間を忘れたと。釣れてないようでしたけど」

「うるせーな、蹴り落とすぞ」

凄まれて、安東は黙った。腹は立ったが、ここにきてようやく、運転席に座る男が怖くなってきた。車内という逃げ場のないところにいると、この威圧感が息苦しい。

いったいどういう経緯でここのテストに、と考えこんでいるうちに、ワゴン車は球場に到着した。礼を言って、痛む足に力がかからないようなんとか降りようとすると、先に降りた男にひょいと右肩に抱え上げられた。

「ぎゃー！　何すんですか！」

「さっきはおぶえって脅迫しただろうが」

「いや平地は歩けます。肩貸していただければ！」

「左肩に触られんのが厭なんだよ」

賑(にぎ)やかに球場に向かうと、連絡を受けて入り口で待っていた野口が二人を見て目を見開いた。

「安東、泥だらけじゃないか。君、これはいったい」

疑惑の目を向けられた男は、これみよがしに舌打ちした。

「なんもしてねーよ。足くじいたっつうから、連れてきてやっただけだ。このウザいの医務室に連れてってくれ。片桐のおっさんは中にいんの？」

いきなりのタメ口に安東は呆れたが、野口は顔色も変えずに「いる。急いで着替えてくれ」と言った。男は安東を下ろして野口に押しつけると、さっさと球場へと入っていく。その後ろ姿を、安東はあっけに取られて見送った。

「……あのう、あれ、いいんですか？」

「ああいう奴だというのは聞いている。素行が問題で追い出された元プロだ」

野口は安東に肩を貸し、医務室に向かって歩き出した。すみません、と恐縮しつつ、安東は好奇心が抑えられず尋ねた。

「元プロまで来るなんてすごいですね。ここの出身なんですか？」

「いや。監督の片桐さんの人脈だよ。巨人の直海って投手、知ってるかね。なんでも、マレーシアでしばらく監督の家に居候していたそうだ」

安東は目を剝いた。プロ野球は疎いが、甲子園時代にかなり騒がれたので、さすがに直海ぐらいは知っている。

「居候？　親戚かなんかですか？」

「いや、監督がマレーシアでクラブチームを指導しているところにたまたまやって来たんだそうだ。監督曰く、雨の日に段ボール箱の中に捨てられていたんだそうだが。マレーシアにはでかい段ボール箱があるんだな」

これは野口渾身のギャグなのだろうか。安東は反応に困ったあげく、「熱帯って植物も大きくなりますからねえ」と全くわけのわからないことを言ってしまった。野口の沈黙に、死にたくなる。

「え、えーとあの、元プロってことは、能力は高いんでしょうね。でも、チームにいたらちょっと大変そうな人ですよねえ」

「私もそう思うがね。どうなるやら」

海千山千の強面の老人は、若干遠い目をしてつぶやいた。

(もしさっきのが入ったら、苦労しそうだなぁ)

安東は、心から同情した。ひとごとだったから同情できた。この時は。

2

(ていうか私、流されすぎるにもほどがあるんじゃないの?)

強烈な日射しが、じりじりと肌を灼く。この季節の太陽は、Tシャツの薄い布地などものともしない。

頭には農家から譲り受けた巨大な麦わら帽子。首からはタオルをぶらさげ、Tシャツにジャージ。両手に軍手。どこに出しても恥ずかしくない農作業ルックだ。

総勢二十名、土の上にうずくまり、黙々と働く。やっていることも農作業に近いが、微妙に違う。彼らはひたすら芝を張っていた。

三香田市民球場のボロボロの外野の芝を一度はがし、整地した上で、チーム総出でマット状の芝生を張っていくのだ。

「よーし休憩!　昼飯にするぞー!」

片桐の声に、歓声があがる。めいめい背中を伸ばす中、安東は弾かれたように立ち上がり、内野を駆け抜けてグラウンドの外に出た。飲み物を準備し、さきほどあらたマートから届いた弁当とともにグラウンドに戻ると、それまでへたりこんでいた選手のひとりが飛び起き、ものすごい速さで安東の前までやってきた。

「マネージャー、俺コロッケ弁当がいいっす！」

きらきらした目がおさまった顔はまだちらほらにきびがあり、高校生といっても通りそうだった。実際、彼は今年高校を卒業したばかりだ。

「なくならないんだからそんな焦らないの、水城君」

安東が苦笑まじりに渡してやると、水城は歓声をあげて去っていく。

三香田ヴィクトリー・マネージャー。これが、一週間前に安東に新たに加わった肩書きだ。

打診されたのは、セレクションの翌日である。くじいた足をひきずり出勤すると、珍しく満面の笑みの店長に出迎えられた。

「商工会のほうから、大変感謝されたよ。それで、野口さんがぜひ君にマネージャーをお願いしたいそうだが、引き受けてくれるだろう？」

安東は唖然とし、さすがに今度は断った。これ以上、貴重な休日を潰されてはかなわない。すると店長は死んだ魚の目に涙を浮かべた。

「なんとか頼むよ。うちからもチームに何かしないといけないのは確かだし、野口さんからぜひにって言ってくれることなんてないんだよ～」

「たまに手伝うぐらいならともかく、マネージャーなんて万年雑用係じゃないですか。困りますよ。それに私、来年には異動しているかもしれませんし」

「向こうもそれはわかっていると思うよ。それでも安東さんにお願いしたいって言ってきたんだから。

体力あって働きもので気がきいて、野球のこともそれなりに知ってる安東さん以上の適材はいないんだって」

「持ち上げても何も出ませんよ。単に、激務だからなり手がいないだけでしょう。私だって無理です」

冷ややかに首を振ったが、店長は諦めない。パート相手にはまるでかたなしの彼も、最年少の社員には涙目になりつつ意見を押し通すのが常だった。

「異動希望が通るように俺も後押しするからさ。それに地元との協力ってポイント高いし、異動後にも有利になるよ。僕からもエリアマネージャーに安東さんの貢献はアピールしておくし」

その後何日にもわたって説得され、結局安東は首を縦に振った。断り続けるのも、いいかげん面倒になったのだ。

休日を全て投げ捨てるはめになったのは遺憾だが、どうせここでは休日にすることもない。ならば異動後の薔薇色の未来に思いを馳せて、期間限定の滅私奉公をしてやろうじゃないかと半ばやけくそでマネージャーを引き受けた。

腹を空かせている選手に弁当をあらかた渡し終えて、さあいよいよ自分の、と思って袋を見れば、あと二つ残っている。安東はため息をつき、外野のほうを見た。

でかいのが一人、伸びている。ぴくりとも動かないので寝ているのかもしれない。できることなら放置しておきたいが、午後も作業が残っている。

「直海、お弁当ー」

おそるおそる声をかけてみても、返事はない。顔の上には帽子が載っているので、起きているかもわからない。

「お弁当と飲み物置いとくから。昼寝なら日陰のほうがいいんじゃない」

いちおう言うだけ言ってさっと立ち去ろうとしたら、帽子が動き、その下から呻くような声がした。

「なんで日本まで来て芝植えなんだよ。聞いてねえよ」

起きていたらしい。

テストに大幅に遅刻してきた彼は、どういうわけか合格した。しかも、以前は投手だったはずだが、テストではマウンドに登ることはなく、野手としての登録である。わけがわからないが、とにかく仲間は仲間だ。

「みんなでやれば球場への愛着も湧くじゃん」

「金がないだけだろ」

「それ言ったらおしまい。日本まで来てってことは、前にも経験あるの？　けっこう慣れてるみたいだけど」

意外なことに、直海は非常に手際がよかった。戸惑う選手たちを尻目に、率先して動いていたのには驚いた。

テストの後、三香田ヴィクトリーが練習を行ったのはまだ二回程度だが、直海は両方とも派手に遅刻をしたし、練習にも集中しているとは言いがたい。今日も遅刻してきたが、練習よりはよほど動きがよかった気がする。

「マレーシアじゃ、そのへんの適当な広場で試合やってたからな。芝も植えようって話になって手伝わされた」

直海は起き上がり、弁当を手に取った。イタダキマス、と小声で律儀(りちぎ)に言って左手で箸をもつ。

「ふーん。前のチームではやっぱ投手だったんだよね？」

「関係ねえだろ。メシ食う時ぐらいひとりにさせろ、うぜえ」

吐き捨てるように言われて、頭に血が上る。

「それはどうもすみませんでした！　終わったらゴミもってきてくださいね！」

勢いよく立ち上がり、安東はその場を後にした。いちおう気を遣ってやったのになんて言いぐさだ。断るにしたって、他にも言い方があるだろうに。

直海隼人は万事こういう感じだ。練習に来た時もろくに挨拶をしない。國友に雷を落とされてからかろうじて「ウィーッス」ぐらいは言うようになったが、本当にそれだけで、サングラスも絶対に外さないので感情がまるで見えない。誰かが話しかけようものなら、無言で拒絶の壁をつくり威圧するので、今では誰も近づかない。安東だって、マネージャーという職務がなければ、近づきたくはない。思い返せば、初対面でよくぞあそこまで強く出られたものだと思う。キレた状態というのは恐ろしい。

「お疲れ様です、安東さん。もちますよ」

昼食の時間が終わりゴミを回収していると、近くにいた若い選手が二人手伝ってくれた。どちらも大学生で、目も眉も細い坊主頭のほうはたしかはるばる神奈川の相南大から来たという変わり者だ。もうひとりは地元の大学生だ。安東と同じやたらと太いフレームの眼鏡をかけていたため、一発で覚えた。たしか檜垣と言った。

「ありがとう。二人こそご苦労さま。今日は芝張りってわかってるのに来るなんて。休んでもよかったのに」

安東がねぎらうと、眼鏡の檜垣が笑った。

「どうせヒマですから。まあ俺はいいんですけど、尾崎は神奈川からですからキツいんじゃないかと思いますけどねー」

と、相南大生に目をやると、彼はまじめくさった顔で言った。

「こんな貴重な体験、逃せませんよ。これから世話になる球場ですし、自分たちで芝を張れば、おのずと大事にしようと思うでしょう。片桐監督の考えは参考になります。将来に生かしたいです」

「ああ、尾崎くんは高校野球の監督になるのが夢なんだっけ」

「はい」

「馬鹿ですよねーこいつ。ほんとなら、来年には母校に戻り、野球部のコーチになることが決まってたんですよ。教職もとったのに何やってんだか」

檜垣が呆れたように笑う。二人ともすでに、来年から三香田の企業に入社が決まっていた。檜垣はこの球場のもともとの所有者である根元製紙、尾崎は電気ガラス製作会社に決まっている。

檜垣はテストの時点では就職先が決まっていなかったそうなのでまだいいが、尾崎は母校で教師という道が決まっていたのに、それを蹴ってきたということになる。

「さんざんバカバカ言われたからもう勘弁してくれって。黒獅子旗とってコーチになったほうが箔がつくだろ」

むっとした様子で言い返した尾崎を、檜垣が笑う。

「おまえマジで黒獅子旗とれると思ってんの」

「思ってるよ。練習参加して確信したね」

「練習できたの二回だけじゃん」

「それでも充分わかるよ」

自信たっぷりな言葉に興味を惹かれ、安東は身を乗り出した。

「ほんと？　教えてほしいな、どういうところで？」

尾崎は少し驚いたように安東を見てから、グラウンドに寝転がっている面々を見やった。

「そうですね。まず、人数を極力絞っている」

「たしかに少ないけど、それは三香田側の事情だよ」

選手は現時点で十七名。投手四名、野手十三名。尾崎のポジションである捕手は二人きり。全員、余裕で試合のベンチに入れる。クラブチームにはもっと少ないチームもあるだろうが、これで全国を狙うというのは厳しいものがある。

しかし、三香田はそもそも過疎の町。選手たちに寮を与え、就職も斡旋するとなると、今の予算では厳しく、十八名以内という規定は覆せない。

「いえ、人数が少ないというのは、故障者が続出すれば厳しいリスクはありますが、逆に全員平等に出場するチャンスはあるってことです。俺もそうですけど、出番に飢えてますから、何よりのモチベーションになります。それに練習も時間の無駄を省いて、飽きさせないよう工夫されている。野球の途上国でも野球を指導されていた監督らしい特色だと思います。あっちじゃ日本みたいなスポ根は通用しませんし。じつに合理的ですし、集中が切れない仕組みになっていて素晴らしいです」

頰を紅潮させ、立て板に水のごとく語る尾崎に、安東はあっけにとられていた。檜垣は肩をすくめて苦笑した。

「こういうの言い出すと止まらないんですよ、こいつ。キャッチャーのサガなのか知らんけど理屈くさいっていうか」

「うるせーな。あと一番大事なのは、本気で野球を楽しもうとするメンツが揃ってるってことですかね。約一名、不明な人がいますが」

と、尾崎はちらりと外野で横たわる直海を見やった。巨体は微動だにしない。この炎天下の中でよく眠れるものだと感心する。

「楽しむねえ……」

実際、尾崎や檜垣の顔は輝き、見ているこちらまで頬がほころぶような活力に満ちていた。ここにいる者たちは、約一名をのぞき、そんな顔をしている。野球と全く関係のない芝張りをやっていてすら、子供のようにはしゃぐのは、ここでの未来に夢を馳せているからだ。

正直なところ、安東にはさっぱり彼らが理解できなかった。安東は、三香田に来た時、絶望しかなかった。今も、生活には慣れたが、充実しているとは言いがたい。

なのに彼らは、夢をもってやって来た。素晴らしいことだと思う。しかしテストに来たのは、プロはもちろん企業からもあぶれた人々なのだ。つまり、野球において先はないと烙印をおされたようなもの。正直に言って、ここでクラブチームという形態で続けるのは道楽でしかない。三香田の企業に就職するといっても、こんなド田舎の契約社員など先がないし、自分ならば絶対にごめんだ。

安東は常に、安全な道を歩んできた。気ままにふるまってはあちこちで問題を起こし、両親を悲しませる兄を見ていたからだろうか、安全だという保障がなければ身動きひとつできなかった。

楽しむ？　楽しむってなんだろう。そんなこと、今まで考えたこともなかった。その時その時で楽しいことはあったけれど、一過性のものだ。そんなことよりも、大きく道を外れず、堅実に歩いていくことのほうがよほど大事だった。

だがその結果、流刑地と呼ばれる三香田に飛ばされた。今でも自分がなぜここにいるのかがわからない。

マネージャーだって、仕事の一環とわりきっている。それ以上でもそれ以下でもない。

それなのに自分の前で楽しそうに野球の話をする二人を見て、胸が痛んだ。

3

三香田の夏は短い。盆を過ぎたころには早々に秋の気配を纏っていた風は、九月に入ると一気に冷気を増す。

七時直前に「あらたマート」の通用口から外に出た安東は、正面から吹きつけた風に震え上がり、急いで駐車場へと走った。

「これだと、球場はもっと寒いだろうなぁ……」

憂鬱な思いでフィットに乗り込み、ハンドルを握る。目指すは根元製紙本社——の近くにある三香田市民球場だ。夕飯は、売れ残りのおむすびを運転しながらかっこむ。侘しいが、今は給料前で定食屋に行くのは厳しいので仕方がない。

球場に着いたのは八時近くで、夜の闇の中、カクテルライトが場違いなほど明るく輝いている。浮かび上がる球場はあいかわらずみすぼらしいが、中に入ると印象が一変する。皆で汗水たらして植えた見事な天然芝が、カクテルライトに照らされていきいきと輝く様を見ると、安東はいつも、一日の疲れが吹き飛ぶように感じた。

響く球音にかけ声。自分が青春まっただなかのような錯覚を抱く。

グラウンドではノックの真っ最中で、片桐が正確無比な技を披露しているさなかだった。グラウンド内の選手は五名しかいない。入団は決まってもまだ全員が三香田に移り住んでいるわけではないので、平日はこんなものだ。現在ひいひい言いながらノックの餌食になっているのは、直海らしい。彼は身体能力は抜群だが、下半身が弱く、他の選手に比べると動きが鈍い。ほとんどノックがとれず、悪態をついている。

　現在、片桐と協力して各選手の冬の間のトレーニングメニューを作成中だが、直海の下半身強化はスペシャル版に補強しておこうと心に決めた。

「おう安東さん、お疲れ」

　ノックチームに背を向けて、ダグアウト前で水城選手にトスをあげていた國友が、安東に気づいて手をあげた。

「すみません、遅くなりました。私も練習入ったほうがいいですか？」

「ああ、今日は大丈夫。事務所のほう頼む」

「わかりました」

　安東は頭を下げ、球場の事務所へと向かった。

　平日は人数が少ないので、練習メニューによっては安東もボール回しに入ったり、トスバッティングのトスをあげたりと奔走する。が、今日は事務仕事に集中できそうだった。

　真っ暗な事務所に入り電気をつけると、すでに馴染み深い内装が現れる。決して広くはない事務室は、お世辞にもきれいとは言えなかった。古いから、という理由だけではなく、片桐がもちこんだ膨大な資料が棚に入りきらず、いたるところに積んであるからだ。

　ため息をつきつつ、乱雑に散らかったファイルやノートをまとめて片桐の机——は置く場所がないので椅子の上に置き、安東は自分の椅子に腰を下ろした。冷えるので、足の上にブランケットをかけてパソコンを立ち上げる。さっそく、メールにいくつか受信がある。まっさきに目についたのは、開幕前の練習試合を打診していた相手からの返信だった。

　素早く確認し、さらに返信を書く。他にもやることは山積みだ。関東遠征の確認、バスの手配、ユニフォームや備品の注文——

パソコンのキーを必死に叩いていると、突然、派手な音をたてて扉が開いた。

「安東さんお疲れー。練習試合のほうどうだった？」

タオルを首にひっかけた片桐が現れる。今の今までノックを打ちまくっていたのか、まだ息が上がっている。笑顔だが頬も赤い。

「津島スカイウィング、日程そのままでオッケーだそうです。他チームからはまだ」

「まだかぁ。でも津島さんだけでも返事くれたのはありがたいね。ブルーソックスには俺がもう一度言ってみるわ。あそこコーチが知り合いだし」

「助かります。あ、コーヒーいれてきますよ。少し一息ついてください」

安東は立ち上がり、給湯室へと向かった。片桐は、椅子を占領する資料をどかすと、大きな音をたてて腰を下ろした。

彼はタフだが、さすがに疲れているらしい。

無理もない。早朝から午前中はバイト、午後は球場のメンテや雑用、夜は練習。練習後も事務所で雑用をし、帰るのも安東より後だ。誰よりきつい生活を送っている。チームのメンバーは三香田の企業に勤めるという条件は監督も同様だが、片桐は契約社員の話も蹴り、バイトにとどめた。それも、チームのためだ。

現在、三香田のアパートでひとり暮らし。噂では、昔はブラジル人の妻がいたが数年前に離婚しているらしい。食生活は大丈夫なんだろうか、とひとごとながら心配になる。

「不惑のおっさんなのによくやるよねぇ……」

長年指導を続けていたマレーシアでは、来年ナショナルチームのコーチの話が来ていたという話も聞いた。それを蹴って、もう十年以上も帰っていない日本に単身舞い戻り、たかだかド田舎のクラブチームにここまでする意味は、あるのだろうか？　何が彼をそこまで駆り立てるのだろう。

球場にはコーヒーメーカーといった気の利いたものはないので、インスタントの粉をカップに放り込み、沸かしたお湯を注ぐ。自分のぶんはブラック、片桐にはミルクと砂糖をたっぷり。

盆に載せて事務所に戻ると、片桐は資料まみれの机に突っ伏している。

「寝ちゃったんですか、監督」

呼んでも返事はない。よほど疲れているらしい。起こすのも忍びないので、自分の机の上にカップを二つおき、席に戻る。そしてブラックを啜ってほどなく、片桐の呼吸音が妙に苦しげなことに気がついた。

「片桐さん？」

声をかけて揺り動かす。その際に首に指が触れたが、熱くてぎょっとした。慌てて額に手をあてると、尋常ではなく熱い。呼吸もいよいよ苦しげになってきた。

「く、國友さん！　監督が！」

夜の球場に、安東の悲鳴が轟(とどろ)いた。

駆けつけた國友の車ですぐに病院に運ばれた片桐は、その場で入院が決定した。

倒れた原因は過労。さもありなん、と誰もが納得する理由だった。点滴を受けて目ざめた当人は「そういえば最近、頭が痛かったような気がする」とけろりとしたもので、翌日には退院しようとしたが、医者に怒られて一週間は絶対安静と命じられた。

「安東さん、食べないんですか？」

翌日、会社の社員食堂で昼食をとっていた安東は、同僚の声に、いつしか箸を止めて考えていたことに気がついた。

日替わりB定食を手に、怪訝そうにこちらを見下ろしているのは、半月前に契約社員として入社してきたばかりの倉内だった。

県外の出身だが、早々にアパートを借りてこちらに移り、現在はあらたマートで研修中である。

「監督が心配で」

「入院したんなら病院に任せておけばいいんじゃないですか」

物言いはそっけないが、片桐が倒れた時に誰より心配していたのは彼だ。倉内は自分を拾ってくれた片桐に非常に感謝し、誰よりも熱心に指導を受けている。

チームではショート、職場では鮮魚担当が決まっている彼は、中肉中背、やや鋭い目つき以外はまったく印象に残らない容姿だが、一度でもその華麗な守備と包丁さばきを見たらちょっと忘れられない。正直、こんなド田舎のチームと場末のスーパーにはもったいないと思ってしまうレベルだ。

「じつはちょっと自己嫌悪中なんですよ」

「自己嫌悪？」

安東の正面に腰をおろした倉内は、礼儀正しく両手を合わせてから、ぶりの照り焼きを食べ出した。実家が割烹だという彼は、食べ方もきれいだ。

「監督が倒れるまで、私、全然気づかなかったんですよ」

「俺たちも気づかなかったよ。直前までノック受けてたにもかかわらず」

「でも私はマネージャーです。監督のサポートしなきゃいけないのに、何やってんのかなと思って」

「安東さんはよくやってくれてますよ」

倉内の言うとおり、安東も、我ながらよくやっているのだと思っていたのだ。昨日までは。

しかし、自分が加わったにもかかわらず片桐が過労で倒れたということは、ろくな戦力になっていないということだろう。しかも、毎日顔を合わせているのに、片桐の状態に気づかなかったとは。

安東はため息をつき、ポテトサラダに箸をつけた。水っぽくて、あまりおいしくはない。社員食堂だけではなく、この店は売り物の惣菜も全体的に味が微妙だった。どこの店舗も惣菜のレシピは同じはずなのだが、明らかに以前いた本店より味が落ちる。

オリジナルの弁当は、「田舎のおふくろ風」と銘打ち、素材を生かした素朴なつくりを売りにしているが、正直言って、味がない。見た目も味もよろしくないので、あまり売れない。惣菜担当としてはどうにかしたいところではあるが、そもそも三香田の人間はできあいのものをあまり買わないのだ。そのため手間をかけて味を改善しようという努力もなく、マズイと噂がたち、よけいに売れない。長年染みついたこの悪循環と悪評を取り除くのは至難の業で、店長たちも半ば投げている。

「まずいですよね、ここの惣菜」

ぼそっと、倉内が言った。安東は思わず顔に手をやった。そんなにまずそうな表情をしていただろうか。

「ええ、まああまり美味しいとは」

「素材はいいのにもったいない。契約している農家の奥さんと相談して、あちらの家庭料理を少しアレンジしてみようかと思っているんですよ。来月には試作品が出せると思います」

安東はぎょっとした。

「え、の、農家？　試作品？」

「仕入れ先に研修で行ってから、時々行っています。できれば魚市場のほうも行きたいんですが、さすがに遠いですしね。それに売り場の照明やレイアウトもどうにかできないかな。せっかくの食材が美味しそうに見えませんよ」

ますます啞然とした。たしかに仕入れ先に研修では行ったが、その後ひとりでしばしば足を運んでいる？　しかも試作品？

「意気込みはすごいですが、無理はしないほうが。倉内さん、野球をしに来たんですし」

混惑が顔に出ぬよう、安東は遠回しにたしなめた。今まで惣菜の改良を試みた者はいないではないが、長年勤めるパートたちにはすでに確立した手法があり、それ以外は受け入れようとしない。ただでさえ、彼女たちはよそ者である社員と距離を置く傾向があるし、この時期にやって来た契約社員が自分の領分を侵してくると知ったら、倉内を排除しにかかるかもしれない。

「だから？　野球が目的だから適当に流してればいいってことですか？」

倉内は箸を止め、安東を見た。糸のような目から放たれる光は鋭い。

「そうは言ってないですけど。でも最初からあんまり無理することはないですよ。徐々に慣れていけば」

「このチーム、町おこしですよね。商工会としては、野球部という看板で外から若い人間を雇い入れるのが目的でしょう。だったら期待されていることをしないと。この店、このままじゃ駄目になりますよ。こういう僻地のチェーン店が駄目になるパターンに陥ってる。徐々にとか言ってる場合じゃありません」

安東はテーブルの上で、箸を握っていないほうの手をかたく握りしめた。

そんなことはわかっている。だから店長だって、他の社員だって、どうにかしようとはして来たのだ。安東も、三香田行きが決まった時は絶望したものの、どうせなら店を盛り返してやれと開き直って赴任してきた。が、ことごとく失敗した。

野球のためにやって来た契約社員に、わかったような口をきかれたくはない。そんな思いが顔に出ていたのか、倉内の目はますます鋭くなった。

「俺が三香田に来たきっかけは野球ですが、その結果、社員として雇われたんです。早々に潰れたら困ります。あらたマートもチームのスポンサーなんだから、それこそチームを利用して出来ることがあるでしょう。開幕に向けて弁当つくるとか、商店街の店とコラボして何かつくるとか。俺たちだけが使える口実で、盛り上げることはできるんじゃないですかね」

「……今まで、いろいろ改善しようとはしたんです。どうせダメですよ」

「自分の手に負えないことが起きるたびに諦めてたら、つまらないですよ」

そっけなく答えた後は、倉内は食事に専念した。安東はやはり食べる気にならず、ポテトサラダをじっと見つめていた。

「ごちそうさま、お先です」

十分も経たずに食事を終えた倉内は立ち上がり、軽く頭を下げて食堂から出て行った。昼休みの残り時間は、社員用の駐車場で素振りをするのが日課だ。朝練をこなし、昼休みも素振り、そして定時であがれば球場へとすっ飛んでいく。

現在二十六歳の彼は、大学卒業後に企業や独立リーグのセレクションを受けたが、どこにもひっかからず、割烹を営む実家の店で修行に入ったという。しかし野球が諦めきれず、三香田のテストも、父と殴り合いの喧嘩をして、二年だけという約束で出てきたそうだ。

そこまでして野球に打ち込みたいなら、よけいなことをしないほうがいいのに。消耗するだけ、傷つくだけだ。近いうちに倉内だって思い知るだろう。

いや、本当にそうだろうか？　倉内ならば、思い知ったところで闘志を燃やすだけかもしれない。わざわざこんなところまで野球をしに来た物好きなのだ。一度や二度の失敗などどうということはない、手に負えない事態ならむしろ望むところだ、ぐらいは言うかもしれない。

きっと彼は本当に試作品をつくってくるだろう。そして開幕に合わせた企画を出してくるだろう。

眉間に皺を刻んだまま、安東は主菜のエビチリを口に運んだ。皺はますます濃くなった。やさしい味といえば聞こえはいいが、味がしない。もっと味をはっきりさせたほうがいいのでは、と以前控えめにパート長に言ったところ、三香田はお年寄りと小さな子供が多いからこれぐらいでいいのよ、と鼻で笑われた。

昔から、言われたことを忠実に行うことは得意だった。勉強も、仕事も、与えられたことはきっちりこなした。しかし自主的に何かをすることは苦手だ。どうしていいかわからないのだ。それでも、無難にレールの上を走っていれば、間違いはないと思っていた。

冒険なんて、したくない。問題のあるパートがいても、衝突せずに、うまくやり過ごせればいい。どうせ来年にはここから出ていくのだ。

マネージャーも同じ。ここを去る日まで、無難にこなせばいい。

だが、自分がやり過ごす傍らで、倒れる者がいる。果敢に挑戦しようとする者がいる。大嫌いなこの土地に、生活している者たちがいる。最後の望みを懸けて集まってきた者たちがいる。

安東はエビチリを飲み込み、顔をあげた。

翌日、安東が見舞いに行くと、片桐はベッドの上に半身を起こし、愛用のノートパソコンの画面を睨みつけていた。その傍らにはぼろぼろのノートが置かれている。事務室の片桐の机の上でよく見たものだ。片桐は今年の春に日本に帰国し、以来今日まで、時間を見つけては全国を飛び回ってスカウティングを行ってきたらしい。その苦労の結晶がこのノートだ。一度見せてもらったことがあるが、見開きごとに選手の名前と特徴が書かれてあった。日本語と英語が入り交じって読みにくいが、選手の現状と改善すべき点がぎっしりと書き込まれている。

「片桐さん、患者らしくちゃんと休んでくださいよ」

安東が声をかけると、片桐ははじめて来訪者に気がついたらしく、顔をあげた。

「やあ安東さん。もうヒマすぎて死にそうだよー。出してくれないかな？」

「私が決めることじゃありません。あと半月ぐらい入院していればいいんじゃないですか」

安東が見舞いの果物を手渡すと、片桐は礼を述べて受け取りつつも、震えて首を振った。

「やめてよ本当に死ぬよ！　なんとか明後日までには退院できないかなあ。川崎まで行く予定があるんですよ」

「川崎？」

「欲しい選手がいてさ。五月ぐらいにも声かけたんだけどその時はスルーされて、でもまだ移籍も決まってないらしいから、もう一度行ってみようと思って。ほら、佐久間運輸の野球部が廃部になるって話したよね？」

そういえばそんな話を聞いた気がする。マネージャーになるまで、社会人野球にまるで興味がなかった安東は、佐久間運輸の野球部が名門であることも知らなかったが、今年いっぱいで廃部になるそうで、片桐は早々に偵察に行ったらしい。

「欲しい選手ですか。右の長距離砲？」

記憶を探りつつ言うと、片桐は嬉しそうに笑った。

「おっ、安東さんもチーム事情把握してきたね」

「だってうち、右打ちがほとんどいないじゃないですか。クニさんがスイッチで、あとは瀬戸くんと三宅さんぐらいだったかな？」

「そうそう。目当ての彼は右打ちで内野のオールラウンダー。足もある。贅沢な選手なんだよ」

と、片桐はパソコンの横に置かれていたノートを開き、手渡してきた。開いたページの右上には、重要の文字が赤丸で囲まれている。

「高階圭輔。東城大から佐久間運輸ですか」

観戦記録は、今年の五月。神奈川までわざわざ観に行っている。さらに今までのデータが貼りつけられ、大学時代の映像の所感も述べられた上、現在の問題点が細かに書かれていた。文字を追っていた安東は、次第に表情を強張らせた。

「正真正銘の野球エリートじゃないですか。大学でベストナイン二回受賞、全日本代表二回ってありますけど」

さすがにこんな大物がクラブチームに来るとは思えない。

「絶頂期は大学って言われてるからね。五月に見たかぎり、スランプは深刻だけれども、充分に再生の芽はあるように思った。もっと野球を楽しめれば、また爆発的に伸びると思って、この時期にもう一度見に行きたかったんだよね」

安東は弾かれたように顔を上げた。

「あのう、それってどういう意味ですか？」

「それ？」

「楽しむってやつです。尾崎君も、野球を本気で楽しもうとするメンツが揃ってるって言いましたけど、私にはよくわからなくて。野球を楽しむにはそれ以外全て擲つ覚悟をもつとか、そういうことですか？」

片桐は目を丸くした。

「いやいや。まあ擲ってもいいけど、べつにプロじゃないんだからね、そこは好き好きでいいと思うよ。漠然としているとは思うけど、ちゃんと楽しむには、いくつか前提が必要なんだ」

「前提？」

「そう。努力はもちろん、前提となる能力と環境が揃ってなければ、楽しむことはできない。中南米や東南アジアには、充分な才能があって、野球をやりたいと願っているような人間は少なくない。でも環境がないんだよ。だから楽しみ続けることができない。でも環境を整えて、的確な指導をして、勝てるようになると、見違えるようにうまくなる。心から楽しいと感じた時に、人は必ず飛躍的に成長するんだ。本当にすごい勢いでね。そういう人間、たくさん見てきたんだ」

目を輝かせて語る片桐こそが、一番楽しそうだ。

「じゃあ、この高階さんは、うちに来れば楽しめるってことですか？」

安東は改めてノートの文字を見た。高階圭輔は生粋の野球エリートだ。さらに、「練習熱心、責任感が強い。生真面目が高じて自分を追い込む傾向あり」と書かれている。模範の優等生だ。

年齢は二十五。本来ならば一番よい時期だ。いくら落ち目だからといって、佐久間運輸の正社員の座を捨ててド田舎の新造クラブチームに来てくれるとは思えない。会社をやめてでもプロを目指したいなら、この年齢なら独立リーグへ行くだろう。

「まあそこは賭けだよね。スランプ時の彼を支えてきたひとつは、大学時代の名声だ。生真面目な選手なだけに、こじれたエリート意識から抜け出すのは難しいとは思う。実際、以前僕が行った時は相手にされなかったけど、この数ヶ月で彼も相当煮詰まったと思うから、彼にとっては残酷な話だけど、僕が介入できる余地があるかもしれない」

安東は唾を飲み込み、ノートから顔をあげた。

「介入できる余地があるなら、監督は彼を楽しませる自信があるんですね？　他の企業チームや独立リーグの監督よりも」

「それは相性もあるから。でもまあ、うん。できるんじゃないかな？」

片桐は能天気な顔で笑っていた。しかし目はまっすぐ安東を見ている。強い視線だ。安東はもう一度唾を飲み込み、思いきって口を開く。

「それなら、私、偵察に行ってみてもいいですか」

片桐は目を丸くした。

「安東さんが？」

「監督が退院できるのは早くて来週でしょうし、野口部長やクニさんも週末まで休めませんよね。私はちょうど明後日がオフです。早いほうがいいんでしょう？」

「まあそれはそうだけど」

「私は監督みたいにちゃんと偵察なんてできませんが、このノートがあれば、ある程度は観察してお伝えできると思うんです」

「いや、安東さんの目は確かだよ。それは保障する」

そう言いつつも、片桐の表情は晴れない。彼が何を考えているのか、安東には手に取るようにわかった。

「いきなりこんな小娘が行ったら、気分を害して、まとまる話もまとまらないんじゃないかってことですよね。当然の懸念です。でも、それだけでまた門前払い喰わせる人なら、三香田に来たって野球を楽しむなんて無理だと思いますが」

「へえ、今日はなかなか攻めるね、安東さん」

興味深そうに顔をのぞきこまれて、安東は頬を赤らめた。

自分でも、なぜこんなに前のめりになっているのだろうと思う。しかし、この選手に会ってみたいという思いは、止まらなかった。

「私、監督のおっしゃることが、頭では理解できますけどぼんやりしてよくわからないんです。でも、わかりたくて。だから、この目で見てみたいんです。高階さんによけいなことは言いません。練習を見て、資料をお渡しするだけですから」

才能に恵まれて、人一倍努力もして、スランプだという今現在も、安東からすれば羨ましいほど安定した未来を手に入れている人。見てみたい。彼の中にあるものを。

自分には決して手に入られないもの。ここにいる人々が当たり前のように持っているもの。体を壊すほどチームに尽くしている片桐が、どうしても欲しいと願うこの選手もまた、それを持っているのかどうか。

そしてもし、その人がこの三香田に来てくれたなら、片桐はどれほど喜ぶだろう。彼の今までの努力も報われる。そのために、今自分ができることがあるとするなら、迷わずするべきではないのか。

「そっか。たしかに、安東さんが行くのがベストかもしれないいな」

断られるかと思ったが、片桐はあっさり承諾した。

「じゃあ頼もうかな。本当に行ってくれるかい？」

安東はほっとして微笑んだ。

「もちろん。マネージャーですから」

安東を見る片桐の目は、大きくてよく光る。この目はいったいどれだけ多くの選手を見いだし、その顔が喜びに輝く姿を見てきたのだろう。

羨ましい、と思った。この目も、そしてこの目に映る笑顔も。


自分から言い出したこととはいえ川崎の駅に着いた途端、安東はあまりの暑さに後悔した。失礼がないようにと、一張羅のスーツ（といっても就職活動で使っていたリクルートスーツだが）まで久々に引っ張り出してきた自分を呪いたい。そうだ、関東のこの時期はまだ真夏と変わらないのだ。すっかり三香田での生活に慣れきっていた。

駅前のバス停を見ると、目当てのバスは行ったばかりらしい。二十分待てば次が来るのはわかっていたが、陽炎(かげろう)揺らめく中突っ立っているのも厭なので、炎天下の中歩くことを選択した。歩いても三十分はかからない。

思えば、歩くことにしたのも、天啓だったのかもしれない。なにしろ道中で高階圭輔とばったり出くわしたのだから。

もっとも、最初はそうとわからなかった。路駐の車になにげなく目をやった時に、運転席でぐったりしている人物を見つけて慌てて呼びかけただけだった。顔を上げた人物には明らかに泣いた痕があり、相手は気まずそうにそそくさと車を走らせた。仕事でしんどいことでもあったのだろう、と同情したが、まさかその顔を佐久間運輸のグラウンドで見るとは思わなかった。

気まずいどころではなかったが、偵察は偵察なので、安東はじっくりと高階を観察させてもらった。

以前怪我をしたそうだが、その影響はもうないらしい。片桐のノートに書いてあった点を留意して観察し、メモに所見を書き込む。

先日、大学時代の高階の動画を見た。片桐が送ってきたものだ。当時の彼は、厳しいコースの打球も難なくスタンドまで飛ばす技術をもっていた。弾丸のように突き進む打球の鋭さは、小さい画面ごしにもかかわらず、安東をほれぼれさせた。膝が柔らかく、内角球を捌(さば)く腕の畳み方、体勢を崩しても遠くへ運ぶミートの正確さ。それに選球眼もいいようだ。走塁時も速さがある。あいにく守備の映像まではなかったが、オールラウンダーと言っていたから、無難にはこなすのだろう。

この選手が社会人では全く活躍できず、廃部の危機を迎えた今も、まだ移籍先が決まっていないという事実が信じられなかった。数年でどれほど衰えたのかはわからないが、それでもこれだけの能力があるなら、加わってくれれば、寄せ集めの新チームにとっては大きな戦力となるだろう。

安東の肉眼がとらえた高階は、必死だった。打撃は微妙にタイミングがずれているが、守備は安定している。さすがにレベルが高い。彼が野球を諦めていないことは、明らかだった。そして、全く楽しむどころではないことも。車中で人知れず泣いていた姿を思い出すと、胸が潰れそうだった。

(この人、監督のところに連れて行かなきゃ)

気づけば安東は、祈るように両手を組み、彼を見ていた。もう一度あの動画のように、そして三香田の選手たちのように、いきいきとプレーする姿を見てみたかった。

しかし、練習後に名刺を渡し、三香田ヴィクトリーの説明をすると、高階の顔は強張った。屈辱の念を隠そうともせず――おそらくは隠す余裕もなかったのだろう、険しい表情で彼ははっきりと言った。

「もう野球を続けるつもりはないんです」

高階と別れ、佐久間運輸の球場を出た途端、眼鏡の奥の目は壊れたように水を噴き出した。

拒絶されたことが悲しかったわけではない。それぐらいは予想していた。野球をやめると言った時の高階の投げやりな表情が辛かった。やめたくない、自分はこんなところで終わりたくはない。全身で叫んでいるのに、そう言わざるをえない彼の心が辛かった。

「監督、断られちゃいました」

タクシーを呼ぶことも、バスを待つことも思いもせず、安東は歩きながら片桐に電話をした。

「もう野球はやめるって言われました。でも、お願いします。どうか高階さんを説得してください。三香田ヴィクトリーに必要な人です！」

すれ違う人々が、なにごとかと目を丸くしたが、気にならなかった。

練習で感じたこと、そして話を交わした時に痛いほど感じた高階の無念。切々と訴える安東の話を、片桐は黙って聞いていた。

「でも、君を見て、続けるつもりはないと言ったんだよね？　じゃあ無理なんじゃないかな」

話が一段落つくと、片桐は低い声で言った。いつもあの異様に白い歯とうさんくさい笑顔のせいで気づかなかったが、顔が見えない状態だと、片桐の声は耳に心地よい落ち着きをもっていた。

静かだが厳しい声に、安東はスマホを握る手に力をこめた。

「でもきっと彼も、一度来てくれればわかると思うんです。楽しむことを思い出せばきっと変わります。必ずチームを引っ張る選手になります！」

「なにを根拠に？」

「勘です！」

堂々と宣言すると、スマホからふっと息が漏れるような音が聞こえた。笑われた。かまわず安東は畳みかけた。

「会えば片桐さんもわかってくださると思います。あの人は野球に飢えてます。誰より楽しみたがっているんです。そして私も、もう一度楽しんでほしいんです。お願いします！」

言葉に合わせて、頭も下げた。川崎の夜道で、遠い新潟の三香田にいる相手に向かって頭を下げる滑稽（こっけい）さも、この時はまるで気にならなかった。

冷静に考えれば、明日病院に行って直接話せば済むことだ。しかし、とてもではないが明日まで待てなかった。体の中から突き上げてくるものに押され、言わずにいられなかった。どうしても、あの選手が欲しい。三香田でプレーをしているところが見たい。彼らが黒獅子旗を獲るところを見たい！

「わかった」

しばしの沈黙をおいて、片桐は言った。安東は、勢いよく頭を上げる。

「ほ、本当ですか」

「うん。君の口からそういう言葉を聞きたかったんだよ。ありがとう、マネージャー。後は任せてくれ」

いたわるような声を最後に、通話は切れた。

安東は、静かになったスマホを握りしめたまま、大きく息をついた。体はくたくた、目はおかしな熱をもっているし、コンディションは最悪だ。それなのに、心は妙にはればれとしていた。やり遂げた、と思った。

そして、ふと気がついた。片桐がはじめて、マネージャー、と役職で呼んだことに。

安東はじっとスマホを見つめ、それから勢いよくジャンプした。

「よっしゃあ！」

雄叫(おたけ)びが川崎の夜に轟いた。ぎょっとした通行人の目もなんのその、安東は勢いよく駅に向かって走った。

早く三香田に帰ろう。データをまとめて監督に出して、それから明日は倉内や店長とともに開幕弁当その他もろもろの企画を練ろう。

さきほどまで涙で曇っていた視界が、急に明るく開けた思いだった。

4

昨夜から今朝にかけて降り続いた雪も、長い歴史を誇る三香田商店街を覆い隠すことはできない。単に長いアーケードに守られているからだが、商店街のはずれにあり、毎日駐車場の雪下ろしをせねばならないあらたなマートに勤める身としては、雪のかけらもないアーケード街の店舗が羨ましい。とはいえ、かつては隆盛をきわめた三香田商店街も、今は三分の一近くの店舗がシャッターを下ろしたままだ。

正午だというのに閑散としている商店街を、安東は大荷物を抱えてよろよろと歩いていた。今日はオフだが、朝六時起きで店の雪下ろしを手伝い、そこからいったん球場に戻って荷物をとってきて、午前中からずっと商店街を練り歩いている。雪からは守られているといっても、三月に入ったばかりでは着ぶくれていても震えるほど寒く、トートバックが肩にくいこむ痛みがいや増した。

しかし店を回る時には、疲労も痛みも感じさせない、営業用の笑顔を貼り付ける。

「こんにちは、三香田ヴィクトリーでーす。いつもありがとうございます！」

元気いっぱいに声をはりあげ、安東は店をひとつひとつ回る。目の下には、ここ一ヶ月消えぬクマが居着いているが、こういう時、太いフレームの眼鏡は便利だ。

「今年のパンフレットと開幕戦のチケットが出来たんです。置いていただけませんか？」

満面の笑みで、出来上がったばかりの紙の束を差し出す。

「開幕戦は来月十四日です。もちろん無料ですので、どうぞご家族でいらしてください。あたたかいお飲みものも用意しておりますので」

最初に訪れた八百屋のおやじは、興味なさそうにパンフを一瞥すると、「熱燗用意してくれたら行くけどなぁ」とぼやいた。

「お昼なのでアルコールは難しいんですけど、美味しいコーヒーと煎茶がありますので。あとお子さんが楽しめるイベントもいろいろ用意していますので、ようくんたちもぜひ一緒に」

「今の子は、そんな寒い時期に野球なんて見に行かないよ。相手がプロならともかくさ。家でゲームだって」

「たまにはいいものですよ。当日はテレビ局も来ますし、ぜひ」

笑顔で手短に営業トークをかまし、店を出る。半日かけて商店街を回り終えた後は、鞄には大根とおはぎ、惣菜にコロッケ、そして胃にはコーヒーとジンジャーエールとピラフとうどんとぜんざいが踊っていた。店回りが一番、身体的にはきついかもしれない。

ひととおり挨拶回りが終わると、安東は大きく息をつき、愛車に乗り込んだ。ここからが本番である。気合いを入れなければ。

市街地を離れ、再び球場方面に向かう。今度の目的地は球場ではなく、根元製紙本社である。球場からは車で五分とかからない。そもそもこの三香田市民球場は、もとは根元製紙の球場なのだ。

山道をひた走り、雪景色に目がちかちかしてきたあたりで現れる巨大なグレーの建物は、バブルのころに著名な建築家によって建て直されたものらしいが、今はさすがに古びた印象が否めない。社員数も最盛期に比べ半分近く減ったため、倉庫部屋には困らないよと社員である國友が以前笑っていた。その空き室の一室が、三香田ヴィクトリー後援会事務局となっている。

受付とはすでに顔見知りなので、チームの件で約束が、と言えばすぐに通してくれた。事務局の中は、相変わらずがらんとしている。奥に作業用のテーブルにスチール棚、手前に安物の応接セット。胃のあたりが、妙に疼く。最近、この部屋に来るだけで具合が悪くなるのが困りものだ。壁には、昨年冬に撮影した三香田ヴィクトリーメンバーによる、交通安全を呼びかけるポスターが貼ってある。これ撮るときも揉めたっけなぁ、とため息をついたところに、ノックもなしに扉が開く。

「安東ちゃん、お待たせ」

妙に肌の艶がいい、小太りの男が姿を現した。根元製紙人事課課長補佐、そして三香田ヴィクトリー後援会事務局長の北山だ。

「お忙しい中すみません、北山さん。こちらが年間スケジュール、予算、新人選手のリストです」

安東はさっそくファイルを差し出した。クマの最大の原因は、まさにこのファイルだ。

三香田ヴィクトリーは、複数の地元企業がスポンサーについており、チームの運営費は彼らと市民からの寄付で成り立っていた。その代表者で構成される後援会役員会は、年に三回——三月と九月、十二月に、役員審議会が開かれる決まりとなっている。今回の審議会では、球団側が提出した年間スケジュール・活動予算・新入部員報告をもとに行われ、事前の書類作成はほとんど安東ひとりに任されていた。

北山は向かい側に腰を下ろすと、横柄に足を組み、ファイルにざっと目を通した。すでに何度かやりとりをしているので、あくまで確認だ。しかし案の定、すぐにつぶらな瞳に剣呑な光がよぎった。

「この予算さー。もっと減らせない？」

そらきた。安東は背筋を伸ばし、北山を見据えた。

「ボールは半分以上が寄付、練習は全て竹バット、移動はマイクロバス、ユニフォームはひとり二枚で、クリーニング業者もいれない。一年に一度の芝の張り替えも、業者をいれずに芝を購入して自分たちでやることになっています。削れるところは極力削っていますし、初年度は何かと入り用なので、これで精一杯です。来年は多少削れると思いますが」

「三千万でいけるところもあるってよ」

「今年はこれで目一杯です」

安東が予算の内訳を取り出し、こまごまと説明を始めると、北山はうんざりした顔で手を振った。

「わかったわかった。んーまあ、厳しいのは確かだけど審議会どうにか通すよ。頑張って減らしてくれたのはわかったし。でもさ、これは容認できないよ安東ちゃん。この新人名簿だけど」

予算の下にファイリングされていたリストを見て、北山は眼鏡をおしあげた。

「直海クンが外野手登録になってるよ。間違いじゃないの」

そら、またきた。この質問も想定済みだ。

「間違いじゃありません。何度も言ってますが、直海さんは外野手です」

「説得しろって言ったでしょ？　だって実際、投げたっていうじゃない。怪我の噂なんか消し飛ぶ、すごい球だったたって聞いたよ」

またその話か。安東はこっそりため息をついた。

たしかに直海は、一度投げた。北山の言うとおり、「すごい球」を。

もう五ヶ月以上も前のことだ。はるばる川崎からやって来た高階相手に、なぜか直海が勝負を挑み、マウンドにあがることになった。それ自体も驚きだが、彼が左で投げ出した時には誰もが度肝を抜かれた。

今までの練習では、もちまわりの打撃投手の時以外、決してマウンドには登らなかった。普段の練習は全て野手としてのものだったし、常に右しか使わない。徹底しているので、もう誰も、左で投げることはないだろうと思っていた。直海に理由を尋ねる勇気がある者はいなかったが、やはり昔の怪我だろうということで納得していたのだ。

しかし、一球ごとに威力は増していた。打席の高階は茫然としていたが、おそらく彼よりも、安東たちの衝撃のほうが大きかっただろう。

そして皆があっけにとられているうちに、直海はいとも簡単に高階を三振にとった。安東は夢でも見ているような気分で、打席の高階を見た。

高階は笑っていた。心の底から、楽しそうに。そして彼はその場で、入団を決めた。

あの時の興奮は忘れられない。固唾を呑んで見守っていた選手たち全てが、顔を上気させて囁きあっていた。

――おい、これ本当に黒獅子旗いけるんじゃないか？

今日一日で高い能力を見せつけた高階と、そんな彼からあっさり三振をとった直海。この二人が加われば、途方もない夢が現実へぐっと近づく。

なぜ直海が今まで野手登録だったのかは知らないが、これを機に投手に復活するのだろう、いやいやいま流行りの二刀流でいくのかもしれないなどと、誰もが興奮の面持ちで語りあったものだった。

しかし、結局、直海がマウンドに登ったのは、あれが最初で最後となった。

『気が済んだ。野手で入ったんだから、もう投げる必要はねえ』

誰がどれだけ頼んでも、そう言って決してマウンドにあがろうとしなかった。

直海隼人はわがままで超のつく気まぐれ。昔からの風評を、一同は身をもって思い知ることとなったのだった。

「だってさ、はじめのころは、野手やれって命令無視して、投手の練習したりしてたよね？　なのに高階クンと勝負したらもういい？　意味わかんなくない？　うち投手四人しかいないんだよ、べつに外野兼任でもいいけどさ、投げられるなら投げるべきじゃない、そうでしょ？」

「直海さんに投手はやらないときっぱり言われたんです。あの人を説得するのは無理ですよ。北山さんチャレンジしてください」

「やだよあの子怖いもん。そういうのは監督とかマネージャーの仕事じゃないのー」

あっさりと北山は言った。もんじゃねえよ、と安東は心の中で毒づいた。

「まあ、どうしてもイヤだっていうんなら、ひとまず開幕時だけでもいいよ。せめて今の登録は投手にしておきたいわけ。ていうかもう、開幕は彼が投げるから取材に来てって知り合いの記者に言いふらしちゃったし～」

へらへら笑いに戻った北山と対照的に、安東は目を剝いて立ち上がった。

「聞いてません！　何ですかそれ！」

「当日は一、二イニングぐらい投げてくれればいいよ。それから頃合いを見て外野にコンバートしましたってことにすればいいじゃない？　最初が肝心なんだよ、安東ちゃん。常磐旋風の監督に、元プロ野球の怪物。マスコミ向けに誇れる駒は、今のところこれだけなんだ。どんどんアピールしていかないと」

「そんなの騙しうちじゃないですか」

わざとらしく北山はため息をついた。

「あのね、三香田ヴィクトリーって地元の再生もかかってるのね。だからこっちも売り込みに必死なわけ。そりゃ安東ちゃんは、ひとごとだと思うけど。異動願い出してるでしょ？」

安東はぐっと詰まった。

「異動は上が決めることですから。少なくとも現時点では内示は来ていませんから関係ないでしょう」

「でも七月まではわからないでしょ？　だったら、おとなしくしていてくれないかな。それにさ、あらたマートも球場開きに合わせていろいろやるでしょ？　スタジアム弁当とか、あと白夢堂さんとコラボしてヴィクトリー饅頭とか出すって？」

「……よくご存じですね」

「三香田の中でのことはたいてい知ってるよ。つまり、開幕に乗じてそっちも商売するわけでしょ、なら直海クンを餌にするのだって同じじゃない」

「それとこれとは」

「同じです」

突きつけていた指を、今度は顔の横でゆらゆらと揺らす。ミステリードラマで、真犯人を探り当てた探偵が、得意げに真相を披露する時の仕草に似ていた。

「マネージャーは賢く立ち回らなきゃつとまらないよ。ただ選手と監督のいいように動いてるばかりがいいとは限らないんだ。もっと大局的にものごとを見ないと。それができないなら、開幕する前にやめたほうがいいと思うよ？」

にやにやと笑う北山を見て、安東はふいに、母が愛読していた漫画を思い出した。タイトルは『熾烈！　嫁姑（しゅうとめ）、地獄の一丁目』。あれに出てくる姑が、こんな感じだった。人当たりはよく周囲からも評判も上々、しかし嫁には笑顔のままねちねち虐める。

　姑というのはあながち間違いではない。根元製紙野球部時代に投手として入社した彼は、その後続クラブとなるマウンテンベアーズ時代にマネージャーとなり、昨年クラブが解散するまで、ずっとクラブの面倒を見てきたという。

「では、直海選手の件については、部長や監督とも相談します」

　苛立ちを無表情の下に押し隠し、安東は鞄を抱えて立ち上がる。部屋から出る際、視界の端に、壁のポスターがちらりとよぎった。片桐を先頭に、國友や選手たちが笑っている。直海は入っていない。後援会側は入れろとうるさかったが、直海が断固拒否を貫いた。直海は大のマスコミ嫌いであり、カメラを向けられることを極端に厭がるのだ。

「やれやれ。前途多難だなぁ。このチームじゃあ、町おこしどころか、空中分解して終わりそうだよ」

　わざとらしい独り言が聞こえる。扉のノブに手をかけた安東は、引く前に振り向いた。

「あのう、北山さん」

「何？」

「北山さんの楽しいことってなんですか？」

　北山は完全に虚を突かれたのか、「はぁ？」と間抜けな声を出した。

「……いえ、なんでもありません。失礼しました」

　再び頭を下げて、今度こそ部屋を出た。そのまま足早に出口へと向かう。人がまばらで助かった。今の顔を、誰にも見られたくはない。受付にも遠くから会釈をし、外に出るなり駐車場へと走った。

5

待ちに待った球場開きの日は、奇跡的に快晴だった。

町のいたるところはまだ雪に覆われていたものの、球場には春が来ている。燦々と降り注ぐ初春の光を浴び、とにかく雪だけは勘弁してほしいと毎日神棚に手を合わせていた安東は、ほっとした。

球場前の広場では、マスコットの雪ん子が、かわいらしい仕草で体を傾けつつチラシを客に配っている。時に記念撮影にも応じている雪ん子は、三香田特有の祭り「雪ん子祭り」からとったものだ。愛らしい仕草で子供たちに愛想を振りまいている人形は、突貫工事でつくったわりにはそれなりだったが、残念だが頭と胴体の合間から、太い首が見えている。

「マネージャー、穂関さんが着いたようだ。案内してくれ」

安東のそばによると、雪ん子は野太い声で言った。野口の声だ。安東はひきつって頷き、急いで駐車場に向かう。

予定時刻から五分ほど過ぎて、穂関の面々を乗せたバスは到着した。降りてくる彼らひとりひとりを、安東は頭を下げて出迎える。

「遠路はるばる、ありがとうございます。お疲れでしょう」

「いやいや。今日は我々も楽しみにしてまいりました。それにしても、立派な球場ですな！」

最後に現れた壮年の監督は目を細め、衣替えしたばかりの三香田スタジアムを見上げた。改装に合わせたように天気も空気を読んでくれたようで何よりですよ。雪だけが怖かったんですが、わせ、名前も「三香田市民球場」から横文字に変わった。

「以前来た時と同じ球場とは思えないな」

「いらしたことがあるんですか」

「根元製紙から三香田マウンテンベアーズに変わって間もないころにね。まだ選手のころですが。当時でも結構古かった記憶がありますが、いやあ見違えました」

「チームが新しくなりましたので球場も心機一転です。今日は穂関さんの胸をお借りするつもりですので、よろしくお願いしますね」

「こちらこそお手柔らかに。國友くん以外は若い選手ばかりだって言うんでね、うちも若いの揃えてきましたんで。しかしまあ、國友くんは元気だなあ」

穂関の選手たちは、たしかにみんな、若かった。クラブチームでここまで若い選手を揃えているところは、なかなかない。

相手の穂関クラブは、群馬の名門クラブチームである。創部して七十年、歴史の古さは名門企業チームにもひけをとらない。初期には都市対抗にも二度出場しているし、現在は本選こそ逃してはいるものの、予選で企業をあと一歩というところまで追い込めることもある。全日本クラブ野球選手権では、常に上位常連であり、三年前には四十年ぶりにプロ野球選手を輩出した。育成選手として採用された彼は、数ヶ月で選手登録をされ、今では内野手として一軍で活躍している。そのため、このところ入部希望者が多く、現在は総勢四十名の大所帯で、半分以上が二十代で占められていた。穂関のマネージャーによれば、スカウティングやトライアウトはいっさい行っていないという。基本的に誰でも参加可能で、地元の就職も斡旋しているらしい。

地元との密着度、信用、そしてプロも出したという実績。年月ばかりはどうにもならないが、他の点では、穂関クラブは三香田ヴィクトリーが目指すチームに近い。選手たちの若々しい顔には、遠路バスに揺られてやってきた疲れは見えない。皆、穂関クラブであることに誇りをもっているように感じられた。

一行をビジターのロッカールームに案内し、安東は穂関のマネージャーを放送兼記録室に案内し、スケジュール等の確認をした。石橋と名乗ったマネージャーは、三十前後のがっしりとした男だった。元ショートだったという彼は、しみじみと球場を見やり、ため息をついた。

「羨ましいな。三香田は環境としては最高ですよ。私たちは、地元の協力には恵まれておりますが、専用球場はありません。毎日の練習は不可能ですし、高校野球のシーズンに入ると、全く入れませんしね」

「クラブはそこが苦労しますよね。うちはたしかに、ラッキーだと思います」

「前身であるマウンテンベアーズも強いチームでしたが、ヴィクトリーは手強いライバルになるでしょう。いや、失礼ながら、これだけ条件が揃っているんですから、なってくれなければ困ります。お手並み拝見いたしますよ」

「はい。今日は来てよかったと思って頂けると確信しています」

挑発まじりの言葉に、胸を借りるといった謙遜をあえて返さず、誇らしげに胸を張った安東を、石橋は微笑ましそうに見やった。

「それにしても、三香田さんも思い切りましたよね。新監督は、堀田さんでほぼ決まっていたんでしょう?」

「堀田さん?」

「はい。もともと、この近くの出身でしょう。前マネージャーの北山さんがずいぶん前から交渉してらしたのは聞いてましたが、去年突然、片桐さんに決まったと聞いて驚きました」

安東は面喰らった。

「……え、え？　堀田って……あの芸人の？」

堀田といえば、芸能界ではそれなりの大物だ。スポーツ全般が好きで、とくに野球愛好家であることぐらいは知っているが、このあたりの出身だということは知らなかった。しかも、ほぼ監督に決まっていた？　北山が接触？　なにもかもが初耳だ。

目を見開いている安東を見て、石橋も同じように目を瞠った。それから、しまったという顔をして口を覆う。

「失礼しました、まさかご存じないとは思わず」

「いえ、じつは私、去年三香田に転任してきたばかりで、マネージャーになったのも突然なんです。ですから何も知らなくて。堀田さんて、野球やってらしたんですね」

「高校まではやってたそうですよ。今も草野球チームをもっているそうですが」

気まずそうに石橋は説明してくれた。ならば、少なくとも安東よりは野球には親しんでいるということになる。

知名度という点では、堀田に圧倒的に分がある。堀田が呼びかければ、選手やコーチも集まったかもしれない。北山はずいぶんと粘り強く交渉したのだろう。それがなぜ突然、片桐になったのか。片桐も新潟の出身ではあるし、野球指導者としての実績はある。國友とは古い友人だと聞いた。だが、町おこしという点なら、どう考えても堀田のほうがよい。

「よけいなことを言ったようで、申し訳ありません。ですが、監督として考えるなら、片桐さんで正解だと思いますよ。堀田さんは多忙ですから、ほとんど三香田に来られないでしょうし」

よほど難しい顔をしていたのか、石橋がとりなすように言った。倒れるまでチームのために奔走していた片桐の姿を思い出し、安東は頷く。

「いずれにせよ、過ぎたことです。三香田ヴィクトリーは、今日から始まるわけです。今からいっそう忙しくなりますよ、過去を振り返っているヒマはありません。今日もずいぶん取材が集まっているじゃないですか。クラブチームとしては異例のことですよ」

「ええ、そうですね」

たしかに、マスコミから取材の申し込みはずいぶんと来た。後援会の北山が頑張った結果だろう。マネージャーを長年つとめてきた彼は、地元だけではなく県外のメディアにもずいぶんコネがあるのだそうだ。堀田もその一環だろうが、予想以上に北山は有能なマネージャーだったらしい。

(嫁いじめの姑なのになぁ)

釈然としない思いを抱えつつも、石橋と別れた安東は大量のブランケットをもってスタンドに向かった。天気がいいおかげもあって、席はそこそこ埋まっている。予想以上の客の入りに、安東は、足取りも軽く挨拶に回った。一塁側の前面で賑やかに騒いでいるのは、あらたマートの常連だ。その中には、今日シフトに入っていないパートの姿もある。

「皆さん来てくださったんですね、ありがとうございます」

声をかけると、彼らはぱっとこちらに笑顔を向けた。

「安東ちゃん、お疲れ。だって、新チームの門出なんでしょ。そりゃ見届けないとね」

「あ、そうそう、開幕弁当おいしかったよ。びっくりしたわぁ。あれ安東ちゃんの発案なんだって?」

「倉内さんですよ」

安東は笑みが浮かぶのをおさえきれなかった。

ゆうべから徹夜で、倉内と安東の二人がかりで弁当を作製した甲斐があった。この日のために何度もメニューを練って、試作品をつくってきたのだ。

今回の弁当で客に倉内の名が浸透すれば、今までの手順を変えることを極端に厭がるパートたちも、彼の意見に耳を傾けざるを得ないだろう。

「あーあの人。目つき悪いけど、包丁さばきすごいわよねえ。なんでも割烹の跡取りなんだって？」

「跡取りじゃなくて次男だそうですけど、彼の知識と技術は本当にすごいですよ。でも野球の技術もすごいのでお楽しみに」

そんな人が野球のためにこんなところに来るんだからすごいよねぇ」

和やかに会話を交わしていると、突然、歓声があがった。なにごとかと目をやれば、直海がグラウンドに姿を現したところだった。観客参加のイベントが終わり、試合前の練習のために出てきただけなのに、まるでおつきの行列のように、カメラや記者たちがついてきたのに安東は目を疑った。

直海への取材は全て断ったはずだ。北山にも、念を押したのに。

「おお、やっとおでましか。俺は直海が目当てで今日来たんだよ。先発なんだろ？　片桐再生工場の始まりだな！」

近くにいた飲み屋の親父が、派手に手を叩き、直海に檄をとばしている。笑顔のまま固まっていた安東は、記者たちの後をついていく北山の姿を確認した瞬間、飛び出した。

「あのメガネ！」

自分もたいがい特徴的な眼鏡をかけていることは無視して、安東はダッシュでグラウンドに向かった。

「練習中はグラウンドに入らないでください。撮影はカメラブースから、取材は試合後にお願いします！」

記者は叫ぶ安東を鬱陶しげに見やり、北山を指し示した。

「許可はもらいましたよ、こちらの事務局長さんから」

「な――」

「もちろん、野口部長にも許可とってますので」

北山は勝ち誇ったように、遅れてグラウンドにやってきた雪ん子に目を向けた。雪ん子は、かわいらしく近づいてくる。この場でマスコットに徹しているところは立派だが、安東は大股で近づき、「野口さん、どういうことですか」と詰問した。

「すまんね。だがここは譲ってやれ」雪ん子野口は声をひそめて言った。「最初はどうあっても投げてる写真がほしい、試合後に単独インタビューの時間をくれとかやかましかったが、なんとか試合前に五分だけで妥協させたんだ。直海には何もしゃべらんでいいと言ってるし」

「困ります。今の時間は、監督や國友さんに取材お願いしてたのに。直海さんは断ったはずですよ」

「実際に許可証をもっている。後援会が回したんだから、もう仕方ない。根元製紙を敵に回すのはのちのちまずい。ここらで落としどころとしよう。彼らが用があるのは直海だけだから」

安東は唇を噛みしめた。言いたいことはわかる。だが、こんなやりかたは卑怯だ。直海はもとより、周囲の選手たちも困惑を隠せずにいるではないか。イベントまではほとんど姿を見せなかったカメラマンが、いっせいにグラウンドに出てきて、直海の移動に合わせて動くため、選手たちが慌てて避けるような場面もあった。

今日は、開幕なのだ。去年から皆で準備してきて、やっと今日、始まるというのに。

芝を張ったあの暑い日のことを思い出す。冬を生き抜き、青々と繁る芝生を、無遠慮な靴が踏み荒らす。

「記者席に戻ってください！」気がつけば、安東は怒鳴っていた。「練習中はグラウンドに入らないで！」

安東は仁王立ちのまま、勢いよく出口を指さした。

後援会が何を目論もうが、勝手だ。だがそれは、グラウンドの外でのことだ。グラウンドの中は、チームの領域である。試合は監督が、そしてそれ以外はマネージャーが仕切るべきことだと安東は信じている。実際は違うのかもしれないが、少なくともこんなふうに、踏み荒らされるのを見過ごすわけにはいかなかった。

肩をいからせて威嚇する安東を、マスコミの面々は白けたように一瞥したが、出て行こうとする者はいなかった。しかし、

「ちょっと何、この騒ぎ」

はかったようなタイミングで、片桐が現れた。彼はグラウンドを一瞥してすぐに状況を悟ったらしく、白い歯を光らせて笑った。

「おや僕の取材の人が少ないなぁと思ったらこっちですか。はい、なんでも訊いてください。マレーシアでの直海君との禁断の半年間とか聞きたい？」

彼は強引に直海と記者たちの間に割って入った。うさんくさい笑顔の迫力に押されたのか、監督の言葉に惹かれたのか、ひとまずカメラは直海から逸れた。

安東は心の中で監督に手を合わせた。正直なところ、直海のネームバリューをなめていた。元プロが独立リーグや企業、クラブチームに入ることも珍しくなくなった今、そこまで人を集めるとは思わなかったのだ。北山が調子のいいことを吹聴したのはまちがいないが、それだけではないだろう。

「安東ちゃん、君なにやったかわかってるの」

背後からの声に振り向くと、北山が青ざめた顔で立っていた。

「わかってますよ。あなたこそ、何やったかわかってるんですか」

「ちゃんと部長にも許可をとったよ。聞いたでしょ。なのになんてことをしてくれたの。せっかく苦心して集めたマスコミを敵に回すつもり？」

「チームの取材じゃなくて直海のスクープ狙いじゃないですか。それにチームが強くなれば、自然と……」

「甘い！」

北山は眦をつり上げて怒鳴った。大きな声に、周囲の選手やスタンドの観客もなにごとかと目を向ける。北山は繕うように笑うと、安東の腕を引き、ダグアウトから通路に入った。

「君は、このチームで黒獅子旗が獲れると本当に思ってるのか」

薄暗い通路の中ほどを過ぎてようやく北山は手を離し、安東を真正面から睨みつけて言った。口調もいつもと違う。

「現実的に考えてみろ。全国クラスと言えるのは高階君だけだ。それだって全盛期の輝きはない。クニは年を取り過ぎてるし、直海君は元プロとはいえ全く使える目処が立たない。他は監督が声をかけてかき集めただけの連中だ。新潟にはプロリーグもあるけど、そっちにひっかからなかったような残りカスだ」

あまりの言いように、安東は頭が真っ白になった。残りカス？

「監督だって、ただ単に一度甲子園に行ったっていうだけの、過去の遺物もいいところだ。そんな寄せ集めで、高校や大学で活躍した花形ばかりを集めて、会社からもたっぷり金をもらってる企業チームを向こうにまわして頂点目指せると本気で思ってるのか？」

「……北山さんは思ってないんですか」

「当たり前だ。それこそ、いい選手が集結していた企業チーム時代にだって全国制覇なんて無理だった。それを今のチームでどうやるって？　堀田さんが監督やってくれたら、まだわからないけどね」

「堀田さんが、片桐さんみたいにスカウティングや指導できるとは思えませんけど」

つたない反論に、北山は鼻を鳴らした。

「無理だろうね。でもそのかわりに彼は絶大な知名度がある。プロアマ問わず、野球界にも大きなコネがあるんだよ。彼が監督をやるとなったら、こっちから出向かずとも、いい選手が集まってくる。元プロのヘッドコーチをつける案だってあったし、企業で活躍した選手も入部してもいいって話はあったんだ」

ぐっ、と安東は詰まった。三香田ヴィクトリーに、コーチはいない。ベテランの國友がコーチを兼任しているが、基本的には片桐がひとりで全て見ている。

「じゃあどうして片桐さんに決めたんです」

「クニが強行したんだ。野口さんや球団幹部をとりこんで採決とられたらどうしようもないよね。まあたしかに堀田さんやそのまわりの人間が来るとなると、金や就職先の問題もあったのは認めるけど、僕は反対したよ。それでも最終的に片桐さんでも納得したのは、彼のところにあの直海隼人がいて、一緒に入団すると決まっていたからだよ。二人揃えば、さすがに堀田さんには敵わずとも、それなりには売りになる」

「……売り？」

「高校球界を追われた青年監督。プロを追われた悪童。かつての大学野球の花形。彼らの復活を賭けたドラマに、人は食いつく。日本人はお涙頂戴の物語が大好きだからね」

スタンドで聞いた、片桐再生工場という言葉が、頭の奥で響いた。

「ドン底から這い上がった選手が、全国目指して汗水たらして必死に試合をする。わがまま放題だったエースが、チームのために投げる。こういうドラマが一番客を引き寄せる。その点では、堀田さんより、片桐・直海コンビのほうが話題性は高いと考えなおしたんだよ。逆に言えば、直海がいなければ、片桐さんが監督におさまることはありえなかったね」

北山の口が、皮肉な形に歪んだ。

「いいかい、黒獅子旗なんてこっちは望んでないんだよ。いいところまでいって全国目前で惜しくも敗退すれば、人はまたドラマに期待して集まる。本当に全国行くよりもそっちのほうがいいと判断したわけだ」

「そこそこ勝てばいいってことですか」

「都市対抗本選を勝ち進むとなると、遠征や応援費用でえらい金がかかる。行けるか行けないかってあたりで切り上げてもらうのがコスト的にも一番いい。少なくとも今年はね」

安東は、さあ、という音を聴いた。自分の頭の中からだ。怒りのあまり、血の気が引いた音だった。

「わ……私は、北山さんがきつく当たるのは、チームを大事に思うからこそ、私があまりに腑甲斐ないのが歯がゆいからだと思っていました」

「その通り、この上なく大事に思っているとも。だから後援会として、あらゆるコネを使ってマスコミかき集めたんじゃないの。なのに、何も知らない小娘のヒステリーでぶちこわし……」

突然、怒りに燃えていた北山の目が不自然に泳いだ。安東の背後に向けられた視線を追って振り向くと、いつのまにか直海が立っている。

「おい、オカマ野郎」

彼は低い声で言った。いつものようにサングラスをしているので、表情は見えない。口調にもいっさい感情がこめられていなかった。にもかかわらず、すさまじい威圧感だった。安東はもとより、北山も口をあけたまま硬直している。

「片桐のおっさんに、マスコミの前で悪態つくなっつわれてたから、さっきは我慢してたけどな。一言いわせてもらうぜ」

直海はゆっくりとサングラスをとった。あらわれた目は切れ長で、虹彩（こうさい）が小さい。

昔、テレビや紙面ではよく直海の顔を見ていたが、安東はこの時はじめて、彼の目をまともに見た。

「あんた、黒獅子旗はどうでもいいっつったな。俺も同じだ。いいトシこいて青春ノリはついてけねえ。で、それからなんだって？　投げるのがチームのため？」

直海は冷ややかに笑った。

「俺が一番嫌いな言葉だ。見世物になるのはまっぴらなんだよ。チームのためにマウンド行けっつうんなら、俺はこの場でやめる。それで満足だろ」

「い、いや、やめるとかいきなりそういう話じゃなくてね……」

さしもの北山も目を泳がせ、しどろもどろに応じるのが精一杯のようだった。

「なら黙ってろ。二度と同じことしてみろ、てめえを川底に放り投げんぞ」

直海は吐き捨てると、踵を返した。グラウンドへとって返す彼を見て、安東は急いで北山に頭をさげ、後を追う。

「ありがと」

斜め後ろについて小声で礼を述べると、「べつにてめえのためじゃねえよ」と面倒くさそうな声が返ってきた。

「うん。でも、すっきりしたから、やっぱりありがとう」

直海は何も答えず先に行く。グラウンドに出る直前、彼はサングラスをつけた。

さきほど目が明らかになった時に、気がついた。右目が赤く、少し視線がおかしかった。出会ってからずっと、彼はサングラスを手放さない。開幕前にさすがにドレッドヘアーは卒業したが、サングラスは夜の練習でも外さなかった。右目に異常があるのだ。

「でも、勝手にやめるとか言うのはやめてほしいな。せっかく私が連れてきたのに」

気づいてしまったことがなんとなく後ろめたくて、安東は明るく言った。サングラスをかけた顔が、ようやくこちらを顧みた。口がへの字にまがっている。

「てめえがあそこで現れなきゃ、あのままトンズラするつもりだったのに災難だ」

「幸運じゃない。やめたらダメだよ」

「やめねえよ。あんなのただのブラフだ」

「ほんと?」

念を押すと、ふん、と直海は笑った。

「面倒くせえが、おっさんと約束したんでな」

6

どことなくぎこちない空気のまま始まった開幕試合は、五回までゼロが並ぶ接戦だった。

難しいのは、接戦イコールいい試合とはかぎらない、ということだ。新球場での初試合の緊張からか、やはり寒いからか、双方とも守備のエラーが多く、打者が出塁する回数は多かった。ただ塁は埋まっても、誰もホームに帰れない。

エラーと残塁祭りは、時間ばかりが長くなる、最も退屈でストレスがたまるパターンだ。

「おいおい監督、これじゃ夏のドームなんてとうてい無理だろー」

「ベアーズのころよりひどいじゃねえか！」

最初は笑い混じりだった野次も次第にきつくなってくる。放送席にいる安東のところまで聞こえてくるのだから、よほどだ。

（まあ、しょうがないかなぁ……）

この半年で、みな目を瞠るほど上達したし、練習試合ではもっと雰囲気よくやっていたのに、動きが硬い。これほど多くの観客が詰めかけた球場でやるのは、はじめてなのだ。

これが、クラブチームの特徴だ。三香田ヴィクトリーのメンバーの大半は、大人数の観客に慣れていない。大量のカメラに動揺してしまう。

こういう時に頼りになるのは、場数を踏んでいる國友や高階である。実際、これまでの二打席で、それぞれ一本ずつヒットを打っているし、守備も堅実だ。

一方、最も硬くなっているのは、直海だった。高校時代から、今日の何倍もの大観衆を前に数えきれぬほど投げてきたはずなのに、打席に入るたびにありえない球を空振りし、ライトの守備では些細なミスを連発した。最初のうちこそ、直海が打席に立つたびに異様な拍手が沸いたが、試合の経過とともにため息に変わり、果てには野次の嵐になった。

「これじゃ再生どころじゃない」「打てないならせめてマウンドで投げてみろよ、それぐらいしか価値がないだろ」「酒がないとまともにプレーもできないのか」

本当に、内気で忍耐強い三香田の人々が言っているのかと疑いたくなるほど、ひどい野次の数々が、容赦なくひとりに降り注ぐ。おかげで、試合開始前は盛り上がっていたベンチの空気も、後半に入ると沈みきっていた。

「しゃきっとしろ！　これしきの人数にブルってたら、ドームは全員オムツしていかなきゃなんねえぞ！」

七回裏の攻撃が始まる前、ベンチ前で円陣を組み、國友が冗談交じりに叱咤したが、反応はあからさまなつくり笑いだけだった。

七回裏の攻撃は、一番の水城からだ。マウンドには、五回からリリーフした二番手が立っている。水城は初球をひっぱたき、ボールは高くバウンドしてショートがとったが、その間に水城は俊足を生かして一塁に到達していた。ぎりぎりセーフに歓声が沸く。二番の倉内が打席に向かうと、ベンチから高階がネクストバッターズサークルに向かった。が、すぐにベンチのほうを顧みて、引き揚げる。監督となにやら話し込んだ後、再びサークルに入った。と同時に、倉内がバントを成功させる。

高階はそのまま打席に入った。打席の角にバットで触れ、おもむろに足下に線を引く。最近、練習でもやっている仕草だ。

投手は、彼に対してずいぶん慎重になっているようだった。今のところ長打を打ったのは、國友と高階の二人だけなので、コーナーを丁寧に突いてくる。長打は絶対避け、最悪、四球でもいいと思っているのだろう。

フルカウントになってからも、高階は粘りに粘った。くさい球は全てカットする。もともと、じっくり見てから打つタイプの打者だ。追い込まれても広角で打てるのが強みである。

再び、投手がモーションに入る。顔にはいささか苛立ちが滲んでいる。不思議なフォームだ。しかしおそらく、高階はもうタイミングを理解している。

ボックスの内側に、足を踏みこむ。自分で引いた線を、踏み越える。足に体重をかけ、太ももをぐっと回転させる。ボールはホームベースの上で急激に曲がり、外へと逃げる。ちょうどそこに、ひねりによって彼の力を全て吸い込んだバットが、ぶつかった。

じん、と安東の手が痺れた。バットの芯に当たる感触。たしかに、した。放送席にいても、今自分はあの球を打ったのだ。

「いった！」

一塁ベンチから、叫び声があがった。

完璧に捕らえたときの感触は、何度味わっても、これ以上の快感はないと思う。

白いボールは、すさまじいスピードで青い空を突き進む。それはそのまま、レフトスタンドに突き刺さった。ほれぼれするような弾丸ライナー。一塁をまわりかけていた高階は、たかだかと右手をあげた。

「高階選手、今季一号のホームランです！」

安東は、極力冷静にマイクに向かったつもりだった。しかし、声がうわずるのはどうしようもなかった。

新生三香田スタジアムの記念すべき第一号ホームラン。公式戦ではないので、記録には残らないが、そんなことはいい。ゆっくりとダイヤモンドを回る時の喜びは、いつだって変わらない。

スタンドからの歓声。コーチャー、そして味方ベンチの喜ぶ様。この瞬間、打者は球場の、いや世界の中心にいる。

ホームランは、魔法だ。野球というスポーツの、最大の魔法。

緊迫した場面のタイムリーヒットも、それは素晴らしいものだ。投手の熱投も、神がかった守備も、宝石のように美しい。その中でも、ホームランはとびっきりの特別だ。たった一振り、たった数秒で、空気を全て塗り替えてしまう。

ゆっくりと高く舞い上がるもの、弾丸のようにスタンドに飛んでいくもの。ホームランにはいろいろあるが、共通しているのは、それはバットから離れた瞬間に、ボールであってボールでないものになるということだ。

息詰まる接戦だろうが、楽勝試合だろうが、大差で負けていようが、ホームランは誰もが目を奪われる。魔法にかかる。長い試合時間の中で、その一瞬だけは止まり、切り取られる。どんなに重い空気も吹き飛ばし、ツキをこちらに引き寄せる。そう、ちょうど今のように。

スタジアムからは歓声が沸きあがり、観客は立ち上がって喜んでいた。野次っていたオヤジたちの声も、「いい振りしてんじゃねえか!」と明るく弾ける。本当に、一瞬にして空気が変わった。

美しいホームランを打つ打者は、ホームランアーティストと呼ばれる。およそ野球の中で、アーティストという言葉を奉られるのは、ホームランバッターだけなのだ。それも、ただのホームランではなく、高く美しい弾道をもつホームランを打てる者のみに許された称号。

いかに野球のデータ化とシステム化が進み、こつこつと点をとっていくことこそ王道と言われようと、一発の魅力には誰も勝てない。そしてそれを生み出すことができるのが、スラッガー。

悠々とダイヤモンドを一周し、ベンチ前で選手たちにもみくちゃにされている高階を見やり、目頭が熱くなる。

たった一球。

試合に出場する選手にとっては、無数にある試合のうちのひとつ、無数にある打席のひとつでしかないかもしれない。しかしその一球で、全てが変わることもある。試合の流れも、選手自身も、そして観客も。

安東はスタジアムを見渡した。選手も、そして観客たちも、みな楽しそうな笑顔だ。

ああ、楽しんでくれている。そう思った途端、安東の胸にも喜びが弾けた。

もっと見たい。選手が、三香田の人々が、楽しむ様を。それこそが私の「楽しむ」なのだ。


開幕試合は、5対1で三香田ヴィクトリーが勝利を飾った。高階のツーランで動揺したのか、穂関の投手はそこからつるべ打ちを喰らい、穂関は三人目の投手を投入したが、流れを変えることはできなかった。

試合やその後の催しものが全て終わり、選手や観客が全て消えた後も、初勝利の余韻がスタジアムのそこかしこに漂っているように思えて、安東は大きく息を吸った。

穂関の選手を送り出し、諸々の雑務を終えて一息ついた時には、もう日が沈もうとしている。

誰もいないグラウンド。夕日に照らされた芝はにぶい金に輝き、土の部分も激闘が嘘のように整備され、静かに眠りについている。

「やっと終わった……」

しみじみとつぶやいた途端、力が抜けて、安東はその場にしゃがみこんだ。数ヶ月、この日のために奔走してきた。無我夢中で、やろうと思うことは片っ端からやった。そんなことははじめてだったから、体当たりしては手痛い失敗をすることもあったが、かまわずまた走った。

多少の波乱はあったものの、試合はぶじ勝利できた。あらたマートが出した弁当やコラボ饅頭もなかなか好評だった。以前は友好的とはいえなかったパートも来てくれて、倉内のみごとな守備に歓声をあげていた。

悪くない結果だったのではないだろうか。いや、なかなかいい。いやいや、自分にしては上出来だ。こんなに充実感を覚えて、虚脱するのなんて、何年ぶりだろう。ひょっとすると、はじめてではないだろうか。

背後に足音を聞く。球場係から鍵は預かっているし、もう無人だと思っていたが、まだ誰か残っていたらしい。立ち上がろうかと思ったが、疲れきった体は言うことを聞いてくれず、安東は体育座りのまま闖入者（ちんにゅうしゃ）を出迎えた。

「ここか、マネージャー」

現れたのは、高階だった。すでにシャワーを浴びたのか、こざっぱりした顔をしている。服も、見慣れた紺色のジャージだ。

「お疲れ様です。まだ残っていたんですか」

「いや、一度練習場に戻ったんだけど、忘れ物」

「そうですか。そうだ、ホームラン第一号おめでとうございます。かっこよかったですよ」

笑顔をつくると、高階は肩をすくめた。

「監督に、客が退屈してるから、あの場はホームラン以外は打つなって言われたんだよ」

「そう言われて打てるもんでもないでしょう」

「監督の言う通り打っただけだよ。あの投手の右打者への決め球はスライダーかフォークだけど、俺には決め球フォークはないから、追い込まれたら百パー外スラと言われた。で、はいコレ。忘れ物」

高階はポケットに手を突っ込むと、ボールを摑んで差し出した。

「何ですか」

「ボール」

「……見ればわかりますけど」

「だから、ホームランボール」高階は呆れ顔で言った。「ちょうど客がいないところに入っちまったそうだから、もらった。記念すべき第一号だから、大事にしてよ」

安東は目を見開き、彼を見上げた。

「なんで私に？　高階さんがもってたほうが」

「これから量産するからいい。監督から聞いたけど、俺って、マネージャーの記念すべきスカウト成功第一号なんだって？」

からかいまじりの言葉に、安東の顔が赤くなる。

「あ、いや第一号は直海なんだっけ」

「あ、ああああれは違います！　サボってるの連れてきただけです！」

「あいつを連れて来れるのも相当だと思うけど。監督が言ってたよ、マネージャーはスカウトの素質あるってさ。俺がここに来たのもあの時マネージャーが来てくれたからだし。礼にもならないけど受け取ってくれ」

高階の口調はあくまでそっけない。視線が安東からやや外れている。普段は、まっすぐ人の目を見て話すのに。

安東は手を差し出し、ボールを受け取った。ほんのりと暖かい。冷えていた体に、血が通い出すのを感じた。

「ありがとうございます。一生、大切にします」

明日さっそく、異動願いを取り下げよう。そう思いながら、かたくボールを握り締めた。

第三章　神の一球　悪魔の一球

1

白球が、春の空に舞い上がる。

まだ冬の名残(なご)りを残した、濃い青の中に、吸い込まれてしまいそうなほど高く。それなのに、白い点ははっきりと見えた。

打った瞬間、ホームランだとわかった。高校時代もそれなりには打ってはきたが、引退してからは木製バットに慣れるのに精一杯で、試合で打つ機会などなかった。

それが、ここで打てるとは。気分は最高だった。新しい門出を祝う、第一号。まるで、これからの四年間を象徴するような、最高のホームラン。フェンスの向こうに消える白球を視界の端に認め、ゆっくりとダイヤモンドを走るとき、自分は世界で一番、幸せだった。

だから、気づかなかった。誰も歓声をあげないことに。気づかずに、馬鹿みたいな笑顔で、ホームベースを踏んだ。その瞬間、全てが終わった。

いや、そうじゃない。バットがボールに触れた瞬間、あの心地よい音こそが、底なしの地獄が開く音だった。


目覚まし時計の音に、尾崎哲也は飛び起きた。息が荒い。

汗を拭い、あたりを見回す。カーテンごしにさしこむ朝日に照らされたのは、見慣れた古びた内装。そうだ、ここは大学のグラウンドでもない。部室でもない。三香田ヴィクトリーの寮の一室だ。理解した途端、大きな息が漏れた。

時計を見やると、五時半を指している。春先は、この時間に布団から這い出すのに新米兵(しんまい)が最前線に繰り出すレベルの気合いが要ったが、この季節になるとさすがに楽だ。

着替えて寝室から出ると、暗いリビングダイニングが尾崎を出迎えた。古ぼけたテーブルセットがあるだけの部屋を通り過ぎて廊下に出ると、浴室の隣にもうひとつ部屋がある。中からはことりとも音がしないので、「おい水城。朝だぞ」と声をかけてから洗面所へと向かった。顔を洗っていると、背後でぺたぺたという足音と「はよっす」と眠そうな声がした。同室の水城だ。

根元製紙の古い社宅を流用した寮は2LDKで、二人一室と決まっている。三香田にはマンションはおろかアパートもろくにないので、格安で住居を提供してもらえるのはありがたい。

尾崎が朝食をとり、歯を磨いている間にも、水城はまだのろのろと着替えていた。三香田ヴィクトリー最年少・十九歳の水城は、以前はたいへんな宵っ張りで朝が極端に弱かったから、これでもだいぶマシになったほうだ。それでも弱いは弱いらしく、今日も尾崎に引きずられるようにして部屋を出た。手にはスポーツバッグに、尾崎が先日買っておいたコンビニの袋。車の中で食え、と言ってある。水城は夢うつつのまま頷いた。

水城を引きずって外に出ると、他の部屋からもぼちぼち選手が現れた。

「今日も大変だなぁ、おかん」

隣室の高階は、首根っこを摑まれて長身を引きずるようにして歩いている水城を見やり、尾崎に笑いかけた。

「おかんはやめてください。直海さんは?」

「さあね」

高階は肩をすくめた。彼の同室は、問題児の直海である。

六時から始まる朝練には、ほとんどの選手が参加する。企業チームならば朝練も当たり前だが、クラブチームでこれだけ集まるのは、奇跡に近い。バラバラの企業に勤めている選手が、みな球場に近い同じ寮で生活している利点は大きかった。

が、直海はたいてい朝練には来ない。朝練は強制ではないし、夜の練習には来るのでとくに何も言われないが、高階は憮然（ぶぜん）としていた。

「ったく、せっかくチームがいい状態なのに何やってんだろな、あいつは。噂のまんまだよ。監督の居候だかなんだか知らないが、なんであんなやつ採ったんだか」

彼の文句に適当に相槌を打ちつつ、駐車場へと向かう。

彼の言う通り、チームの状態は上向いている。春はＪＡＢＡの地方大会が目白押しで、先日参加した長野大会では二位に入り、三香田ヴィクトリーは、理想的なスタートダッシュを決めた。決勝戦では強豪の企業相手になかなかの善戦をしたもので、地元新聞やテレビでも大きくとりあげられた。勢いに乗っている今、迫る公式戦は、毎年ゴールデンウィークに行われる新潟選抜大会である。新潟のチームを中心に、六チームが参加することになっており、その中にはプロ二軍の混合チームもあるため注目度が高く、おかげでこちらもやる気だ。

朝はだいたい打撃練習が中心で、八時前になると引き揚げて、それぞれの勤め先へと向かう。尾崎が勤める灰島電気硝子（ガラス）は、ディスプレイ用ガラスやガラスファイバーを製作している。この年の新入社員は四名。尾崎以外は技術畑の出身の正社員採用で、現場研修の後は製造や設計に行った。尾崎は今週から資材調達課に配属されたばかりで、先輩バイヤーの仕事を必死に見ては覚える日々だ。夏には案件をおまえひとりに任せるからな、と笑顔で脅され、必死である。

「まあ、大丈夫だって。こういう採用なんてはじめてだしさ、どんな脳筋バカが来るのかと思って心配してたんだけど、エクセル余裕で使えたし、物覚え早いしよかったわー」

昼食中、なんとはなしに不安を口にすると、先輩の矢吹がご飯粒をとばす勢いで慰めてくれた。社内でも有名なチャラ男だそうで、とにかく褒めて伸ばすが身上らしい。ただ、やたら飲みに誘ってくるのが困る。平日夜も全て練習が入っていると言っても、「一日ぐらいいいだろー。会社の人間関係をおろそかにするな」と諦めない。もちろんそれも大事だが、尾崎はあくまで野球のために来たのだ。練習を休むなど考えられなかった。

さらに今日は特守が入っている。先輩の執拗（しつよう）な誘いを断り定時にあがり、夕食を詰め込んで一目散に球場へと向かった。

全体練習は七時から九時半。その四十分前に球場に到着した尾崎は急いでアップをし、皆がぞろぞろやって来るころには片桐の猛攻を喰らっていた。

白いボールが飛んでくる。至近距離から、勢いよく。飛びついて、素早く投球。するとまたすぐに飛んでくる。

延々、この動作の繰り返し。

「ほらほら、腰あがってきてるよ！　それじゃボール抜けてくよ」

合間に、片桐の険しい声がとぶ。息つく間もなく迫りくるボールは、全て尾崎の脚付近、地面ぎりぎりの場所に落ちた。直接キャッチするのも難しいが、キャッチできずに地面から跳ねたボールは、とっさに体で目の前に落とさねば大きく逸れてしまう。股間を抜かれても終わりだ。

よい捕手の条件としてはよく肩の強さがあげられる。が、肩よりずっと重要なのは、下半身の強さだ。

入団してすぐに、尾崎は下半身の強化を命じられた。大学時代もそれなりに鍛えてはいたが、捕手に要求されるものにはほど遠かった。貰った強化メニューに従って鍛えなおし、今はステップワークの基礎を叩きこんでいるところである。

もうどれほど繰り返しているのだろう。すでに下半身の感覚はない。脚が震え、ともすれば腰が浮く。そうすればボールはあっさりと脚の間を抜けていく。とっさに捕りに走るだけで、目が回る。汗まみれの手で投げれば、とんでもない方向に飛んでいく。すると片桐は笑顔で、強い球をどてっ腹に向けて放り込んでくる。めりこむ痛みに火花が散る。少し意識が戻る。

「ふらふらだね、やめておこうか？」

「問題ありません、お願いします！」

強がりでも声を張り上げれば、腹に力が入る。しかしやはり気合いだけでは体はうまく動かない。ずっと続けていれば集中力も切れ、逸らす球も多くなる。目が霞む。痛みが襲う。気合いが入る。その繰り返し。

「肘が伸びきってる」「ステップ遅い！」「ワンバンの球は体の前に落とせと言ってるだろう」

矢継ぎ早に飛んでくる指摘に反応する速度も徐々に鈍ってくる。返事だけはするものの、明らかに体が追いついていない。休憩に入った時には、尾崎は安東から受け取ったドリンクに口をつける気力もなく、そのままグラウンドに転がった。


「大丈夫かぁ、尾崎」

笑いまじりの声とともに、タオルが顔に降ってくる。のろのろと手をあげてタオルをどかすと、ベース型の顔がのぞきこんでいた。同じ捕手の三宅だ。一昔前のキャッチャー像そのままの容姿に、がらがらの胴間声（どうまごえ）。見た目からすでに安定感が抜群だ。

「監督もえらいとばしてんなぁ。おまえ、よくついていってるよ。死なない？」

「いや、すげえ嬉しいっすよ」

笑って言い返したつもりだったが、声はずいぶんとかすれていた。

「知らんかった、おまえマゾか」

「いえいえ。監督自らこれだけつきあってくれるのがすげー嬉しくて」

昨年の秋、片桐監督は選手ひとりひとりに冬用のメニューを渡した。

強化メニューは全て内容が異なり、受け取った選手たちは、片桐が自分たちをよく見ていてくれたことを実感し、少なからず感激した。監督の目が全員にくまなく届くのは、人数が少ないからこそできることではあるが、選手からすれば間違いなくやる気が出るし、気が抜けない。

「俺の大学、野球部だけでも百人ぐらいいたんで、そこからすると夢みたいですよ。二軍なんて、まず監督が顔出すことすらなかったですし」

三宅は目を丸くした。

「百はすげえな。まあそれならはりきるのもわかるけど、あんま根詰めんなよ」

「やさしいじゃないっすか、三宅さん」

「いやいや、これで防御面でさっさと追いつかれたら、俺スタメン落ちじゃん。おまえ、打撃のセンスはあるもんなぁ」

悔しげに三宅は言った。大学を出て地方プロリーグに入って酷な日程をこなし、プロからの指名を待っていた彼は、二年で解雇されたという。理由は打撃の不振。それからまた別のリーグのセレクションを受けて入ったが今度は一年目で解雇。独立プロリーグは非常にサイクルが早い。またセレクションを受けるか、どこかのクラブに入るかと悩んでいたところ、片桐がふらりと現れ、勧誘されたそうだ。三宅はまごうことなき強肩で、捕手としての能力は非常に高く、投手陣の信頼も厚い。彼に比べると、尾崎は地肩(じかた)もなにもかも、捕手として大きく劣る。自覚がある。が、彼の言うとおり、打撃だけは尾崎が上だ。

しかし今、それは尾崎にとって重要ではなかった。むろん打撃も必要だが、今必要なのは、投手に信用してもらえる捕手になることだった。そうでなければ、いくら打てたとしても、捕手として試合に出ることはできない。

短い休憩が終わり、再び投球練習が始まった。尾崎の隣では、三宅がエース長谷川の球を受けている。一度捕手に完全に背を向けるようなフォームから繰り出されるのは、妙な具合に動くストレートと落差の大きいカーブだ。打者にとってもタイミングをとりにくく打ちにくいが、捕手にとっても非常に捕りにくい。とくに彼の決め球となる縦スラは変化が大きく、尾崎はうまく捕球できず、なかなか練習でも組ませてもらえなかった。しかし三宅は、尾崎が苦労するボールをいとも簡単に捕球しては明るく声をかけている。長谷川も安心して投げているのが伝わってくる。

一方、尾崎が球を受けているのは、檜垣というひょろひょろした長身の投手だった。尾崎と同じく、大学を出たばかりの若い投手で、細面の顔に似合わないごついスポーツ用の眼鏡がトレードマークになっている。

彼の右手から放たれたボールが、乾いた音をたてて尾崎のミットに収まる。

「ナイスボール!」

尾崎は笑顔で、ボールを返した。とにかくミットの中央で、いい音をあげて捕球する。そして笑顔で声をかける。尾崎がなにより心がけていることだった。

檜垣はサイド寄りの右投げで、ストレートは一三〇あるかないかで球威もそこそこだが、変化球の豊富さは長谷川以上である。出身校の野球部は全くの無名で、公式戦でも勝ったことはほとんどないという。

「ずっと、もっと野球やりたかったんだけど、中高一貫の進学校であんま野球やる環境じゃなかったしさー。したら独学でやるしかないじゃん？」

昨年はじめて彼の球を受けた時、次々繰り出される変化球に驚いた尾崎に、檜垣ははにかみながら言った。試合に出る機会はなくとも、本やＤＶＤで変化球を研究し、投げ込みをひとり続けてきたという彼に、尾崎は深く共鳴した。

尾崎は、小学校四年から高校まで、ずっと捕手だった。捕手を命じられたきっかけは、チーム内で一番声が大きいという理由で、捕手に憧れていた尾崎は大喜びで従った。野球は八割が投手で決まると言うが、その投手の調子を見て良いところを引き出し、時に修正させつつ試合を組み立てていくのは捕手の仕事だ。

小学校から高校までずっとキャプテンを務め、学校でも生徒会役員になったりと、人をまとめる役割を担うことが多かった尾崎には、グラウンド内の監督と呼ばれる捕手はうってつけだったし、なにより小学時代から『マネー・ボール』を愛読し、当時から自チームの成績を細かく記録しては、家のパソコンに入っていたエクセルで各選手のＯＰＳ（出塁率＋長打率）などを叩きだして監督に提出するという、今から考えると恥ずかしくて死にたくなるようなことを得意げにやっていた。もっともそれは、高校以降もひそかに続けられ、パソコン内のデータはえらいことになっている。

中学までは軟式だったが、三年時には強肩と打撃でそれなりには知られる存在だった尾崎は、県内でも強豪として知られる高校の硬式野球部に進学した。一年の秋からベンチ入りをし、二年の夏には上級生をおしのけて正捕手の座についた。秋からは主将も務め、打撃でも常に三番か四番を打ち、三年の夏には県大会ベスト４まで勝ち進んだ。引退後は監督の母校でもある相南大のセレクションを受けてみごと合格を果たし、前途は洋々だった。

しかし、大学時代、尾崎がマスクをかぶったことは数えるほどしかない。入学早々、外野手に転向させられたからだ。おかげで下半身が予想以上に衰えてしまい、いま人一倍苦労している。

「伸びのあるいい球筋だ。その調子！」

最初はややぎこちないフォームで投げていた檜垣も、声をかけ続けているうちに次第に無理なく体を使い、いい球を放ってくるようになった。手応えに、自然と顔も明るくなる。自信をもてば、さらに力が抜けて、いい球が来る。

「いいぞ、これを本番で放れれば必ず勝てるぞ！」

が、順調だった檜垣の球が、次第にすっぽ抜けてきた。「バットと見間違える」と言われるほど細い檜垣はまだまだ体力が追いつかず、ある程度投げると、たいていフォームが崩れてくる。

あともう少し、下半身がどっしりしてくれればな、と思う。この冬でずいぶん鍛えはしたが、隣の長谷川に比べるとやはりまだまだ細い。スタミナも段違いだ。

とにかくどんどん投げること。尾崎は、どんどん受けること。二人とも、そういう段階だ。

「長谷川さーん、時間です」

ダグアウトのほうから、高い声がする。マネージャーの安東だった。三宅に向かって黙々と投げ込んでいた長谷川は軽く返事をして、すぐにクールダウンに入る。

「三宅、サンキュ。それじゃ、お先に失礼します」

帽子をとって周囲に頭をさげ、引き揚げていく長谷川は、これから仕事だ。

彼は、看護師である。チームでも唯一の職業だ。スポンサーの三香田市立病院に長く勤めており、大会の際には多少シフトも融通がきくが、他の企業に比べると全体練習への参加が難しい。今日のように、深夜勤のために早めに切り上げることもあった。それならばまだいいほうで、夜勤にかかれば全く練習に来られないし、朝練は三日に一度顔を出せればいいほうだ。

「タフだよな、あの人。これから朝八時まで仕事とか、俺ぜってー無理」

長谷川の背中を見送り、檜垣が小声で言った。息があがって、すでに汗だくだ。

「あのタフさがあるから、エースなんだよ。つーかあの人三十なんだぞ。十近くも若いおまえがそんなにへバっててどうすんだよ」

「あんな鉄人と一緒にすんなって。俺、仕事中、最近立ったまま寝てるよ」

弱々しい声音に、尾崎は相手を睨みつけた。

「あほ、俺たちがやらかしたら、来年から雇ってくれる企業が減るだろ。しかもおまえ、根元製紙じゃないか。心証悪くなるようなこと絶対すんな」

「わかってるけど、やっぱフルで働いた後ってのはキツいよ。朝練もあるし。俺、ついてけんのかなぁ」

「そのうち慣れるって。筋トレつきあうし元気出せよ。おまえいい球投げるんだし、体力さえつければエースなんか目じゃないって」

尾崎は友人の肩を抱き励ました。

とにかく投手に自信を与えること。気持ちよく投げさせること。それが第一だ。

三香田ヴィクトリーの捕手は、三宅と尾崎の二人しかいない。本気で全国を目指すチームとしては心許ないが、そのぶん尾崎にもチャンスが巡ってくる可能性が高くなる。現在、公式戦では全て三宅がスタメンマスクをかぶり、尾崎は練習試合メイン、公式戦では試合後半に時折出る程度で、ほぼブルペンにいる。悔しくないと言えば嘘になるが、現状では当然だし、とにかく今の自分の仕事は、投手を最高の状態にしてマウンドに送りこむことだと思っている。

捕手に戻ったからには、自分のことなど二の次。とにかく投手のため、チームのために尽くす。そう決めていた。

驕ることなく、初心に忠実に。尾崎は自分に何度も言い聞かせた。こうして再び機会を得られただけでも、ありがたいのだから。

2

新潟選抜大会の会場となる球場は、二万人近い収容数を誇り、プロ一軍の試合にも充分に耐えうる規模と施設を誇る。

実際、昨年テレビでプロ野球の試合中継を見たときは満員だった。いい球場だな、と思ったのを覚えている。

今日の客の入りは、その五分の一以下といったところか。ほとんどがバックネット裏に集中し、左右のスタンドはだいぶさびしい。

ゴールデンウィークにふさわしい晴天、プロもやってくるからには三分の一ぐらいは埋まるのではないかと思っていたが、甘かった。

「やっぱプロといえども二軍だとこんなもんか」

キャプテンの國友が、ダグアウトから観客席を見て苦笑した。

「でもああいうのは、アマの試合じゃなかなかいない。腐ってもプロだな」

指さした先には、選手の名前や似顔絵を描いたボードを掲げた若い女性たちがいて、目当ての選手の練習風景に熱心に見入っている。中には、プロ顔負けのカメラを構えている者もいた。

新潟選抜大会、リーグ戦初戦。三香田ヴィクトリーは、いきなりプロ混合チームと対戦することになってしまった。

リーグ戦を勝ち抜かねば決勝トーナメントに行けないので、初戦を落とすと厳しい。戦力的におそらく最強のチームにいきなりあたったのは不運だったが、三香田ヴィクトリーの士気は高かった。ここで勝てば勢いに乗れる。

シートノックと整備が終わり、審判の合図とともに、両チームともダグアウトから飛び出し、ホームベース前に整列する。いざ間近にずらりと並んだところを見ると、圧倒された。体つきがまるで違う。テレビでは華奢（きゃしゃ）に見えた選手も、間近で見ると鎧（よろい）のような筋肉に覆われていた。

彼らの視線は、目の前に並ぶ三香田の選手たちを素通りし、一番奥で止まる。そこにいるのは、とびぬけて長身の男——直海だ。

彼は五年前まで巨人にいた。同じころ、二軍にいた選手もいるだろう。そうでなくとも、ここにいる者ならばみな直海のことは知っている。逆に言えば、直海以外のことは知らない。興味もないだろう。

「ナオ、久しぶりじゃないか」

選手の一人が声をかけた。直海は一瞥し、軽く帽子のつばをさげるのみだった。

「スタメンに名前ないけど、今日投げんだろ？　楽しみにしてるから」

本気なのか皮肉なのか、他の選手がさらに言う。直海は答えない。隣に立つ一塁手の玉置が「直海は外野ですよ」とフォローをする。

「マジで？　肩まだヤバいの？」

「まああのノーコンじゃ投手はなー。でもアマの中だったら無双できるんじゃないの？」

挑発にも直海は眉ひとつ動かさなかったが、玉置ら他の選手はむっとした。

微妙に不穏な気配が流れる中、尾崎だけは、全く別の方向に意識を向けていた。

自分から見て右斜め——多少離れた場所に、『彼』は立っていた。一八三センチの体は、記憶にあるころよりもずいぶんと厚みを増している。とくに下半身はずいぶん太くなっていた。大学のころ、女性ファンや一部の雑誌から「貴公子」や「王子」と恥ずかしいあだ名を奉られていた繊細な顔には、精悍(せいかん)というよりも、どこか荒(すさ)んだ色がある。

村上悠。相南大から、じつに十一年ぶりに出たプロ野球選手だ。最速一四九キロの右投手。四年前、ドラフト三巡目で西武に入団した。尾崎が相南大に入学した時、プロ注目のエースとして君臨していた男だ。

新潟大会にプロ混合チームが来ると知った時、こいつだけは来てくれるなと願っていたが、来てしまったものは仕方がない。開会式の前に、後輩の義務として挨拶に出向いたものの、村上は意外そうに尾崎を見て「へえ、相南なのか。よろしくな」と愛想よく言っただけだった。覚えていないだろうなとは思っていたが、本当に全く覚えていないと知って、安堵したような、がっかりしたような、複雑な気分に陥った。

混合チームの先発は村上ではなく、去年は一軍のセットアッパーとして活躍した大卒二年目の投手だった。一四〇後半を連発するキレのあるストレートと鬼のように曲がるスライダーをもつ彼は、クラブチームを完全に見下ろして投げており、実際こちらは手も足も出ない。

一方、三香田先発の長谷川は、初回の立ち上がりを攻められて二点先取され、二、三イニングは抑えたものの、四イニングで失策がらみで追加点を許してしまった。

四回終わった時点で、０対３。スコア的には、まだ充分に逆転の目がある。とはいえ打線は完璧に抑えこまれ、タフな長谷川も厳しい打者を続けて相手にしているためか四回にして珍しく息を切らしていた。

それまでずっとブルペンにいた尾崎は、五回裏の攻撃からは控えの野手と交代し、一塁コーチャーに入った。せっかくの実戦、一試合まるごとブルペンにいては何も学べない。

混合チームの投手は、すでに前イニングから代わっている。二番手はサイドスローで、これまた打ちにくかったが、先頭の水城が粘って四球を選び、出塁した。久しぶりのランナーに、三香田ベンチは盛り上がる。

エンドランのサイン通り、次の投球と同時に水城は勢いよく走ったが、二番打者の打球は転がることなく、あっさりと浮き上がってしまう。

力のない打球は、簡単に右翼手に捕らえられた。一塁のカバーに走っていた二塁手は、それを見てすぐに二塁に戻る。右翼手が彼に返球する間に、水城もしぶしぶ一塁に戻ってきた。

「なんだよもー。せっかく出たのに一球でチャンス潰すとかないわ。もう俺が単独スチール決めるしかないじゃないっスか」

「勝手に飛び出していつも刺されてるだろ、やめとけ。おまえ、足は速いが走塁がてんでなっちゃいないんだから」

バント警戒のためにホームに向かって飛び出した一塁手が、ベースから離れたままでいるのをいいことに、尾崎は愚痴る水城をたしなめた。

（……待てよ。一塁手も離れている？）

次いで、二塁を見る。普通、二塁手が離れたときは遊撃手がすぐにカバーに入る。しかし、打ち上げた瞬間にわかるフライだったせいか、遊撃手はカバーに入っておらず、二塁はガラ空きだった。

尾崎はそっと振り向き、背後の敵ベンチを見た。プロの雛(ひな)たちは、元気にベンチで声出ししている。シロウトなんか捻り潰せと野次を飛ばしている者もいた。

次に、三塁側の三香田ベンチを見やる。こちらも、ネクストバッターズサークルから打席に向かう三番・高階に声援を送っている。賑やかに声を張り上げる彼らは、いつも通りだった。

その中で、ただひとり、片桐だけが妙な笑いを口元にはりつけていた。基本的にいつもにやにやしているが、それとはやや異なる色を帯びている。

目が合った。おまえは気づいたか。そう言いたげに、白すぎる歯がこぼれた。

間違いない。尾崎は確信した。現時点で気づいているのは、どうやら自分と監督だけだ。

尾崎は小声で水城に声をかけた。

「おい、今から死ぬ気で二塁に走れ」

「へ？　だって勝手に走るなって」

水城はぽかんとしたが、「いいから！」と押し殺した声で凄んだ尾崎の気迫に押され、弾丸のように飛び出して二塁に走った。

打者がバッターボックスに入る前の、わずかに緩んだ空気の中、突然走り出したランナーに、敵も味方もぽかんとした。

が、すぐに相手捕手が気づき、怒鳴った。

「ばかやろう、早く戻せ！」

顔色を変えた投手が急いで二塁に投げたが、そのころにはすでに、水城の足は砂埃をたててベースに滑り込んでいた。余裕でセーフになったはいいが、水城はまだ何が何だかわかっていないらしい。

「これ、アリなん?」と、ユニフォームの埃を払いながら、相手の二塁手に暢気（のんき）に尋ねている。

「審判!」

相手捕手が審判にくってかかるが、審判はあっさりセーフの判定をした。場内も事態が飲み込めぬ者が多く、騒然となる。しかし、グラウンドにいる者は、すでに理解しているだろう。水城以外は。

「ディレイドスチール自体わかってねえだろうなぁ……」

尾崎は頭を掻きつつぼやいた。今度、細かいルールを徹底して教えたほうがよさそうだ。

盗塁（スチール）は投手が投球動作に入った瞬間に行うが、それ以外の盗塁を、遅らせる、という言葉をつけたディレイドスチールと呼ぶ。代表的なものは、一塁走者の盗塁を刺すべく捕手が二塁に送球している間に、三塁にいた走者が本塁を陥れるもので、トリックプレーの一種である。頭脳プレーではあるが、失敗すると失うものも大きい諸刃の剣だ。

もっとも今回は頭脳プレーでもなんでもない。フライアウトの後、守備陣は捕球した状態で誰もベースを踏んでいなかった。ボールも交換していない。つまりまだインプレー中だったのに、こちらが凡フライをあげた時点で、敵味方全員がアウトと判断し、そこで意識を区切ってしまった。誰もが、互いにいつもの基本の動きをしていると思いこみ、少しずつミスをした結果だ。

プロチームのほうは、明らかに格下相手に余裕で試合をすすめているという意識から生じた隙だろう。三香田側は、大舞台に緊張しているせいか。

プロでもごくまれに起こるミスではあるが、これは相手に結構な動揺を与えたらしい。甘く入ってきた投手の球を、高階は容赦なくはじき返し、タイムリースリーベースとなった。続く四番・國友もタイムリーヒット。あっというまに一点差に追いつき、五番の玉置もヒット、六番伊野は四球を選び満塁となるが、七番の津村が惜しくもゴロに倒れ、同点とはならずチェンジとなった。

それでもベンチは盛り上がり、とくにディレイドスチールを決めた水城といちはやく指示を出した尾崎に賞賛が集まる。よく気づいたな、と乱暴に頭をはたかれ、痛いが悪い気はしなかった。

「やあ、さっきの助かったよ」

手荒い祝福がひととおり済むと、奥にいた片桐がようやく声をかけてきた。ベンチだといっそう歯が白く見える。

「監督も気づいてたでしょう」

非難をこめて睨みつけると、片桐は声を落とすように人差し指を口の前に立てた。

「気づけば一発逆転の大チャンス、気づかなければただの負け試合の一場面。気づくか気づかないかで雲泥の差だよね」

「じゃあ、なぜ指示を出さなかったんですか」

若かりしころの片桐監督は、大胆な奇策を用いることで有名だった。やたらめったら走らせて、相手の動揺を誘い、ひっかきまわすのが得意だった。ルールの隙を狙うのも御手のもので、若き知将とずいぶんもてはやされていたのを覚えている。だからこそ、三香田ヴィクトリーに入った時には、またあのトリッキーな采配が見られるのかとわくわくしたものだが、練習は合理的だがとくに変わったものはなく、試合が始まってみれば常に基本に忠実で、拍子抜けしたものだ。

「言ったろ。気づけば大逆転のチャンス、気づかなければただのビハインド。転機をもたらすのは、いかに試合に集中し、小さなきっかけに気づくかということだよ。子供の場合、それを常にやれというのは厳しい。だから僕も手助けした。だけど君たちはいい大人だ。自分で気づいて、すぐにプレーに反映させなければ意味はない。と、思わない？」

「指導者って途轍もない忍耐力が必要ですね。俺ならその場でイラついて指示だしそうです」

「時と場合によりけりだね。まあ今日は君が気づいてくれてよかった。尾崎の株もあがったしね。というわけでさ」

片桐は、五回の守備についた三宅の後ろ姿を見やり、いっそう声をひそめた。

「次の三宅の打席から君を出すから準備しといて」

「えっ」

尾崎は目を剝いた。後半に代打で出たことはあるが、まだ五回だ。三宅の代打で出たら、後半はずっと自分がマスクをかぶることになる。

「い、いいんですか？」

「長谷川の球もそろそろ捕れるようになっただろ。なにより、次の三番手はおそらく村上だからね。この裏からマウンドにあがるだろう」

監督は、にやりと笑う。

「同じ相南大だろ。村上から見事なホームランを打ったことがあるよね？」

尾崎は息を呑んだ。まさか、監督が知っているとは思わなかった。

「入学したて、春リーグ直前の紅白戦だったな。村上もリーグに備えて調子はあがってた。プロ注目ってことで、紅白戦でも結構スカウトが集まったんだよね」

今度は口も開いた。頭はすっかり混乱していた。なぜ監督が、あの日のことを知っているのだろう？　公式戦ならともかく、部内の紅白戦にすぎないのに。

「村上は奪三振記録を塗り替える勢いの好投だった。なのに八回、代打の新入生にいきなり特大のをぶちかまされた。金属バットから木製に持ち替えて間もない新入生だよ？　大恥だねえ」

監督の言葉に、視界が白く染まる。あの日の光景が、脳裏にまざまざと甦る。


夢のような紅白戦だった。途中までは希望に満ちた夢、途中から悪夢だった。

一軍の紅白戦に呼ばれただけでも舞い上がっていたのに、代打で呼ばれた時は頬を抓った。

状況はワンナウト。塁には失策で出たランナーがひとり。尾崎は歓声を浴びて打席に入った。緊張が心地よかったのを覚えている。マウンドの上の村上は、とても大きく見えた。さすがに相南のエース、ドラフト候補。さっそく彼と勝負できる幸運を噛みしめた。

そして運命の瞬間がやってくる。カウントは2ボール、2ストライク。必ず次で決めてくる。球種もわかる。外へのスライダーだ、と思った。

今日はいつもより球が高い。スライダーの曲がりも甘い。村上の球は、それまでにも何度も全国大会のビデオで見て研究してきたから、よくわかる。

セットポジションから、村上がボールを投げる。案の定スライダー。コースも予想通り。リリースの瞬間に、いけるとわかった。

この半年で慣れた木製バットが、唸りをあげる。一日も早く大学野球に慣れたいからと、毎日千回の素振りを欠かさなかった。バットがボールに触れた途端、完璧に捕らえた感触があった。

あれはたぶん、人生最高のホームランだった。そして、人生最悪のホームランでもあった。

試合が終わるなり、尾崎は上級生に囲まれた。

『空気読めよ、新入生』

『おまえ、バカじゃねーの？　今日は打つなって言っただろ。聞いてなかったのか』

『野球ってな、チームプレイなんだよ、チ・ー・ム・プ・レ・イ。てめーの一人舞台じゃねえの』

最初は茫然とした。何を責められているのか、理解できなかった。話を聞いているうちに、最初に「スカウトが来ているから打つなよ」と冗談めかして言われたのは、冗談ではなかったらしいと知って、ますます驚いた。

村上の調子は悪くはなかった。だが絶好調というほどでもなく、時々甘い球も来ていた。とくに尾崎の打席の時は、新入生だと思って気を抜いたのか、ほぼど真ん中にスライダーが入ってきた。だから打ったまでだ。

チームをあげて一人のために八百長するのがチームプレイ？　冗談じゃない。だいたい、プロのスカウトの目はごまかせない。わざと三振やゴロを打ったって、バレるに決まっている。そんなのは、村上にもスカウトにも失礼だ。尾崎は一歩もひかずに反論した。正論だと思う。今でも、ひとつも間違っていると思わない。しかし正論は、「暗黙の了解」が正義としてまかり通る場所では、侮蔑の対象でしかない。むきになって言えば言うほどまわりは白け、激昂し、果てには殴られた。

翌日からは、一軍メンバーはもとより、監督やコーチからも無視された。最初のうちこそ同情していた同学年の友人たちからも、類が及ぶのを恐れて遠巻きにされ、心身ともに追い詰められた尾崎はミスを連発するようになり、二軍に落とされた。さらに「おまえは捕手に向いていない」とキャッチャーを外され、外野手に転向させられた。

しばらくは二軍の試合にもまともに出られなかった。死にものぐるいで練習して打撃と守備を磨き、村上たちが卒業してからは試合にも出られるようになったが、結局一軍にもキャッチャーにも戻れなかった。

大学野球界は、高校以上に体質が古いという話は聞いていた。理不尽な上下関係や独特の陰湿さなどは慣れているし、対処にもそこそこ自信があった。

しかし、事態は尾崎の予想を超えており、強いほうだと思っていたメンタルがずたずたになった。いっそ退部しようと思ったが、あいにく相南大は、高校時代の監督の母校であり、その縁でとってもらった経緯がある。自分がここでやめれば恩師の顔を潰すことになるし、後輩たちの進学先もひとつ潰すことになる。自分の一存だけでやめることはできなかった。

それからは惰性で野球部を続け、教職をとることに専念した。片桐と出会ったのは大学四年の初夏で、母校の教育実習を終えて大学に戻ってきた直後のことだった。相南大学野球部二軍の試合に現れた彼は、内野の選手に声をかけた。その選手はクラブチームなど冗談ではないという態度だったが、尾崎は指導者としての片桐の経歴に興味をもち、近づいた。

片桐とは最初から波長が合った。「本気で野球を楽しみたい者だけが欲しいんだ」という言葉は、とっくに野球から離れていたはずの心に思いがけず響き、気がつけば入団テストに申し込んでいた。

そしてテスト当日、迷ったあげく、外野と捕手両方のテストを受けた。捕手などもう何年もまともにやっていなかったし、とうてい受かるとは思えなかったが、ここで受けなければ後悔すると思ったからだ。

結果は合格。尾崎は、捕手として採用された。

そして今、ここにいる。村上の、対戦相手として。


「監督」

走馬灯のように駆け巡る過去の光景を振り切り、尾崎は口を開いた。

「なに」

「どうして俺を、捕手として採ってくれたんですか」

片桐は呆れた顔をする。

「今聞くの、それ。テストの時にも話さなかった？」

「聞きました。俺が捕手をやりたいと願っているからだと。でも、こう言ったらなんですが、テストの時に俺よりもうまい捕手はいたと思います。なのにどうして」

「本当に今更だねえ」

片桐は苦笑し、グラウンドに目を遣った。

「今日の試合が答えだよ」

「今日の？」

「尾崎は誰よりものをよく見て、考えている。こいつ以上に捕手に向いているやつはいない。そう思ったからだよ。だから、もうわかってるだろ？　村上最大の欠点も」

尾崎は唾を飲み込んだ。

「……はい」

片桐は尾崎に目を戻し、人の悪い顔で笑った。

「それを教えてやれ。後輩の恩返しだ」

尾崎は黙って頷いた。本当は返事をしたかった。だが声が出なかった。

この人は、ちゃんとわかってくれている。そう思ったら、涙がこみあげてきて、こらえるだけでやっとだった。

高校時代、尾崎はとにかく投手と話し合い、どうしてこういう場面でこの球を選択するのかということをしつこいぐらい詰めた。試合で投手が万全の力を出せることはまずないので、最悪の状況を想定し、いくつもパターンを考えた。暇さえあればデータを見て、授業中もずっと配球を考え、教師の指名に反射的に「そこはチェンジアップで」と意味不明な答えを返してしまい、雷を落とされたこともある。

いくら捕手だからってそこまで考えても意味がないだろ、と笑う者も多かった。だが尾崎は、考えることが楽しかった。自分は根っからの捕手で、しかもかなりしつこいタイプなんだと笑った。体は決して恵まれてはいないのに、打撃を評価され、高校時代に中軸を任されていたのも、人一倍、相手バッテリーの意図を考えた結果だと自負している。

ボールは生き物だ。一球ごとに意図があり、意思がこめられる。そして打者にも、打とうとする強い意思がある。意思を明確に動作に伝えられたほうが勝つ。それが野球だ。

四年前の紅白戦でも、尾崎は村上と正捕手のバッテリーの配球を注視し、型にはまった「なんとなく」の配球だな、と感じた。村上の球の威力に頼っているのだ。素材は抜群と言われながら、村上が全国の場でよい成績をあげることができないのはそのへんにあるのではないかと判断し、それを裏付けるように尾崎は彼の球をあっさりと弾き返した。

あの日から、村上は変わっていない。やはり球に意図が感じられないのだ。意思はあるが、バッテリーの意図がない。ならば、打てる。野球は、考えぬいたほうが勝ち。その上で、強い意思をもった者が勝つ。

「選手の交代をお知らせいたします。ピッチャー阿部に代わりまして、村上」

長谷川が三凡で難なく五回表を投げ終えると、すぐにアナウンスがかかった。

ブルペンから姿を現した背の高い投手が、マウンドへと向かう。三番手としてマウンドにあがった村上は、捕手と短い話を交わした後で、淡々と投球練習に入った。

村上悠は入団初年度こそ一軍で中継ぎとして十回ほど登板したものの、翌年は一回のみ、三年目からは一軍登録なし。大卒投手としては、そろそろ首が涼しくなってくるころだ。

ベンチ前で、尾崎は目をこらして彼を見つめた。

フォームは、大学時代のころからあまり変わっていない。二年前に調子を落としてフォーム改造に取り組んだそうだが、おそらく結果が出ずに、戻したのだろう。ふりかぶらず、常にセットポジションから投げる。足の踏み出し、やや開きがちの肩。癖はそのままだ。球の速さはとびぬけているが、安定していない。

投球練習が終わり、八番の木暮が打席に入る。安定していないとはいっても、アマチュアが簡単に打てる球ではない。木暮は速いストレートになかなか反応できず、ろくに振ることもできなかったが、コントロールが乱れていることもあり、フルカンまで持ち込んだ。が、決め球のスライダーを空振り、結局は三振。

ネクストバッターズサークルで全ての球を観察していた尾崎は、深呼吸をして立ち上がった。

「九番三宅に代わり、尾崎」

代打を告げるアナウンスに背を押され、ゆっくりと打席に向かう。

マウンド上の村上を見上げる。四年前、同じようにこうして見上げたエースは、やはり同じように感情を見せない目で、尾崎を見下ろした。このピンチヒッターはどんな癖があるのか——それぐらいは考えているだろうか。それとも、しょせんクラブチームのひょろっこい代打など、なんの対策もなくねじ伏せられると思っているだろうか。

ゆったりと構え、尾崎は口の端をつり上げた。

「たたきこむ」

この四年間、抱えてきたものを全部。どこにも吐き出せず、もがいていたものを全て、ぶちこんで、捨ててこい。

そして取り戻せ。叩きつぶされた時間を。否応なく奪われた自信を。

尾崎はもう一度、唾を飲み込んだ。学生のころは途轍もなく大きく見えた村上がモーションに入る。

ああ、本当に昔と変わらない。思い出すたびに胸が苦しかったはずなのに、こうして本物を見ると、懐かしささえ感じる。

(村上さん、あなたは俺のことなんて忘れている。でも俺は、一日たりとも忘れたことがなかった)

そのフォーム、この軌道。そして、自分が叩きつけたバットが、完全に球を捕らえたこの極上の感触を!

快音が響き、白球が勢いよく飛んでいく。村上がマウンド上で、しまった、という顔をして振り返るのが見えた。そんな時の表情も、やはり昔と変わらなかった。

*

「今日は直球の走りがいいが、四番の武村は、もともとストレートに強い上、さっきの打席でもやられてる。使うなよ」

尾崎の脚にレガースをつけ、三宅は言った。

「ま、そんなこと言うまでもないな。ホームランの後ならリードも冴(さ)えまくるだろ。好きにやってこいや!」

ぽん、と尻を叩かれ、尾崎は頭を下げると意気揚々とグラウンドに向かう。

三宅の言う通り、頭は最高に冴えている。この状態で長谷川と組めるとは幸いだ。それも相手は二軍とはいえプロの中軸。

緊張はなかった。自慢ではないが、尾崎は捕手として出場した試合で緊張したことがない。いつも、ひたすら楽しかった。

「いや、任せるよ。攻め方イメージありますか？」

「長谷川さん、ぶっちゃけ疲れてきたしな」

長谷川はのんびりと言った。エース級ともなると、格下捕手のリードなどまるで受け付けず、常に自分の好きなように投げる投手もいるが、長谷川はそういうタイプではなさそうだ。と思ったら、長谷川の目がすっと細くなった。

「ただ、後ろにだけは逸らすなよ。それだけでいい」

単に、信用がなかっただけらしい。それでもリードは任せるというあたり、投げやりなのか、おおらかなのか。いや、ここで力量を見てやるということだろう。

「はい。三宅さんとは全く違う配球をすると思いますが」

三宅は、よい捕手だ。キャッチングはうまいし、肩も強い。ただ、配球はきわめてオーソドックスだ。セオリー通りで、投手の決め球で勝負に行きたがる。もちろん、それが有効だからこそ、オーソドックスとなりうる。が、もう少しセオリーを破ってもいいんじゃないかと尾崎は常々思っていた。

自分なら、長谷川をリードする時、こういう打者ならこうしてみる。次の打席はこう変える。塁に走者を置いている時はこう――さまざまなパターンを考えるのは、たまらない幸せだ。

それがいよいよ試せる。

三宅の言う通り、今日は長谷川のストレートの走りがいい。実際、一打席目は、三宅もストレートを多く放らせている。そしてそれをあっさり弾き返された。長谷川は三香田ヴィクトリー投手陣の中でもっとも球速が遅く、ストレートは一二〇キロ台である。手元で変化するので打ちにくいが、さすがに強打者を揃えたプロ二軍はたやすい相手ではない。だから二打席目には三宅はほとんどストレートを要求しなかった。変化球とあまり球速が変わらないので、釣り球としても使いにくい。とくに直球を得意とする四番の武村には、一球も使っていなかった。

三宅のパターンは、セオリー通り外角勝負。内角で釣って、最後は外角低めのスライダーで打ち取る。これが基本だ。

七回のプロチームは一番からの好打順。尾崎は、一番から三番までは、基本的に三宅のパターンを踏襲した。一、二番は打ち取ったが、三番にはレフト前に引っ張られてしまった。打たれた瞬間、長谷川は軽くため息をつき、尾崎を見た。おい、打たれたじゃないか、三宅と変わらんぞ。音にならぬ声が聞こえるような目つきだった。

（いや、長谷川さん。ここからです）

四番の武村が堂々たる足取りで打席に入ってくる。

絵に描いたような右の長距離砲で、こいつにはストレートは一球も投げるな、と三宅は言った。とにかくめっぽう強いらしい。一軍にあがってもすぐに落とされるのは、縦の変化球に対応できないためなので、無難に縦で揺さぶれば、コントロールのよい長谷川なら打ち取れるはずだ。

尾崎は初球のサインを出した。長谷川は軽く目を瞠る。彼はマウンドではほとんど表情が変わらないので、わずかな変化に気づいたのは尾崎だけだろう。ただ、本気か、という声が聞こえた気がした。力強く頷き、外角低めに構えると、長谷川も頷いた。

来た球は、ストレート。要求した通り、外角低めに外す。武村はバットを叩きつけてきた。が、タイミングを外し、ファウルに終わる。

「おいおい、初球からとはなめてくれんじゃねーの。俺がストレート好きなの知らねえの？」

舌打ちまじりの声に、尾崎はにやりと笑う。よし、予想通り。

この反応からして、彼はストレートの可能性はまったく考えていなかったはずだ。

二球目は、一球目よりさらに外に外れたところへとスライダー。打者見送り、ボール。

三球目は一転して、内角低め、カットボール。判定ボール。

相手の読みは、次は外角にスライダーだろう。カウントは2―1とバッター有利で、投手はこれ以上ボール球を増やしたくはないと武村ならば考える。三宅はそうしてきたし、とどめはチェンジアップのようなスライダーのような長谷川独特の変化球で三振。これが美しい形だ。

（なら、狙い通り外角低めにしてあげますよ）

サインに長谷川はまた愉快そうに唇をねじり、要求通りきっちり外角低めに球を放ってきた。武村は、来たとばかりに振ってきたが、来たのはスライダーでなく速いカットボール、しかも大きくストライクゾーンから外れていたために空振りした。

カウントは2―2の平行に戻る。

武村がすっかり混乱しているのが、尾崎には手にとるようにわかった。

まさかの初球ストレート。そしてカウントを増やしたくない場面で平気でボール球を放ってくる投手。

これで完全に、狙い球がわからなくなったはず。

ストレートはないはず、いやしかしここであえてストレートもあるか？　いや、でもここまで来ればやはり長谷川が最も得意とするチェンジアップで来るだろう。だがどこだ、外角か内角か？　今までは長打を警戒してほぼ外角、しかしそろそろまた内角も来るか？　いや、他の打者にはシュートも投げている。

武村は一度打席を外し、大きく息をつくと、再びボックスに入った。横目でうかがえば、足はボックスの内側ぎりぎり、グリップはやや長めにもっている。なるほど、外と決めたか。

ここは、長谷川が得意とする例の変化球で決めるのが確実だ。外に抜けてもひっかけるのがせいぜいだろう。打ち取れる。

わかっているが、尾崎には昔から捕手として座右の銘にしている言葉がある。

——リードとは、いかにど真ん中の球を打ち損じさせるかにかかっている。

そして野球とは、より強い意図と覚悟がある者が勝つ。考えた者が勝つようにできている。

(長谷川さん、あなたならわかるはずだ)

長谷川は眉ひとつ動かさぬまま、投球モーションに入る。セットポジションから放たれた白球は、ま、っ、す、ぐ、迷わず向かってくる。ど真ん中に構えた尾崎のミットの中へ。

武村のバットが、空を切る。

「ストライク、バッターアウト！　チェンジ！」

審判の声に、歓声が重なる。尾崎はたまらず、小さくガッツポーズをした。

(ああ、今、めっちゃ楽しい)

尾崎は今ようやく、長い長い呪縛から解き放たれたことを知った。

3

「でさ、すごいよね！　あの巨人に勝って優勝しちまったんだってさー！　あの球界の盟主によ？

この三香田のチームがよ？　めっちゃすごくね？　すごいよね？」

尾崎は眉を寄せ、必死に耐えていた。さきほどから、矢吹の手が休みなく尾崎の背中を叩いている。もう片方の手には、もう何杯目かわからないビールジョッキ。かなりできあがっているため、叩く手の力は容赦がない。

「あのう矢吹さん、試合に来たのは二軍の混合チームなんですが……」

「しかも尾崎くんホームラン打っちゃったからね！　代打で出て、初球でドカーンよ。天才だね。マジ天才。おまえら、尾崎がこんだけすごいって知らなかっただろ？　俺知ってたし！」

尾崎の話など、まるで聞いていない。以前、自分はサッカー派だから野球は全くわからんと言っていたはずの矢吹は、得意満面で尾崎のプレーのすごさを褒め称えた。もちろん、試合には来ていない。とにかく、褒めるのが身上なのだ。

「あの、勝ったって言っても、俺が途中から出たリーグ初戦は負けて、決勝でまた当たったときは勝てましたがその試合は俺はベンチで……」

いちおう反論してみたが、もはや誰も聞いていなかった。当人は置いてけぼりでまわりが盛り上がっている。

新潟選抜は、まさかの優勝だった。初戦、六回の場面で武村を抑えたはいいが、最終回に逆転を許してしまった。そこはおおいに反省するところだが、リーグ二戦目は一転して大勝、その勢いに乗って準決勝で当たった企業チームにも勝ち、決勝で再び当たった混合チームも接戦のすえ下したのだった。

勢いとは恐ろしい。守備では大きなミスもなく、打線も不思議なほど繋がって、なにより投手陣が奮闘した。圧勝した二試合目に長谷川は登板せず、はじめてスタメンマスクをかぶった尾崎が若手をうまくリードした。それぞれの投手の特徴と調子を把握した細やかなリード、そして時々まじる博打的な勝負がうまくはまって最小失点に抑え、好調は打撃にも及び、尾崎自身三打点を記録した。

しかし打撃より何より、檜垣をはじめ、普段ブルペンで球を受けていた若い投手たちが、一球ごとに劇的に成長していくのが嬉しかった。

これが実戦の力だ。ブルペンで百球投げ込もうが、実戦での一球にはかなわないものがある。自分は通用する、勝てるのだという自信。二試合目リリーフで登板した檜垣は、三イニングを無失点で投げ終えたあと息がきれていたが、「尾崎のおかげだ、ありがとう」と目を輝かせていた。

始動してまだ一年たらずのチームが、地方大会とはいえ制した。チームの興奮は最高潮で、この大金星は地元テレビ局のニュースでも取り上げられた。

翌朝の新聞にも大きく出ていたせいか、出勤した時には、会う人ごとに祝福の声をかけられ驚いた。それまでは、矢吹をはじめ、野球なんぞ興味はないという顔をしている者がほとんどで、尾崎が三田ヴィクトリー絡みで入社してきたことを知らない者も少なくなかったからだ。

勝つというのは、これほど大きい。無条件に、認められるということだ。

普段から尾崎のつきあいの悪さに文句を言っていた矢吹の態度も軟化した――どころではなく、酒が入っているとはいえ、あまりの変わりように笑うほかなかった。凄まじい勢いで酒を注がれ、いつのまにか携帯を女子社員に奪われていたのには辟易した。

「そうそう、尾崎くん、あたしたちチアやるからね!」

近くにいた女子社員が、耳元で言った。たしか一番かわいいとかなんとか言われている、総務課の手嶌と、もう一人は――思い出せない。人の顔と名前を覚えるのは得意なほうだったが、どうやらすでに相当酔っているらしい。

「チア？」

「聞いてないの？　あらたマートにいる人、ええと名前なんだっけ。マネージャーさんに勧誘されたんだけど」

「ああ、安東さんが」

「そうそう安東さん。前々から誘われてたんだよねー」

ねー、と二人は顔を見合わせて頷いた。

「最初は正直面倒くさいと思ったんだけど、この間の試合見て、やろうって皆で話したんだ。私、バスケ部だったんだけど、なんか久しぶりにわくわくしてさ。ちょっとでも応援できたらって。技術部の子も来るって言ってた」

「明日から仕事の後、他の会社の子たちも公民館に集まって振り付けの練習するの。あたしたちがこまでするんだから、絶対にドームに連れて行ってよね！」

妙に恩着せがましく励まされた。

日々練習をして、試合に出て、周囲には応援してもらって。高校時代まで、それは当たり前のことだった。家族も、友人も、みな応援してくれた。だがそれは、実は本当に得がたいことだったのだと、今ならわかる。

どの部活でも懸命に打ち込んで、結果を出せば、認められるし、応援もされるだろう。しかし夏の高校球児というのは、ある意味、特殊だ。青春の象徴のような、独特の熱気に包まれる。夢のような季節。だが、その先は夢ではない。

その夢がふと戻ったように思えて、うっかり目頭が熱くなる。めざとく見つけた矢吹にさっそく猛烈にいじられ、しこたま飲まされた。さらに課長にしこたま飲まされ、そろそろ誰かわからなくなってきた有象無象にしこたま飲まされ、言われるままにプロ野球選手の打席でのモノマネを次々させられ、たいして野球など興味もないような女性社員たちが笑い転げていたのも覚えている。

が、そこまでだ。記憶はとび、尾崎は今、寮の部屋で瀕死の状態だった。誰のものかわからない車で送られて寮まで辿りついたはいいが、歩けずにエントランスでへたりこんでいると、呼ばれたのか水城がやってきて、文句を垂れつつ部屋まで引きずってくれた。

部屋の玄関でポイと放り出され、ローソファーまでなんとか匍匐前進で進むと、「携帯落ちたっすよー」と声をかけられた。

「そのへんに置いといて」

「光ってますよー。さっきも鳴ってたし。会社の人が心配してんのかも」

のろのろとポケットから携帯を取り出す。ここまで落としていなかったのは奇跡だ。

画面には、メールの受信と不在着信がいくつか並んでいる。今日新たに電話帳に加わった名前の中でひとつ、名前が出ない番号があった。

「知らない番号。……あ、留守録入ってる」

「課の女子とかじゃないすかぁ。いいなー。うち飲み会したってオッサンばっかでさー、みんなこえーし口うるさいしー」

野口部長の職場で礼儀作法を猛烈に叩き込まれているらしい（そのわりに尾崎への態度はいっこうに変わらない）後輩の愚痴は無視し、ひとまず再生ボタンを押してみた。すると、おなじみの女性アナウンスに続いて、低い声が響いた。

『尾崎の携帯だよな？　久しぶりだな。覚えてるか、相南の村上だ』

尾崎は携帯を耳にあてたまま、硬直した。

『先週は驚いた。元気そうでよかった。少し話したかったんだが、突然悪かったな。それじゃ』

それだけで録音は終わっていた。少し気まずそうな、しかし滑舌のよい口調。村上がこんな声でこんな喋り方をすることすら、知らなかった。

「ちょっと、大丈夫すか？」

水城に声をかけられ、携帯を耳にあてたまま固まっていたことに気づく。

「……ああ。なんで番号知ってんだろ……」

「最近の女子は肉食っすからね！　ザキさん泥酔してる時に見たんですよ、きっと」

「いや、大学の先輩」

いっぺんに酔いが覚めたような気がしたが、やはりまだ酔ってはいたのだろう。水城相手に、べらべらと続けてしまった。

「新潟の大会で、プロ混合チームにいたんだよ。でも学年三つ違うし、俺のこと覚えてないみたいだったのに。……ああ、もしかしたら圭さんか」

以前、高階が村上の話題を出したことがある。二人とも四年生の時に全日本に選ばれているから、未だに連絡を取り合っていたとしてもおかしくはない。

「ふーん？　よくわかんないんすけど、もしかしてザキさんが代打で出た時のピッチャー？　なんかあの時、ザキさんいつもと違ったから」

うざいアホだと思っていたが、存外よく見ているらしい。

「あれでしょ、いじめられたんでしょ！　ザキさん、ぜってー生意気だったと思う」

「うっさい、もう寝ろ。つーかおまえ、今日の教則のノルマやったのか」

新潟大会でディレイドスチールについてまるで理解していなかった水城を見て、尾崎は翌日から、練習が終わって帰宅した後、ルール教室を開くことにした。そこで、予想以上に水城がルールを理解していないことに気がつき、毎度宿題も出すことに決めた。水城は、ガッコ卒業してまで勉強したくない、と悲鳴をあげたが、野球は頭を使わなければできない。

「や、やった。やりましたよ！」

「よし、それじゃ質問するぞ」

「わー急に眠気が。おやすみなさーい！」

水城は瞬間移動のごとき速さで自室に引っ込んだ。いつもなら追いかけるところだが、尾崎も今はいっぱいいっぱいだったので、ため息をつくに止めた。アルコールのせいか、体も頭もまるで使いものにならない。急に静かになったリビングで、尾崎はただ光の消えた携帯の画面をじっと見つめていた。


新潟大会の翌週に行われた企業との練習試合でも、三香田ヴィクトリーは5―4で勝利した。先発したのは、鹿島というチームで最も若い投手である。水城と同じ十九歳だ。

鹿島は高校時代は速球が売りで、球威ではおそらく球団一だ。腕を振り切った時のストレートなどはほれぼれする。しかし、基本的にコントロールが悪く、メンタルも弱い。

年齢が同じこともあり水城と仲がよい彼は、尾崎の部屋に来ることも多く、よく面倒を見て相談にのってきたし、自主練にも積極的につきあったが、今のところあまり改善は見られない。

今日も試合が始まる前から青ざめきっており、いざ投げ出すと一番打者をストレートの四球で出し、二番にバントを決められ、三番にあっさりタイムリーを打たれるというありさまだった。落ち着かせるためにマウンドに行くと、鹿島はすでに涙目だった。彼は、腕が振れず、生命線のストレートにキレがないと、バッティングマシーン状態になってしまう。

そして一死二塁で迎えた四番。データによると初球はたいてい見送るそうなので、様子見で内角低めのストレートから入った。案の定、見送る。次は外へのスライダー。ボールでもいいという要求だったが、ぎりぎりストライク判定だった。

カウントは0―2。圧倒的にこちらが有利なカウントだ。しかし三球勝負をしかけるには厳しい相手。二球目のストライクはラッキーだったので、一球ボールを挟むのが無難だ。

しかし尾崎は、内角高めにミットを構えた。マウンド上の鹿島は、あからさまに狼狽した。

要求は、インハイのストレート。打者が最も得意とするところだ。前日に入念なミーティングを行ったので、鹿島もそのデータは知っている。

今日の鹿島の球では、ホームランを打ってくださいと言っているようなものだ。しかしあえて、尾崎は要求した。

投手は、高めを意識して投げきると、最もいい球が行く。とくに球威で勝負する鹿島のような投手ならば、そこに投げ込むのが一番いい。

が、高めは打者にとっても最高のゾーンでもある。おいそれと投げられない。

尾崎の要求に、鹿島は怯えた様子で首を振った。しかし尾崎はサインを変えない。

(大丈夫。俺に任せろ。打たれたら、俺の責任だ)

思いをこめて、胸を叩き、大きく頷く。

俺はおまえをよく知っている、その上でここに投げろと言っているのだ、と。

たしかにここでインハイは危険だ。しかし、今日の先発は鹿島。少なくとも五回までは投げてもらいたい。鹿島はずっと自信がもてなかった。萎縮している投手に、いくら腕を振れと言ったところで振れるわけがない。たとえこの打席をうまくやりすごしたとしても、今のままでは五回を待たず打ち込まれて降板することになるだろうし、ますます彼は自信をなくす。そうするともっと振れなくなる。ならば、ここで博打をうつ。いや、博打ではない。ここが勝負所なのだ。

最もいい球がいくところに、全力で投げさせて、鹿島本来の姿に蘇らせられるか。

あるいは、あっさりフェンスの向こうに叩き込まれるか。

たとえ後者でも、鹿島に責任はない。賭けに負けて傷が浅くて済むのは、今の段階だろう。後になればなるほど、ダメージは深刻になり、致命傷となりかねない。

だから、今ここで思いっきり腕を振れ。ここに、渾身の球をくれ。

大きく構えた尾崎の様子に何かを察知したのか、鹿島はゆっくりと頷いた。顔は青ざめている。しかし、彼は覚悟を決めてくれた。

投球動作に入る。長い左腕が、ぐん、としなった。要求通り、思いきり腕を振った鹿島が放った速球は、風をきって突き進み、ミットにすぱんと収まった。場所こそ内角ではなく、外角高めのボール球だったが、ここ久しくないほどの心地よい痺れが、ミットごしに尾崎の腕を伝っていく。打者は、動けなかった。

その瞬間、鹿島は変わった。正確には、自分を取り戻した。思い切り腕を振れた感触は、ばらばらだった彼の肉体の感覚を瞬時につなぎ合わせ、本来の速球を呼び戻したのだった。その後はすばらしい出来で、勝ち投手になった鹿島は号泣し、尾崎に抱きついて感謝した。以来、彼の顔つきは別人のように変わった。

変わったのは彼だけではない。一介のクラブチームが、企業チームとも対等に、いやそれ以上に渡り合った。自分たちは彼らにもなんら劣らない。その自信は、選手たちをいっそう勢いづける。

来週には、いよいよ都市対抗の一次予選が始まる。この状態で入れるのは、理想的だ。尾崎も優勝のおかげで、執拗に飲みに誘われることもなくなり、心おきなく野球に専念する環境を手に入れた。

練習に来る顔は、いずれもいきいきしている。朝練に仕事、さらに夜の練習や自主練。クラブチームとしては破格なほどの過酷なスケジュールだが、きついという者は誰もいなかった。以前はぼやいていた檜垣すら、今は嬉々として投げ込んでいる。

しかし、全員が全員やる気に溢れているとは言いがたかった。

「てめえ、何時だと思ってんだよ⁉」

全体練習が始まって一時間が経過したころ、外野のほうから怒声が聞こえた。

なにごとかと思って目をやると、さきほどまで姿が見えなかった直海がちゃっかり外野の守備練についている。怒鳴ったのは、直海と同じ外野の伊野だ。直海の返答は聞こえなかったが、伊野はますます激昂したように続けた。

「おまえんとこ、いつもヒマだろうが。毎度毎度こんな残業あるわけねえだろ！　いつもきつい基礎練終わるの見計らって来やがって」

怒鳴る伊野と適当にあしらっている直海の間でおろおろしている水城、そして仲裁に入る國友。すっかり外野では定番となった光景だ。以前は水城がいろいろとやらかしては雷を落とされていたが、最近の嵐の中心は直海だ。昔からサボリ魔として有名で、開幕前からもその傾向はあったが、ここのところ、とみにひどくなってきた。

外野手は全員で四名、つまり一人は控えに回ることになる。レフトは國友で固定なので、ライトとセンターを三人でまわしているが、今はセンター水城、ライト伊野でほぼ固定されている。肩が強く、フリー打撃や練習試合では馬力を見せつけていた直海は、開幕当初こそスタメンを務めることもあったが、実戦ではまったく打てず、また守備も他の野手に比べると劣るため、最近はもっぱらベンチが定位置となっていた。出場は代打か、図体からは意外だが足が速いので代走専門。後は球出しや、時にはブルペンで壁もやっている。

プライドの高い直海は耐えられないだろう。口に出して文句を言うことはなかったが、新潟大会を機に、あからさまに練習に手を抜くようになってきた。片桐や國友が説得しても変わらず、安東が雷を落としても同様だった。

「おまえら、喧嘩は後にしろ。直海、ちょっとこっち来い」

どうにか國友が仲裁して、喧嘩は終わった。國友と直海が放送室へと消えると、それまで静まりかえっていた周囲はにわかに騒がしくなった。

「まったく毎日毎日かんべんしてくれよ、この大事な時期にさぁ。そんなイヤなら来なきゃいいんだよ」

「クニさんも甘いよな、あんなんもう追い出しゃいいのに。そもそもあれが採用されたのが意味わかんねえよな」

「だよな、来たって役に立たないし、空気が悪くなるだけじゃん」

直海への非難はいつものことだが、とくに今日は片桐が来ていないので、声も大きい。気持ちはわかるが、聞いていてあまり気分のいいものではない。諫めようと尾崎が口を開いた途端、

「うるせえぞ、おまえら」

低い一喝が轟いた。騒ぎの間も、この場にいない片桐に代わって黙々とノックを打っていた高階だった。

「文句があるなら直海に直接言え。ここそこ愚痴る暇があるなら練習しろ。一分も無駄にできない時期だろうが」

冷ややかに言うと、またすぐにノックを再開する。

チーム随一の得点力、副主将を務める高階の言葉の威力は大きく、選手たちは不満そうな顔をしつつもすぐに練習に戻っていった。

尾崎は、正確なノックを打つ高階の横顔を興味深げに見やった。

この中で最も優勝への意欲が強いのは、まちがいなくこの高階だ。実力と目標の高さが、正しく比例している。練習中は自分にも他人にも厳しい彼にとって、チームの和を乱す直海のような存在は許しがたいはずだが、何も言わない。開幕前は愚痴をこぼしていた記憶があるからすでに直海のことは完全に見切っているのだろう。

(このぶんじゃ、いつか直海さんの球を受けたいって夢は叶いそうにないな)

尾崎は嘆息した。はじめて直海が本気で投げる球を見た時、この球を受けたいと灼けるように思った。練習後、ミットをはめていた手を冷やしていた三宅が興奮気味に「こいつがいれば黒獅子旗も夢じゃない、こんな球、プロだってそうそう打てない」と語っていたことも昨日のことのように覚えている。

しかし投手どころか、直海自身がこのチームを去る日もそう遠くないかもしれない。寂しい気持ちはあるが、高階の言うとおり、今は一分も無駄にできない時期だ。もっともっと、技倆を磨かねばならない。

直海がいないなら、自分たちだけで黒獅子旗をとらねばならないのだから。

ハードルは高い。だがきっとできる。今のこのチームなら。

4

青い空に雲が湧き、スタジアムから球音と歓声が沸き上がる。

これぞ日本の夏。実際はまだ六月前だが、今日はじっとしていても汗ばむ陽気なので、気分は完全に夏だ。

球場の色合いは、やはり夏の日射しにこそ映える。スタンドの鮮やかな青、黒い土に白いライン、青々と繁る外野の芝。そして賑やかな観客席。

「何だあれ」

尾崎は、ぽかんとしてスタンドを見上げた。きてれつな衣装を着た女性たちが、ポンポンを両手にもって待機している。藍色の地に白い模様を散らした浴衣のような衣装だが、丈は膝上で、帯に見立てた黄色い幅広の布をまきつけている。足元は、ベージュ色のショートブーツだ。

「尾崎くーん！」

黄色い声と共に勢いよくポンポンが振られ、ぎょっとした。目をこらせば、見覚えのある顔が三つほど。灰島電気硝子の社員だ。

「こうして見るとなかなかすごい服だなー。カミさんがずっと縫ってたやつだわ」

國友が苦笑まじりに説明してくれたところによると、あれは三香田ヴィクトリーのチームマスコット雪ん子を基にしているらしい。

「手づくりですか。大変だ。でもやはりチアが入ると華やかでいいですね」

「最初は婦人会の一部しか反応してくれなかったらしいんだが、新潟大会優勝したあたりから、今からでも間に合うかって問い合わせが結構あったらしくてな。ありがたいもんだ」

初夏の雪ん子たちは楽しそうにはしゃいでいて、学生時代の体育祭でも見ているようだった。やや気恥ずかしいが、地元から応援に来てくれるのは心からありがたい。なにより、観客が楽しそうなのは嬉しいものだ。

都市対抗一次予選は数日前に始まり、今日は大会始まって初の週末で、代表決定戦にあたる。客入りも多く、三香田からも大勢応援に駆けつけていた。

一次は都道府県ごとに行われ、新潟の場合は二次に進む代表二チームを選出する。

といっても、そのうちの一つは、唯一の企業チームであるEF製薬でほぼ決まっている。都市対抗は、企業チームもクラブチームも等しく参加が許されているものの、実力は雲泥の差なので、一次予選で企業チームが参加するのは最後の代表決定戦のみというケースがほとんどだ。クラブチームは実質、第二代表の座をめざして、しのぎを削ることになる。

いまだ勢いの続いている三香田ヴィクトリーは、トーナメントの三試合を難なくクリアし、先日、三チームによる決勝リーグに進出した。

長谷川は絶好調、他の投手陣の仕上がりもいい。

打順はほぼ固まりつつあり、うまく作用している。一番・センター水城は、配球を読むとかヤマをはるといったことはいっさいしない、ただ来た球をひっぱたくだけの打者だが選球眼はよく、出塁率は高かった。さらに、とびきり足が速い。以前は速さに任せて盗塁を仕掛けては刺されていたが、死ぬほど走塁を練習させられた結果、最近は決められるようになってきた。

そして二番は、打率は悪いがこれまた鬼のようにバントをひたすら練習した倉内。ショートの彼はチーム一の守備名人であり、やはり俊足でもあった。基本的には、出塁した水城をバントで送るが、彼もまた俊足なので、うまくすれば自身もセーフになることがしばしばあった。

次いで、満を持してのクリンナップである。三番、サード高階。四番、レフト國友。この二人は大きいものが打てるし、状況判断も的確だ。先頭が出て、次が送り、中核で返すという基本中の基本が、ここのところはぴたりと決まっている。五番以降は時々入れ替わるが、全体的に打線の繋がりは悪くない。

なにしろ、中核の二人が大きかった。マウンテンベアーズ時代、國友は不動の四番だったという。企業相手にまともに打てるのは彼だけだったとかで、ベアーズ時代はとにかく國友に回せという方針だったらしい。観客も、彼の打席しかまともに見なかったとか。

今は、高階が加わり二枚に増えた。高階は右打者、國友はスイッチだが左を得意とする。彼らが続くのは、相手にとっても大きな脅威だった。

尾崎はといえば最近は公式戦でマスクをかぶることが増えてきたが、今日はベンチスタートである。

対戦相手は、EF製薬。毎年都市対抗に出場している企業チームで、去年マウンテンベアーズが一次予選で対戦した時には、0―11の五回コールドで敗退した。県の圧倒的王者である。

しかし、今年はちがう。先発した鹿島は六回まで二失点に抑えた。三香田はこの時点でまだ得点をしていなかったが、七回表の二死一、二塁のチャンスで、代打に尾崎が送られた。最近は勝負所で代打に出され、そのまま守備につくことが多くなったが、得点力を期待されているというのは、誇らしいことだった。

もっとも今日は、タイムリーを打つことはできなかった。EF製薬の投手陣は技巧派揃いで、バッテリーの意思疎通もしっかりしており、「意図」のある配球をした。こうなるとなかなか読みにくい。

しかし、打てずとも尾崎はじっくり球を見定め四球を選び、満塁とした。

次のバッターは、一番の水城。何も考えていない彼は、本能で初球をひっぱたいた。詰まったあたりだったがそれが幸いしてレフト前のポテンヒットとなり、三塁走者が生還する。一気に二塁走者もホームへと走ったが、ＥＦのレフトの反応が早く、残念ながら本塁タッチアウトとなった。

スコアは１―２。同点にならなかったのは残念だったが、いつもならとっくにコールドで終わっているイニングを、こんな僅差で迎えられることは今までになかった。これ以上点をやるわけにはいかない。裏から守備に入った尾崎の気合いはいやが上にも高まった。

マウンドには、さきほどまで尾崎がブルペンで球を受けていた檜垣が登った。が、ブルペンではいい球を投げていたはずが、企業相手に緊張しているのか、微妙にコントロールを乱している。檜垣は制球のよさで勝負するタイプで、鹿島のように大きく乱れることはないが、狙ったところをほんのわずか外している。そしてこのほんのわずか、が野球では致命的だ。

一人は抑えたが、次の打者に安打を許し、一死一塁。三人目からはクリンナップに入る。

理想的な形は併殺だ。外に投げる球で引っかけるか、内角を抉るストレート。もしくは、シュートで詰まらせるか。

それとも、ひとりずつ安全にいくか。得意のスライダーで引っかけさせられるか――いや、しかし今日は全体的に浮いている。それでレフトにはじきかえされたら終わりだ。

尾崎は、インハイにミットを構えた。

（ここにストレート。ボールでかまわない）

しかし檜垣は要求に首をふる。

尾崎は舌打ちした。こんなところでびびられても困る。ここは、インハイのストレートかシュートしかない。うまくひっかけてくれればもちろん言うことはないが、手を出さず見送られても次は外角低めに誘うという手もある。

尾崎は、次にシュートを指示した。檜垣はますます顔を強張らせ、首を振る。再びインハイストレート。そして鹿島にしたように、胸を叩いて頷いてみせる。

俺が全ての責任をとるから。心配せずに思い切り投げろ。

声なき言葉が届いたのか、檜垣はようやく頷いた。これでいい。鹿島はこれで吹っ切れた。檜垣もきっと一皮むける。

が、甘かった。

檜垣のストレートはみごとにすっぽ抜け、打者のヘルメットに当たった。うめき声とともに、打者がしゃがみこむ。

EFのベンチから、選手たちがいっせいに飛び出した。

蒼白になってマウンド上に立ちすくむ檜垣には、危険球退場が宣告された。


「ふざけんなよ、てめえ」

ベンチに戻るなり、尾崎は罵声とともに胸ぐらを摑まれた。

彼が退場した後、急遽登板した真木は、四苦八苦しながらもなんとか無失点に抑え、長いイニングは終わった。

が、真木への惜しみない賛辞が注がれる一方で、一イニングもたず退場となった檜垣は屈辱に顔を歪め、上半身のプロテクターだけ外した状態の尾崎をそのまま通路へと引きずりこむと、唾を飛ばして罵倒した。

「俺は厭だって言っただろ。当てる予感したんだよ。なのにゴリ押ししやがって」

「……悪かった」

尾崎は素直に謝罪した。そうするほかない。全責任を負うと言ったのは自分だ。

「尾崎、なんでインハイ要求したんだ？」

背後から、片桐の声がした。胸ぐらを掴まれた尾崎は振り向くことができず、息苦しさの中からなんとか声を絞り出す。

「後のことを考えるとそれしかないかと思って……うまくゲッツーとればっていうのもありますが」

「後もなにも、今抑えなきゃ意味ないだろうが！」檜垣が声を荒らげる。

「配球なんて結果論だろ。理論通りいけば勝てるならマウンドにマシンでも置いときゃいい。投手のカンなめんな。こっちも意味もなく首振ってるわけじゃないんだ。三宅さんなら絶対にあそこでゴリ押ししない」

「でもインハイだって使っていかないと。ピンチのたびにあそこ怖がってたらダメだろ」

負けじと言い返したが、逆効果だったらしい。檜垣の目が完全に据わった。

「へえ。あの場面で、今日の俺にどうしてもやらせなきゃいけないもんだったのか、それは。おまえ、鹿島があれで化けたから調子こいてんじゃないか？　自分に任せればどんなヘボピッチャーだって勝たせてみせるって思ってんだろ」

「そんなことは」

「思ってるだろ。俺が首振ったら露骨にイラついてたじゃないか。そりゃあおまえは、試合全体の組み立てを考えてんだろうよ。でも投げるのはこっちだ。おまえの手足となって動く駒じゃないんだよ」

檜垣は忌々しげに吐き捨てた。温厚でやや小心者の彼は、愚痴をこぼすことはあっても、怒りをあらわにすることは今までになかった。それだけに、あれが彼にとってどれほど耐えがたいことだったのか、尾崎は今になって悟った。が、自分が正しいのになぜ、という思いも拭えない。その思いが顔に出ていたのか、檜垣の目はますます剣呑になった。

「なあ、尾崎ってさ、大学でドラフト候補からいきなりホームランかましてハブられて、二軍落ちしたんだよな?」

「……なんだよ急に」

「話聞いた時は同情したけどさ、結局あれって尾崎の主観だろ? 俺は尾崎にもかなり原因があるんじゃねえかと思ってんだけど」

「どういう意味だ」

「落ちたのは気の毒だけどさ、そこから四年間あがれなかったり、捕手やらせてもらえなかったってのは、明らかに尾崎の問題じゃね? 結局は、おまえのそういう態度が、投手陣に総スカン喰らったってことだろ。相南大に来るような連中は自信あるのばっかだもんな、てめえの上から目線なんて我慢してくれねーよ。ここなら、好きなだけおまえのオタクくさい理論振り回して好きにできると思ったか?」

尾崎は大きく目を見開いた。言い返そうと口を動かしたが、言葉が出ない。

「檜垣、そのへんにしとけ。話がすり替わってんぞ」

片桐は呆れまじりにたしなめた。

「バッテリーは共同作業だ。サインに頷いて投げたら、それは檜垣の責任でもある。責めるのは筋違いだぞ」

「……はい。申し訳ありません」

檜垣は殊勝に頭を下げたが、それは尾崎の背後にいる片桐に対してだ。いくぶん落ち着きを取り戻した様子で尾崎を見ると、冷ややかに言った。

「たしかに、断りきれなかった俺も悪い。だが、とにかく、押しつけんのはやめてくれ。おまえにとっては、全体の組み立ての中のたかが一球かもしれないが、俺にとっちゃ人生壊しかねない一球なんだよ。相手があれでヤバイ怪我でもしたら、俺もう投げらんねえんだぞ」

尾崎は息を呑んだ。今までのどの檜垣の罵倒よりも、最後の静かな一言は深く胸を貫いた。

たった一球。人生を壊す。

檜垣が身を翻してロッカールームにさがった後も、尾崎はしばらくその場に立ち尽くしていた。

試合は結局、一点の差を埋められず惜敗に終わった。とはいえ第二代表の座はほぼ確定なので、チームにそれほど悲壮感はない。この悔しさを二次予選にぶつけようと気合いを入れ直して終わった。

しかし尾崎の気持ちは沈んだままだった。

三香田に戻ってからのミーティングも上の空で、三宅に食事に誘われたが辞退し、早々に帰路へとついた。もっとも寮に早く帰ると、水城に強制的にゲームに付き合わされるので、ぐるぐるとあてもなく山道を周り、時間を稼いだ。その間に、携帯にいくつもメールの着信があった。三宅、鹿島、水城、國友や安東からのもので、いずれも「あまり気に病むな」と励ます内容だった。

肝心の檜垣からはなしのつぶてだ。こちらからアクションをとるべきかと電話帳を呼び出してはみたものの、そこから指が動かない。なにも言葉が見つからなかった。

自分があれだけ苦しんだことを、檜垣にも強いてしまった。その事実に、頭がついていかない。

その時ふと、画面の下のほうに「村上先輩」の文字を認め、心臓が大きな音をたてた。

半月前に電話がかかってきた時に番号は登録したものの、それきりになっていた。忘れていたわけではない。何度もかけようと思ったが、何を言うべきかわからず、どうしても指が動かなかったのだ。ちょうど、今のように。

「……そういうことか」

尾崎は力なく笑った。

つまり、自分はちっとも過去など克服してはいなかったのだ。打ち勝つべきものを、完全に見誤っていた。村上と再会した日、おそらく違和感に気づいていたのに、それでも見ないふりをしてしまった。そのつけが、今日の試合なのだ。

大きく息を吸い込み、ぎゅっと携帯を握りしめる。そうこうしているうちに、尾崎をぼんやりと照らす画面の光が消えた。慌てて画面に触れ、今度こそ村上の番号を呼び出した。それでも心の中で、留守録に切り替わりますようにと願っている自分が滑稽だった。

しかし、期待に反し、コール音は三回ほどで消えた。

「はい」

流れた声に、覚悟はしていたはずなのに、携帯を取り落としそうになる。

「……あ、えっと……尾崎です。夜遅くにすみません。ご無沙汰しています」

焦りのあまり、声が裏返る。

「今帰りなのか」

一方、村上は落ち着き払っていた。半月も経ってから電話をしてきた無礼な後輩のことなど、すでに忘れているのではないかと思ったが、その口ぶりは淡々としていた。

「はい。申し訳ありません、以前電話頂いたのに、その、なかなか……」

「ああ、今日、一次予選が終わったんだろ。高階からメールが来た。悪かったな、気ぃ遣わせて」

軽い苦笑まじりの声は、低く落ち着いていた。

「いえ、こちらこそ申し訳ありませんでした。今更で失礼ですが、先日は……」

「気色悪い喋り方すんな。べつに用があったわけじゃない。二回対戦して二回ともホームランとか、先輩敬う気はないのかって文句言いたかったんだよ」

口調は冗談めかしていたが、尾崎は息が止まるかと思った。二回、とたしかに言った。

「昔のも、覚えていたんですか」

「当たり前だ。ホームラン忘れる投手なんていない。俺は、小学生のときから全部、ホームラン打たれた相手とコースと球種を覚えてるぞ」

「でも、試合の時には俺のこと知らないようでしたけど」

「悪いが顔と名前は忘れてた」村上はあっさりと認めた。「けど、おまえが代打で出てきて打席に立った瞬間、全部思い出した」

なんと答えていいのかわからず「そうですか」と答えると、しばらく沈黙が続いた。

「この間の試合の後、高階と少し話したんだけどさ」

やがて、村上が切り出した。どこか迷いが残る口調だった。

「おまえ、高校のコーチ決まってたのに、蹴って三香田に行ったんだって？」

「ええ、まあ」

「理由を訊いてもいいか？」

「俺、いつか監督やりたいんで、片桐監督を見てみたいと思ったんですよ」

「……それだけか？」

尾崎はため息をついた。なぜ、わざわざ触れてくるのだろう。四年間ちらとも思い出さなかったものを思い出した途端、罪悪感にかられて謝罪したくなったとでもいうのか。

「まあ、ずっと干されてたんで。やっぱり、捕手に未練はありましたからね」

意地の悪い気持ちで、尾崎は言ってやった。

「……悪かったな」

「どうして謝るんですか。あれは村上さんのせいではないでしょう。それともあなたが指示したんですか？」

「いや」

村上は即答した。

嘘ではないだろう。彼はプライドが高く、自分の成績にしか興味がない、典型的な孤高のエース気質だ。スカウトの前で打たれたことに衝撃を受けても、裏で陰湿な報復をするタイプではない。

「村上さんは悪くありません。それに、一軍を追われたのはあれがきっかけですが、その後は俺の問題ですから」

語気を強めて、尾崎は言った。

「何かしたのか？」

「いえ、何もしなかったんです。一軍に戻れないのも、捕手に戻れないのも、全部まわりのせいだと思ってましたから」

「……事実なんじゃないのか」

「それだけなら、村上さんがぶじプロになった後も二軍のままってことはないでしょう。この間、投手に言われたんですよ。おまえの思い上がりが招いたことだと。そんな馬鹿なって思ったけど、たしかにそうだったかもな、と。四年間、楽しいことなんてひとつもなかったけど、そうしたのは俺自身なのかなって」

高校の監督の母校でさえなければ、とっととこんな野球部やめたのに。そう思いながら、四年間を過ごしてしまった。あの悪魔の一球を悔やみ、村上たちを恨みながら、ずっと。

それを覆してくれたのは、片桐だった。誘われるままこの三香田にやって来て、憑き物が落ちるように目が覚めた。

「教師になって、野球の指導者になりたいのは、今も変わりません。でも、野球を本当にやれるところまでやりきった、楽しかったと自分に胸張れなかったら、いつかきっと自分の実績やコネばっか考えるクソみたいな指導者になる。だからここでもう一度、死にものぐるいでやって、結果を残したかったんです」

そう思って三香田に来る決断を下したはずなのに、なぜその気持ちを忘れていたのだろう。いつから、自分が正しいと証明することに躍起（やっき）になっていたのだろう。

檜垣や鹿島といった若手に献身的に尽くしてきたつもりだった。経験と自信が足りない彼らを奮い立たせ、大舞台に立たせたいと願い、努力は惜しまなかった。

だが今ならわかる。それは彼らのためではない。

自分は見返したかったのだ。村上のために自分を平然と切り捨てた連中に、そして村上に、思い知らせてやりたかった。自分がマスクをかぶり、投手陣をリードして東京ドームに殴りこみ、頂点をとり、見下してやりたかったのだ。

だからこそ、同じ一球を檜垣に強いた。自分は正しいと信じたまま。

「なるほどな」

しばしの沈黙の後、村上は低い声でつぶやいた。静かな声音から感情をうかがうことはできない。

「一度、バッテリー組んでみたかったな」

電話をもったまま、尾崎はその場に飛び上がった。

「えっ、いつでも大歓迎ですよ！　三香田に来ませんか？」

「いかねーよ、バカ。なんでそうなるんだよ。おまえがプロに来ればいいだろ」

「いや無理ですって」

「俺を二度も窮地に追い込んだ人間に無理とか言われると腹立つんだけどな。ま、八月、ドームに行けよな。時間あったら観に行ってやるよ」

柔らかい口調だった。その言葉を最後に、電話は切れた。

尾崎はしばらく、その場に立ち尽くしていた。画面から光が消えても、黒い画面をじっと見つめていた。ひどくぼやけて、何も見えない。それでも、いつまでも見続けた。

5

週末には、一次突破記念と二次に向けての鋭気を養うという名目で、三香田ヴィクトリー全員に動員がかかった。

決起集会の場所は、國友の自宅である。三香田ヴィクトリーで家持ちなのは、昔から三香田に住んでいる國友と長谷川だけだ。

週末の練習を一時間早く切り上げ、揃って國友家に向かう。球場からは歩いても二十分程度という立地は、ありがたい。おかげでベアーズ時代から、何かとたまり場になっていたという。

「いらっしゃーい。待ってたよー」

笑顔で一同を迎えるのは妻の奈美と、ミニ怪獣こと颯太と陽斗である。

宴会には、二間続きの部屋を仕切る襖が取り払われ、二十畳以上の部屋が使われた。それでも、三香田ヴィクトリーの面々が揃うとやや窮屈だ。並べた卓上には、すでに手作りの料理がずらりと並んでおり、一同は感動の雄叫びをあげた。寮があるとはいっても、食事は出ない。それぞれの部屋には台所はついているが、仕事と野球漬けの若い男子の冷蔵庫の中身などたかがしれている。

彼らの食生活を心配してか、國友は時々、こうして選手を家に呼ぶ。國友の妻・奈美は料理上手で、國友家は「奈美亭」と呼ばれ選手たちの胃袋に猛烈に愛されていた。しかし、こうして全員が揃うのは、はじめてだ。

「揃ったか。注目！」

一同がそれぞれ座布団の上に収まったところで、上座の國友がおもむろに立ち上がった。

「さて、もうじき二次予選が始まる。ここが正念場だ。今までも二次には行くことはあったが、行くだけだった。だが今回は違う！」

國友は拳を握り、声を張り上げた。昔の青春ドラマの教師みたいだな、と思いつつ、尾崎は目の前の料理に目をやった。練習後なので腹が空いて死にそうだ。

「あくまで二次は、ただの通過点。何がなんでもドームの切符を手に入れる。本選、本気で行きたいよな？」

「当たり前ー！」

チームで一番若い水城が元気よく応えると、賛同の声が続いてあがる。國友の目が急に潤んだ。

「ちょー、いきなり泣き出すとかヤバイっすよクニさーん」

「うるせえよ！　しょうがないだろ、嬉しいんだから。俺は二十年近く、三香田に黒獅子旗を持ち帰る夢を見てたんだからな！　今年こそ叶いそうな気がすんだよ！」

「まあ今年行かないとクニさんそろそろやばいっすよね。もう不惑だし」

長谷川が人の悪い笑顔で言うと、國友は盛大に洟を啜り、つきあいの長いチームメイトを睨みつけた。

「うるせえよ、おまえも三十路だろうが！　青春は四十からなんだよ！」

「青春してんのに腹が出てたら恰好つかねえけどな」

即座に茶化した片桐は、にやにや笑いながら國友の腹を指し示した。國友は今も絶大なパワーと筋肉を誇っているが、腹部だけは、Tシャツごしにも多少たるんでいるのがわかる。國友は真っ赤になり、贅肉とは全く無縁な友人を睨みつけた。

「うるせえな、嫁の飯がうまいんだよ悪いか！　おら、みんなグラスもて！　いいかー、必ず全国行くぞ！　ドームに家族呼べよ！　三香田万歳！」

國友がやけくそのように叫ぶと、ようやく待ちかねた乾杯の時間となった。猛スピードでビールが注がれ、練習の時よりもよほど芯の通った声で乾杯を唱和する。

大量のビールに焼酎、日本酒、そして卓上を埋め尽くす料理は、ことごとく美味だった。近くの山でとれた山菜の天ぷらはあっというまに一同の胃袋に消えていくが、そのつどどんどん追加されていく。そこに國友が釣り仲間と釣ったというヤマメの唐揚げに酢漬け、岩魚の塩焼きが加わり、歓声があがる。

庭でとれたじゃがいものコロッケを、水城が大人げなく國友ジュニアたちと取り合っている横で、尾崎は意外に和風な味付けが合うマカロニサラダと、ジューシーな豚バラインゲン巻きに舌鼓を打っていた。

しかしこれではまだ、練習帰りの平均二十代男子の胃袋群はおさまらない。縁側に続く窓は開け放たれ、庭にしつらえられたバーベキューセットに火が投じられると、また大きな歓声があがった。

「ナオ、肉焼くの手伝え」

キャプテンじきじきに任命され、直海はしぶしぶと肉を焼く。給食の時間よろしく列をなす選手たちが差し出す皿に、次々と肉を載せていくうちに、彼の額には汗が滲んでいた。

「ナオさん、そっちのデカい肉と交換してよー」

「ふざけんな水城、俺の焼いた肉に文句あんなら全部とりあげんぞ」

「おい、俺のはあからさまに少なくねえか？」

「よく気づいたな、それはわざとだ」

「日ごろの恨みをこんなところで晴らしてんじゃねーよ！」

普段はチームメイトとろくに口もきかない直海も、今日ばかりは水城や伊野相手に雑言まじりに会話をしている。

あいかわらず練習態度は褒められたものではないし、典型的な一匹狼タイプだが、國友はいつもこうして彼をチームに馴染ませようと努めている。直海にその思いが伝わっているかどうかはあやしいが、今のところ、鬱陶しそうにはしながらも、國友の指示に逆らうことはなかった。

その傍らでは凄まじい勢いで安東と片桐が野菜を切っている。片桐のあまり手際のよさに、安東がムキになって切りまくっているのが笑えた。

チームの面々が好き勝手にふるまう中、國友の妻の奈美は座敷と庭を動き回っては料理や酒の補充をしており、いっさい座る様子がない。少しでも手伝おうと食器を運んで座敷と台所を往復していると、笑顔で感謝された。

「いつもありがとう。尾崎くんはいい子ねえ。うちの人もすごく気のつく捕手中の捕手だって褒めてたよ」

「俺らこそいつもクニさんや奈美さんに世話になっちゃって。奈美亭のご飯食べられるのホントありがたいですけど、奈美さんいつも大変じゃないですか？」

「ぜーんぜん！　料理趣味なの。それに美味しそうに食べてもらって、若いイケメンとお喋りできて、こんな役得ないわよぉ」

奈美は、笑うと夫と同じえびす顔になる。本来の造作はむしろ正反対なのに、夫婦は似てくるというのは本当らしい。

「来月になれば鮎が出せるから。刺身をわさび醤油(じょうゆ)でなんて最高よ。向こうじゃそうそう鮎の刺身なんて食べられないでしょ」

岩魚の塩焼きがとくに美味かった、と尾崎が言うと、奈美はにこにこと答えた。

まだ満腹になっていない水城たちのためにせっせと肉を焼く國友と、料理が一段落ついて酒をついでまわりつつ子供たちをうまくあしらっている奈美を眺めていると、いいなあ、と思う。

大きな家に住み、ずっと好きな野球をやって、仕事も安定していて、料理上手でもてなし好きな妻がいて、子供たちは自分と同じように野球をやって、友人たちもやって来てわいわいやって。王道ど真ん中ではないか。

きっと彼は、脇目もふらず、自分の道を走ってきたのだろう。一度もぶれなかったからこそ、この豊かな光景がある。いつか自分も、こんなふうに自分の家で若い選手たちをもてなし、励ますような日が来るだろうか。

「よう」

奈美が子供たちに呼ばれて庭へ行ってしまったので、縁側でビール片手に家族の団らんを眺めていると、急に隣から声がした。見ると、檜垣がチューハイ片手に立っていた。目が合うと、なんともいえぬ笑顔になる。

「座っていいか？」

「おう」

檜垣は、それじゃ、と言って、隣に腰を下ろす。顔は、真っ赤だった。たしかあまり飲めないはずだが、このチューハイは何杯目なのだろう。

「……あー、えーと。この間は悪かったよ」

缶を口に運んだ後、檜垣は言いにくそうに言った。

「いや、おまえが謝ることじゃないだろ。俺が悪かったんだし」

「そうだ、おまえが悪い！」

突然、檜垣は吼えた。大声に驚いて顔を見ると、うっすら涙目になっていた。

「けど俺も悪かった。わかってんだよ、あの後、長谷川さんにめっちゃシメられた。鹿島にもキレられるし、真木にも白い目で見られた。三宅さんからも暑苦しく慰められつつ説教された。監督からは半笑いされた。もうマジで針の筵だったわ……」

洟を啜り、檜垣はごしごしと目を擦る。アルコールのせいか、ずいぶん涙腺が緩くなっているらしかった。

「俺が自分の意思を通さなかったのが悪いんだ。それで逆ギレってほんとみっともねえよな。俺、焦ってさ……」

「なんで」

「鹿島どんどんうまくなるじゃん。同期のおまえもすっげえうまくなって、スタメン任せられて、鹿島なんかめちゃくちゃ懐いてさ。チーム状態もいいのに俺足引っ張ってる気がして、要は八つ当たりだ。いいトシしてみっともないよ」

「……いや、よくわかる」

尾崎はつぶやき、ビールを口に運んだ。

大学時代、二軍に落ちたころ、拗(す)ねに拗ねて、一軍にあがるために努力を続ける仲間たちを冷ややかに見ていたことがあった。どうせこんなくだらないチームで頑張ったって意味がないのに。そう思うことで自分を慰めて、彼らの努力が報われて一軍にあがっていくことすら、バカみたいだと笑っていた。

「けどな、やっぱ俺はあそこはインハイのストレートでいくべきだと思う。説得が足りなかった。だから今度は納得させてみせる」

「うわ、しつけぇ。俺は絶対に首振るからな」

「じゃあシュートにする」

「全然わかってねえ！」

賑やかになった縁側に、三宅が呆れた目を向ける。

「おまえらまだやってんのかよ。若いっていいねえ」

「そういうおまえももう少し配球のパターン考えろよ、敵に読まれまくってんじゃねえか」

すかさず長谷川が茶々を入れて、今度はこちらでリード論争が始まる。

野手の一団は、宿敵ＥＦ製薬の投手陣の攻略法について激論を交わし始めた。もっとも、みんな完全に酔っ払っているので、建設的な議論ができるかは全く保証がない。

都市対抗二次予選まで、あと一週間。

三香田ヴィクトリーの天王山は、すぐそこまで迫っていた。

第四章　ミスター・ヴィクトリー

1

信じられない。

國友は、茫然と立ち尽くしていた。

整備を終えたばかりのグラウンドは、今日の試合のことなど忘れた顔で、傾きかけた太陽のもと早々と眠りにつこうとしている。乱れのない、乾いた土のグラウンドを見ていると、今日試合があったことすら嘘のようだ。

しかし、スコアボードにはまだ戦果がくっきりと残されている。先攻はマウンテンベアーズ、後攻はEF製薬。最終スコアは、1対9。七回コールド負け。大敗北だ。悔しいが、信じられないとは思わない。自分たちの今の実力では、妥当な結果とも言える。

「今日はなかなか頑張ったんじゃねえ？　五回コールドかと思ったけど粘れたよなー」

「あの山口から一点もぎとるなんて俺たちもまだまだ捨てたもんじゃないよな。あいつ、プロも狙ってるんだろ？」

ベンチに残っていた選手を、國友は見回した。大敗したというのに、一人として、悔しそうな顔をしている者はいない。

おまえ、いいスイングしてたじゃん。いやおまえだってあの時の守備よかったじゃん。和やかな褒めあいばかり。耳を疑う。

「何言ってんすか！　コールドですよ？　しかもあんな野次までとばされて悔しくないんですか！」

声を荒らげると、彼らはきょとんとして國友を見たが、すぐに苦笑して顔を見合わせた。

「野次？　ああ、野口のオッサン？　あんなのいつものことじゃん」

「おい声デカいぞ、まだ近くに残ってるかもしんねぇんだから」

野口のオッサンとは、三香田マウンテンベアーズの熱心なファンだ。地元で有名な建設会社の社長で大の野球好きであり、根元製紙野球部の時代からよく応援に来て、クラブチームになってからは援助もしてくれる大変ありがたい人物だが、とにかく野次がキツい。援助をしてくれるので表立って文句は言えないが、金さえ払えば何言ってもいいってもんじゃねえだろ、とチーム内の評判は最悪だった。

しかし國友は、それほど彼が嫌いではない。言葉が過ぎると思うことはあるが、野口は、本当にくだらないミスの時にしか野次らないからだ。

「ちがいますよ、今日は相手チームからも野次られたじゃないですか。相手の四番に死球当てた時。遊びって言われたじゃないですか！」

五回裏。打席に入った四番の腕に、すっぽぬけたスライダーが直撃すると、途端に、相手ベンチからすかさずすさまじい野次がとんできた。

『ふざけんなよ、俺たちはおまえらみたいに遊びでやってんじゃねえんだよ！』

『こんな試合につきあうだけで面倒なのに、これ以上迷惑かけんじゃねーよ！』

仮にも公式戦、こちらに非があるにしてもあんまりだ。サードを守っていた國友は色をなし、ベンチを睨みつけたが、動いたのは彼だけで、周囲はただニヤニヤと気まずそうに笑っていただけだった。最もひどい野次に晒されていた投手の北山ですら、肩をすくめて帽子をとっただけだ。信じられない光景だった。

「あー、あれはなぁ。まったく北山よぉ、おまえが死球なんて当てるからだろ」

「言われてもしょうがないって。あんなのでいちいちカリカリすんなよ、クニ」

笑いながら立ち去る彼らを睨みつけていると、軽く肩を叩かれた。振り向くと、投手の北山が困ったように微笑んで立っている。

「ごめんな。俺のせいで、厭な思いさせちまって」

國友は勢いよく首を横に振った。三つ年上の北山は、投手としてはごく平均的な能力の主ではあったが、気質が穏やかで面倒見がよく、入部した時から慕っている先輩だった。

「北山さんのせいじゃありません！　死球はしょうがないです。俺が怒っているのは、そういうことじゃなくて……」

「うん、気持ちはわかるけどさ。ああやって笑い飛ばすしかないのが現実なんだよ」

「北山さん……」

「あっちは都市対抗常連の企業チームなんだ。俺たちはもうクラブチームになって六年も経つ。仕方がないんだよ」

寂しそうに笑って、北山は仲間たちの後を追った。ベンチにひとり残された國友は、ますます茫然とした。

「しょうがないって……何だよそれ」

六年前、彼らは試合に負けた時、悔しさに歯噛みしていた。あれから、メンバーはほとんど変わっていない。それなのに、この変わりようはなんなのか。

たしかにあの後すぐ、根元製紙野球部は潰れた。野球を愛してやまなかった前社長が引退し、引き継いだ二代目は野球に全く興味がなく、都市対抗で一勝もできないような野球部では宣伝にもならないとあっさりと廃部を決めたのだった。

その時も皆、悔しさに泣いた。何人かは他の企業に移ったが、残ったメンバーでクラブチーム「三香田マウンテンベアーズ」をつくり、また必ず都市対抗に行くのだと誓った。

國友にも、他企業から誘いはあった。根元製紙の監督も、まだ若いのだからチャンスがあるなら生かすべきだと背中を押してくれた。しかし國友は、あえて残った。

まだ入部して一年だった。昨年夏、はじめて都市対抗に出場して感激したが、あれは先輩たちに連れてきてもらっただけで、自分はまだ何もしていない。必ずまたこのメンバーであそこに立つ、自分たちにはそれができると信じていた。

実際、マウンテンベアーズは強かった。都市対抗では惜しくも本選出場を逃したものの、ぎりぎりまで企業を追い詰めたし、その後のクラブチーム選手権では圧倒的な強さを見せつけ優勝もした。

しかし、二年、三年と経つうちに、チームは変質していく。専用球場はあったものの、以前は午後まるまる使えていた練習時間が夜と週末だけになり、企業からの援助も激減し、熱意だけではその落差を埋めることはできなかった。

國友は、どうにもならない残業がある日以外は、終業時間になるとすぐに球場にとんでいった。いつも一番乗りだった。一時間近くひとりのままという日も珍しくなかった。以前は当たり前のように集まっていたメンバーは、全員揃うのが希になった。平日はもとより、貴重な休日練習ですらそうだった。

しょうがないだろう、俺たちは今、普通の社員なんだし。残業しなくてよかった昔とは違うし。家族サービスだってしないと。

メンバーは口々にそう言った。そう言いながら、年をとっていった。

それでも彼らは、強豪と知られていた。まだ六年。クラブチーム相手には、そう簡単に負けはしない。しかし、企業チームにはどうしようもなく水をあけられているのが、この六年の成果だ。

「悔しいか、國友」

頭上から、声が降ってきた。ベンチの前で立ち尽くしていた國友は、のろのろと顔をあげた。観客席から、男がひとり見下ろしていた。

年のころは自分と同じ。実際に同い年だ。記憶にあるより多少大人びた顔が、にやにや笑いを浮かべてこちらを見下ろしている。

「片桐」

「根元製紙って結構強かったのになぁ。劣化ってのは本当にあっというまだ」

片桐の目がちらりとスコアボードに流れたのを見て、國友はカッと頬が熱くなった。

「こんなしょうもない試合、見られたとはな。いつ戻ってきたんだ」

「数日前。勤め先、クビになってさー」

明るく片桐は笑った。勤め先、と聞いて、自然と眉が寄った。昨年の夏は、厭というほどテレビの中で彼の顔を見た。弱小高校のメンバーを引き連れて甲子園に乗り込み、常磐旋風なるものを巻き起こしていたからだ。今年、部員の不祥事の責任をとって辞任したというニュースも大きく報じられていたが、見るかぎりは本人は全く気にしていなさそうだった。

「そこのおじさんから聞いたんだけど、六年前に都市対抗に出た時とメンバーがほとんど変わってないって？　新入部員いないの？」

片桐は首を動かし、斜め後ろを見やった。

スタンドの真ん中よりやや上の席に、客がひとり残っている。椅子に座り、むっつりと腕を組んでいる強面の男。野口だ。

國友は慌てて頭を下げた。野口はむっつりとしたまま頷く。彼の隣の席には大きなリュックが置いてあった。おそらく片桐のものだろう。仲良く並んで観戦していたらしい。誰もが恐れる野口とも平然と会話を交わす片桐に、國友は呆れまじりに感心した。

「入れてるが、公式戦に出るのは昔ながらのメンツだけだ」

「なんで」

「監督が決めることだ。まあ、やっぱり打てるからだろ」

「ベテランならそれなりに打てて当たり前だろ、試合の勝ち方は知ってるんだから。でもそのベテランでも今日のこのザマだろう？　新人育てなかったら、五年後には小手先の技術さえ衰えた老害が残るだけだぞ」

國友は慌てて周囲を見回した。先輩陣が残っていたら、えらいことだ。

「あはは、何びびってんだよ。事実だろ」

「……言葉を選べよ」

文句を言ったが、あまり責める気にもならなかった。言葉はきついが、片桐は國友の胸中をずばり言い当てていた。監督に、もっと若い選手を起用すべきだと訴えたこともある。監督はわかったと言ってはいたが、やはり公式戦ではベテランを使った。

クラブチームになってから入部した者は、どうしても根元製紙時代に選手として採用された選手とは、能力の差がある。少なくとも、ベテランたちと監督はそう思っているようだった。

勧誘されて新しく入部した者たちも、最初のうちこそ大事な試合では控えに回ることに不満を抱いていたようだったが、そのうち先輩たちに懐柔されたのか、次第に練習にも手を抜き、何も言わなくなった。

「これも、おっさんから聞いたんだけど。ベアーズは和気藹々としていいチームなんだってな」

追い打ちをかけるような片桐の皮肉な口調に、唇を嚙みしめるしかなかった。

和気藹々なものか。こんなの、ただの馴れ合いなだけだ。國友は勝ちたかった。まだあの約束を忘れていなかった。しかし彼ひとりムキになっても、周囲が変わらなくては意味がない。誰もが、だって仕方ないんだよと苦笑した。二十四にもなって青臭いことを言い続ける國友を、現実が見えていないと嘲笑した。

「後悔してるか？　クニ」

うつむいたまま動かなくなった國友の心を見透かしたように、片桐は言った。國友はゆっくりと顔をあげた。片桐の顔からは、さきほどまでの薄ら笑いが消えていた。

「やっぱり誘いに乗ってプロいっときゃよかったって思ってんじゃないか？」

「それは思わねえよ」

きっぱりと國友は否定した。

高校時代、甲子園にこそ出なかったものの新潟随一のスラッガーとして名を馳せていた彼のもとには、プロのスカウトも足を運んだ。しかし國友はその時すでに、根元製紙に入社すると決めていた。子供のころから、プロになりたいと思ったことは一度もない。アマチュア野球が、好きなのだ。

言うまでもなく、日本野球界の最高レベルはＮＰＢである。しかし、シーズンが長いから仕方がないとはいえ、ベテランあたりだと負けが見えた試合などは、ゴロを打った後に一塁へ全力で走らなかったりとあからさまに手を抜いてくる。金をもらって設備も充分なところでトレーニングをして体の手入れもできるのに、一日に数度の打席でも適当に力を抜くというのが、どうしても許せなかった。

それなら、どの試合も全力投球の社会人野球のほうがずっと自分には合っていると思った。

社会人野球は、ややもすると、実力はあるがプロにはなれない者たちの集まりと見なされるきらいがある。たしかに一面では事実ではあるし、多くの者はプロを目指している。力があれば、最高の舞台でやりたいと思うのは当然だ。

しかしアマチュア野球は、プロとは全く異なる、長い歴史がある。都市対抗で言えば、プロ野球の開幕より九年早い。

アマチュアであることに誇りをもち、あえてこちら側にとどまる者も、少なからず存在する。一社会人として生活しながら野球をする、そのスタイルにこだわる者たちが。

自分もそうありたいと思っていた。それは今でも変わらない。だが――

「……後悔はしてないが、むちゃくちゃ悔しい」

國友は怒りをこめて吐き捨てた。片桐はにやりと笑う。

「わかるぜえ。俺もクソ悔しかったよ。けどまあ、悔しい思いしてはじめて、足りないものが何かわかるから、そう悪いもんじゃない」

にやりと片桐は笑う。妙に不敵な表情は、覚えがある。

高校時代、彼とは何度か対戦した。マウンドの上の片桐は、ピンチになるとたいてい、こんな顔をした。ただ笑うだけならばともかく、本人に自覚があるのかないのか、やたらと神経に障る笑い方をするので、まだまだ単純な高校生は結構これで欺される。必ず点をとるぞと勢いこんで打席に立って、どうせ打てねえよと言わんばかりにマウンドから見下ろされれば、たいていの人間は頭に血が上る。おかげで調子を崩されて大振りして凡退という結果に終わることは珍しくなかった。

そんな光景を何度も見てきたし、また自分でも体験していたから、去年テレビでやたら爽やかな笑顔でインタビューを受けているところを見た時には、思い切り噎せたものだった。

「片桐、いっそうちで監督やってみないか。おまえがやってくれたら、変わりそうな気がする」

半ば本気で提案したみたところ、片桐には鼻で笑い飛ばされた。

「自分より年上のおっさんたちに何言えってんだ。連中が聞くはずないだろ。だいたい、ラクして人に変えてもらおうってのが図々しいんだよ」

「全くだな、クニよ」

突然、第三の声が降ってきた。弾かれたように顔をあげる。それまで黙って座っていた野口が、いつのまにか立ち上がっていた。

「人に頼るな。いいか、このチームの柱はおまえだ」

「……俺？」

「おまえはあえてアマチュアの道を選んだ。そして諦めていない。いいか、この悔しさ、よく覚えておけよ。それがおまえを支える柱となる」

野口は、新入社員がみな震え上がるという低い声で言った。白目がやけに光っている。

「それが必ずいつか、このチームを強くする。おまえ以外の人間はみんな忘れちまったみたいだが、おまえは必ず覚えておけ」

気迫に呑まれて、國友は思わず背筋を伸ばし、「はい！」と元気よく返事をした。

「うっは、いい返事」

片桐は手を叩いて笑った。むっとして睨みつけると、にやりと笑い返される。

「じゃあクニ、こうしようぜ。俺は今からちょっくら外で武者修行してくる。で、お互いそれなりになって、まだお互い諦めてなかったら」

「なかったら？」

片桐はとびきり悪い顔で、右手の親指を突き立てた。

「その時は呼んでくれ。アマ球界に殴り込みかけようじゃないか」


言われたとおり、悔しさは忘れなかった。どんなに疎んじられようが、ひとり練習は欠かさなかった。その甲斐あってか、何度か他の企業チームの補強選手に選ばれて、都市対抗に出場したこともある。そしてそのたびに、自分が目指そうとする場所のレベルがあまりに遠いことを痛感した。

だが、クラブチームだって必ず、強くなれる。実際、元プロ野球選手が創立したクラブチームは、一年目にいきなり都市対抗本選出場を決め、世間を驚かせた。彼らの練習時間だって、平日の夜と週末のみ。しかし、若くのびしろのある選手ががむしゃらで打ち込み、その熱意を支える経済的な基盤と施設があれば、可能なのだと証明されたのだ。ならば自分たちだってもう一度。

大半は國友の熱意を笑ったが、賛同してくれる者もいないではなかった。肩を壊してマネージャーに転向した北山は、戦力となりそうな若い選手を探してきたり、強豪と練習試合をしてもらえるよう粘り強く交渉してくれたりと、ずいぶんと奔走してくれた。現在、三香田ヴィクトリーのエースである長谷川も、北山の熱心なリクルート活動が功を奏し、二十六歳で入部してきた選手だ。

少しずつ若い選手が増えていき、気がつけば國友自身がベテラン――というよりも引退してしかるべき歳になった。

あの悔しさを噛みしめた日から十五年。奔走し、根回しを続け、ようやく念願かない、三香田市の町おこしを兼ねてチームを一新することになった。

環境を整えれば、若い才能も集めやすい。優秀な若者がやって来て、なおかつ三香田の名が全国に広まるようなことがあれば、地元離れに悩む三香田市にとっても一石二鳥。

ほうぼうを説得し、ようやく新球団が創設された。マレーシアにいた片桐に駄目元で打診したところ監督を引き受けてくれることになった時には、柄にもなく、運命という言葉を噛みしめてしまった。あれから、もう一年。球団創設が決まってから、道は平坦ではなかった。むしろ、それまでよりも、この一年のほうがずっと厳しかった。それでもようやく、長年の夢に手が届くところまでやって来た。だが、國友にとっては、時間がかかりすぎたのかもしれない。

「痛ぇ」

起き抜けに飛び出た言葉に、ますます痛みが増した気がして、眉が寄った。

目覚めた時、部屋は暗かった。窓を開けずとも、昨晩から降り続く雨がいまだ止んでいないことがわかる。むしろ、勢いは増しているようだ。

梅雨真っ最中とはいえ、三日降り通しとはどうなのか。國友は、憂鬱な気分で布団から起き上がろうとした。途端に尻から右足首にかけて鋭い痛みが走り、息が詰まる。

「まいったな」

湿度の高い部屋に、むなしい独り言が響く。隣のベッドはとっくに空で、答える声はない。

腰痛とはもう長いつきあいだが、この季節はことに堪える。起き抜けが一番きつい。しばらく痛みをやりすごし、体を横倒しにしてからゆっくり起こす。時計は朝六時を指している。着替えて階段を下りると、尻から太ももが引き攣れたように痛み、やたらと時間がかかった。洗面所で顔を洗うために腰を屈めただけでも痛い。ダイニングに向かう前に、一度大きく深呼吸をした。痛い顔を見せたくない。

ダイニングに入ると、妻の奈美がちょうど焼き鮭をテーブルに置くところだった。香ばしい香りと味噌汁の香りに、鉛でも押し込んだようだった胃が小さく鳴った。

「おはよう。今日、無理なんじゃない？」

一瞬、腰のことを言われたのかと思ったが、奈美の視線は窓を向いている。横殴りの雨は、ガラスを激しく叩いていた。

今日は試合がある。が、これではどう見ても無理だろう。

國友はテレビのスイッチをつけると、いただきます、と手を合わせた。アナウンサーの明るい声が響く中、赤だしの味噌汁をゆっくりと啜る。重く冷えていた胃にぬくもりがひろがり、人一倍大きな体にようやく血が巡りだすのを感じた。やがて奈美も向かい側に腰を下ろし、朝食を食べ始める。

朝食の時間は二人だけなので、いつも静かだ。去年までは、家族揃って朝食を食べていた。しかし三香田ヴィクトリーの朝練が早いため、今年から別々にとることになった。帰りも十一時近くなるので、奈美と息子たちはとっくに夕食を済ませているし、國友自身、帰ってきてからは夕飯と風呂を済ませ速攻で寝てしまう。そのころには奈美もたいてい寝ている。夫婦が二人でまともに顔を合わせるのは、この朝食の時間だけといっていい。

「やっと準決勝なのにね。相手どこだっけ」

テレビ画面を眺めながら、奈美が言った。

今日の予定は、軽く朝練を済ませた後、県立新潟球場に向かうことになっていた。

都市対抗第二次予選も終盤戦。三香田ヴィクトリーは、一次に引き続き二次でも健闘を続け、準決勝まで勝ち進んでいる。今日の準決勝第二試合で、宿敵ＥＦ製薬とあたることになっていた。

もっとも、スケジュール通り進んでいれば、昨日には決勝も済んでいるはずだった。しかし梅雨のおかげで順延が続き、まだ準決勝もできていない。

「ＥＦ製薬」

「ああ、いつもコールドになっちゃうところね」

「一次の代表決定戦では一点差だった」

「そうだったっけ。それにしても、よく降るわねえ。今年、順延多くない？」

「多いな。でもまあ昨日はダブルヘッダーでみんな疲れきっていたし、今日中止になるのはちょうどいいかもしれない」

二次予選はどの地域も、梅雨に泣かされる。順延が続くと、後半は一日二試合をこなさなければならないこともままある。

三香田ヴィクトリーは昨日、第一試合で勝利した後、急遽つっこまれた第三試合も戦うことになった。最後のほうは皆ふらふらで、エラーも多かったが、僅差で逃げ切り、準決勝に駒を進めた。

帰りのマイクロバスでは全員熟睡していたが、國友はほとんど眠れなかった。ガタがきている腰には、マイクロバスの小さな座席は苦痛をもたらすものでしかなく、疲れ果てているのにつかの間の休息をとることもできず、辛かった。

よく眠っているように見えた選手たちも、やはり狭い座席は辛かったようで、三香田に戻ってきた時には、首がバキバキだとかあちこちで不平が聞こえた。これは、選手の体にも悪い。来年はなんとか予算をふやして、もっといいバスを手配してもらおうと心に決めた。ついでに運転手も雇いたい。行きも帰りも野口部長が運転していたが、なかなかスリリングな運転だった。若いころは走り屋として鳴らしたというが、さもありなん。三香田に帰ってきたのは日付が変わる直前で、まだ皆、疲れが抜けていないだろう。

「そうね。今日、整体行きなさいよ。腰、かなりまずい状態でしょ？」

「まあ、この時期は仕方ない」

なよ」

「ゆうべ魘(うな)されてたけど。佐伯先生も、あなたなら時間外でも受け付けてくれるだろうから必ず行き

　聞いてみるよ、と適当に返事をしたところで、携帯が鳴った。画面に出たのは、安東マネージャーの名。２コール目で出ると、案の定、暗い声で順延が決定したと告げてきた。

「そうか、わかった。じゃあ、練習場で」

　短く応じて電話を切ると、奈美が「中止？」と訊いた。

「ああ。出発前にわかったのがせめてもの救いだ。この間みたいに、途中まで行ってからだとダメージでかいからな」

「でもこう順延続きだと、みんなシフトまずいんじゃないの？」

「そこなんだよ」

　國友はため息をついた。中止はありがたいなんて言葉は、ただの強がりだ。腰がやばかろうがどうだろうが、これ以上の順延は困るのが本音である。

　チームの面々は皆、試合に合わせて仕事の予定を組んでいる。どの企業も試合の日程は理解しているし、順延もある程度は想定してはいるがここまで順延が続くと、さすがに支障が出る。

「安東も、午前は出社してシフトの変更で頭下げまくるとさ。午後は午後で、各企業やら後援会やらの対応で追われるだろうな、気の毒に。ここまでスケジュール狂うと、応援の動員も難しいし」

「そうね。ごめんね、明日は私もさすがに行けないわ。今日だったら行けたんだけど」

「ああ、わかってる。ごちそうさま」

　食事を終えて、席を立つ。奈美はゆっくりと鮭をほぐしていた。

　ばたばたと、二階から足音がする。子供たちが起きてきたらしい。外部の音が入り込んできたこと

にほっとして、國友はダイニングを後にした。

今日は会社は休みの予定だったが、明日以降の調整もあるので、國友は腰を押さえつつ出社した。とにかく腰が痛いのと苛立ちのせいで、やたらと疲れる。ようやく昼休みが来ても、まったく食欲が湧かず喫煙室へと向かう。

しかし、ガラスの仕切りのむこうへ足を踏み入れた途端、今日はやめておけばよかったと後悔した。

「おや珍しい」

中にいた三人のうち、眼鏡をかけた小太りの男が笑顔で声をかけてきた。昔に比べると倍以上面積が膨れた笑顔。同課の先輩・北山だ。

「どうも」

「こう日程がずれると大変だねぇ。この時期はしょうがないとはいえ、今年は運が悪い」

マウンテンベアーズ時代、この時期もっとも苦労していたのは、他ならぬ北山だ。

根元製紙野球部の三期上である彼には、言い尽くせぬほど世話になった。ベアーズが機能していたのは、敏腕マネージャーのおかげと言っても過言ではない。三香田ヴィクトリー創設にも尽力してくれた彼は、現在は後援会事務局長におさまっている。

「煙草やめたんじゃなかったの？　昔、奈美ちゃんのカミナリが落ちて禁煙したんでしょ」

國友が煙草に火をつけると、北山がからかうように笑った。奈美は結婚前は根元製紙の人事課に所属しており、北山にも可愛がられていた。そもそも、國友が奈美とつきあうようになったのも、北山の紹介だった。

國友はマウンテンベアーズの監督兼選手、北山はマネージャーとして長くチームを見てきたこともあり、結婚後も家族ぐるみのつきあいで、事情はなにかと筒抜けだ。ヘビースモーカーというほどではないが、日常的に喫煙していた國友は、五年ほど前に奈美と大喧嘩をして禁煙を誓わされた。もともと彼女は結婚前から、「野球選手の何が厭ってスポーツ選手のくせに平気で煙草を吸うところ」と言ってはばからなかったが、國友が家ではできるだけ吸わないようにしている努力は買ってくれていた。が、五年前に次男坊が風邪をこじらせて肺炎になりかけたことがきっかけで、夫婦間で皿が飛ぶ勢いの喧嘩になり、よくわからないうちに禁煙が宣告された。

以来、いじましく守ってきた自分は結構えらいのではないかと思う。ちょうどそのあたりから体力の衰えをひしひしと感じるようになり、それも決意を後押ししたところはある。

が、今年からは奈美に隠れて再び吸っている。せいぜい一日に一本か二本程度だが、気苦労が多く、ついつい手が伸びてしまうのだ。煙を吸い込んでは吐き出す行為は、一種の浄化作用なのだと改めて思う。自分では処理しきれなくなった諸々が、多少はすっきりするような気がした。

「家では吸いませんよ。最近ちょっと疲れてるんで、一日一本だけ」

「まあ、そりゃあ大変だろうねえ。しかし、二次予選準決勝か」

北山は、煙を吐き出した。以前は鑿(のみ)でそぎ落としたようだったのに、見る影もなく丸々とした頰は、しかし今日はつやをなくし、青白くそそけだっていた。

「そんなところまで残るの、ずいぶん久しぶりだもんね。やっぱり、監督堀田さんじゃなく片桐さんで正しかったってことなんだろうね」

煙草を口に運ぶ國友の指が止まった。

北山が推す芸能人監督に対し、日本ではほとんど実績のない片桐を新監督に推したのは、國友である。北山が推す堀田ももちろん悪くはない。新造クラブチームとしてはもったいないぐらいのネームバリューだ。

しかし、彼を迎えるにはいくつか問題があった。堀田はともかく、予定していたヘッドコーチや選手の住居と就職先を用意する際にあたり、彼らは三香田で最も安定している根元製紙の正社員以外は受け付けないと言ってきた。これには、商工会からの強い反発があった。

それでも、初年度から注目を集め、結果を出すには、これが一番いい。二、三年はこのメンツでやってその間に地元の若い選手を育てて入れ替えていけばいい、全国で名が売れれば外からも有望な若手が来るはずだと北山は主張した。

筋は通っているが、國友は反対した。たしかにベテランの存在は重要だ。しかし、お飾りの監督と、能力はあるだろうがプライドはもっと高い元プロらを多く投入するのは、チームを堕落させる。一年か二年だけ勝っても仕方がない、全く新しい、若いチームでなければならないと彼は主張した。

そこで思いついたのが、高校時代に何度か戦った好敵手である。年に一度か二度連絡する程度の間柄だったが、ブラジルやマレーシアで野球指導を行い、たしか数年前にはナショナルチームのコーチもやっていたはずだ。

昔のあの会話を覚えているとも思えなかったが、思い切ってメールをすると、意外にも好感触だったので、矢も楯もたまらずマレーシアに飛んだ。そして片桐のマレーシアでの指導を見て、やはりこいつしかいないと確信し、三日三晩、彼と野球談義に花を咲かせ、同意を取り付けた。

北山は当然反対し、ひとりでは彼に太刀打ちできないと判断した國友は、部長就任が決まっていた野口に相談をもちかけた。彼は、十五年前に球場で隣に座った青年のことを覚えていた。

そこからの動きは速かった。半数以上が根元勢で占められていた後援会のメンツもがらりと変わり、堀田監督案は却下され、片桐を監督として迎え入れることが決まった。北山はさすがに怒りを見せたが、片桐が来てからは、後援会事務局長としてよくやってくれている。時々、やり過ぎるが。

「まあ、この快進撃はめでたいんだけどさ」

北山の声に、回想に耽っていた國友は、我に返った。もともと細い北山の目が、よりいっそう細くなってこちらを見ている。

「ただ、クニの描く理想のチームなら、クニが四番に座ってるようじゃダメなんじゃないの。それについてはどう思ってるわけ？」

國友は、黙って北山を見つめた。さすがに、痛いところをついてくる。

ベテランを望む北山に逆らい、テストでは若手ばかりを集めた。三十歳以上は長谷川と國友のみ。ほとんどが二十代前半から半ば。非常に若いチームと言えるだろう。

にもかかわらず、北山の言う通り、四番は國友だ。マウンテンベアーズ時代から、ここは動かない。それ以外のメンツはほぼ入れ替わったにもかかわらず、だ。

「俺も打順は下げたほうがいいと言ったことはあります。打撃成績なら明らかに三番の高階のほうがいいんで」

「だよねえ。打点ダントツでトップだもん。でも変えないんだ？」

「高階は三番あたりで打たせるのが一番打てるから、と。考えすぎるきらいがあるので、四番に置くとがんじがらめになって打てなくなる可能性が高いんだそうです」

「なるほどね。ま、それに、いくら調子おとしてるって言っても、じゃあ他に誰を四番に置くかってなると、たしかに思いつかないかな。誰を置いても同じなら、まあクニを置くよね」

辛辣だったが、さすがに鋭い。その通り、國友は消去法の四番だ。

『四番は不動だよ。クニのほかに誰がやんの』

打順を下げてくれと申し出た國友に片桐はあっさりと答えた。

『難しく考えるなって。単に打順が四番目ってだけ、何がなんでもデカいの打って自分が決めるなんて思わなくていい。三番の高階と五番の伊野を繋いでくれれば充分だから』

そう言って、気負う四番を笑い飛ばした。面倒は若い連中に任せておけばいいんだ、と。

「まあ、頑張ってよ。新チームをつくる時にあれだけ大見得切ったんだ。ちゃんといいところ見せてよね」

國友は息を止めた。見逃さず、北山は顔を寄せてくる。

「約束、覚えてるよね？」

「……もちろんです」

昨年、堀田監督案で計画を進めていた北山を説得するのは並大抵のことではなかった。だからその際、ひとつ条件をつけた。

「ならよかった。僕も後援会事務局長として、晴れ舞台を盛り上げるよう全力を尽くすから。ドームに行くとなると、応援ももっと派手にしないといけないよねえ。山車も出そうかって話が出てるんだけど、つくるの間に合うかな〜」

短くなった煙草を灰皿に押しつけると、北山は通り過ぎざま國友の肩を叩いた。

「それじゃあまた。明日、見に行けないけど頑張ってちょうだいね〜」

ひらひらと手を振り、喫煙スペースから去っていく。國友は脱力し、大きく息をついた。

二時過ぎに早退し、國友はそのまま球場へと車を走らせた。朝のうちに馴染みの整体院に電話したところ、すでに予約はいっぱいだったが、営業時間が終わった後、多少割高になるがそれでもよければ施術するとの返事だった。院長が昔からの顔なじみで、この時期は毎年、國友が腰痛に苦しむことも知っているからこそだろう。彼の厚意にありがたく感謝し、それまでは軽い練習で時間を潰すことにした。

　雨は小降りになったがグラウンドはとうてい使える状態ではないので、隣接する室内練習場のほうに直行する。

　黙々と打ち込みを始めたが、やはり腰が痛いのはいかんともしがたい。

「クニ、今日は早退するんだよな」

　あまりに集中できないので、早々に練習は放棄し、後輩の指導に専念していたところ、ブルペンに入っていた片桐が険しい顔でやって来た。

「ああ、あと一時間ほどで」

「じゃあ、今から檜垣を病院まで連れてってやってくれないか。熱がひどい」

「熱？」

「昨日、一番降ってる時に投げてたしな」

　昨日の檜垣はいい出来だったが、試合の途中、冷たい雨が続いていたので、後半は見るからにバテていた。試合後すぐに着替えてはいたものの、まさか風邪とは。

「市販の風邪薬は飲んだらしいが、全然ダメだ。点滴ぶちこんでもらってくれ」

　顎をしゃくった片桐に続いてブルペンに入ると、頭に濡れタオルを載せた檜垣が壁際に横たわっていた。その前では、長谷川が小気味よい音をたてて投球を続けている。彼もまた、昨日は二試合どちらも登板していたが疲れも見せず、球もそこそこに走っている。知ってはいたが、彼の体力は化け物並だと改めて思う。

「檜垣、大丈夫か？　病院行くぞ」

檜垣の傍らにしゃがみこんで声をかけると、彼はのろのろと手をあげて、タオルをとった。霞がかった目が、ぼんやりと國友を見上げる。

「すみません、クニさん。迷惑かけて……」

「どうせ俺も早退して整体行くから、ついでだ。帰りも拾ってやるから安心しろ」

なんとか体を起こさせて背負うと、全身が燃えるようだった。檜垣は自分で歩けると言って聞かなかったが、立つことすらおぼつかない状態で何を言っているのか、そもそもなぜここまで悪化するまで黙っていたのかと、舌打ちしたい気分だった。今朝一番で病院にでも行ってくればひどくはならなかっただろうに。体調管理も、選手の仕事のうちだ。これでは、明日の準決勝はまず登板できないじゃないか──そこまで考えて、我ながら厭になった。

檜垣が言えるわけがない。明日以降のことを考えれば今日は這ってでも職場に行こうとするだろう。檜垣の勤め先は、國友と同じ根元製紙。なのに今の今までろくに注意を払わなかった自分も自分だ。

これだけ日程が詰まってくると、試合における投手の負担も大きくなる。エース長谷川の球数もとんでもないことになっているし、ただでさえ数が少ない投手陣が一人でも減ると辛い。長谷川をのぞけば、今のところ檜垣が一番調子がよく、最近はロングリリーフも務めているし、その責任の重さが彼の口を閉ざさせていたにちがいなかった。

まして檜垣は、大学まで野球に打ち込んだ経験がない。部活動でやってはいたそうだが、生活の中心が野球になるような練習ではなかった。そういう人間には、自分のペースなどわかろうはずもない。資質はたしかなもので、よく片桐が見抜いてくれたものだとは思うが、調整は自分の体で覚えていくほかないのだ。

「申し訳ないっす。俺、ほんと体力なくって……。風邪ひかないのが取り柄だったんで、ナメてました」

　車の後部座席に運びこみ、なんとか体を横たえさせると、檜垣は情けなさそうな声をあげた。額には、さきほど安東からもらった冷えピタが貼りついている。

「疲れたまってんだろ。仕方ない、二次予選で新人がぶっ倒れるのは通過儀礼のようなもんだから」

「でも尾崎とかはピンピンしてましたよ。やっぱ大学で鍛えてたからかなぁ」

「あいつも結構動きが鈍かったぞ。二次予選の壁ってやつだな」

　檜垣とは違い、高校や大学で過酷な練習に耐えてきた選手は、社会人野球に進んで最初のうちは、今までよりずいぶん楽だと感じるらしい。学生野球の大会は長期にわたって行われるが、社会人野球の春に行われる大会はせいぜいが二、三日で済むからだ。

　しかし、都市対抗予選が始まると、様相は一変する。とくに、ただでさえ日程が詰まっている二次予選はきつい。高校野球や大学でも、大会後半になると連戦となり、選手たちにとっては過酷だが、社会人野球の都市対抗予選も凄まじい。決勝トーナメントに入るころには、ほとんどのチームが疲弊しきっており、最後は気力の勝負となる。

「たしかに予選始まってから疲れが抜けない感じっすね……あー情けない。今度こそシュート見せてやろうと思ったのに……」

「努力の成果は決勝で見せてやればいいさ。明日は長谷川にまかせとけ」

「でも明日、長谷川さんのシフト、やばいじゃないっすか」

「長谷川のシフト？」

　反射的に訊き返してから、あっ、と短い叫びが漏れた。

「はい。明日夜勤ですよ、あの人。五時半には球場出ないと」

「夜勤か」

背中を冷たい汗が流れるのを感じた。

「順延が続いても、明日にはさすがに決勝も終わってるだろうと思って、シフトいれたそうです。さすがにそれ以上休むと殺されるとかで」

「……まあ明日は梅雨の晴れ間らしいし、第二試合も一時からだから大丈夫だろう。つくづく、会場が新潟でよかったな」

「不幸中の幸いっすね。でもそれじゃ、来年他の県が会場になったら、ヤバくないですか」

「ヤバイな。つまり来年までにおまえがエースになってもらわないと」

「頑張ります」

力なく檜垣は笑った。そこで力尽きたのか、後部座席が急に静かになったので、國友は運転に集中した。普段から運転は乱暴ではないつもりだが、今日は病人が乗っている。雨がすっかり止んでいるのは幸いだった。薄暮の時間の雨ほど、運転しにくいものはない。

あれほど分厚かった雲も散り、今はところどころ空が見えている。このぶんでは明日はやるだろう。

ひとまず病院の診療室に檜垣を放り込むと、案の定、風邪をこじらせており、点滴を受けることになった。ベッドに寝かされ、ぐったりしている檜垣の頭を、國友はごしごしと撫でる。

「よく寝とけ。二時間後に迎えに来るからな」

聞こえているのかいないのか、檜垣は何かむにゃむにゃ言ったが、すぐに寝息にかわった。ほっとして病院を後にし、今度は車で十五分ほどの整体院へと向かう。病院で多少時間がかかったために予約の時間より十分ほど遅刻すると、整体師の佐伯にカミナリを落とされた。

「風邪こじらせた後輩を病院送ったただと？　面倒見がいいのは結構だけどな、自分の体の面倒も少しは見ろってんだ。なんだよこりゃあ」

今年五十五になる佐伯は、腕は確かで温厚だと評判だったが、國友には容赦がない。昔は近所に住んでいたため顔見知りで、若いころはよくキャッチボールの相手をしてもらった。子供時代の恥ずかしい思い出も全て知られていることもあって、こちらが頭があがらないのをいいことに、普段のストレスを発散してるんじゃないかと思うぐらいにずけずけとものを言う。

「これじゃいくらやっても追いつかん。トシを考えろトシを。昔、体力に自信があった馬鹿が、昔と同じ気分で動くことほど面倒なことはないんだよ」

罵詈雑言とともに繰り出される容赦ない施術に、國友は痛みのあまり何も言えなかった。実際、佐伯の言う通りではある。

腰椎分離症と診断されたのは、五年前のことだ。野球選手の三割はなると言われているし、学生時代にも苦しんでいる部員がいたから、珍しい病気ではない。以来、整形外科や整体に通い、コルセットは欠かせなかった。寝返りも打てないほどだったのがだいぶましにはなったが、この一年で再び悪化した。最近は肩や膝、股関節も痛む。首もおかしい。ケアは充分にしているつもりだったが、気がつけばもう四十すぎ。ガタがきても仕方がなかった。ましてや昨年からは新チーム創設で、気苦労も多かった。充分な睡眠をとれない日も少なくない。せめてあと五年若ければ、と何度思ったことだろう。

施術が終わったころには、疲れきっていた。それでも腰の痛みがずいぶんマシになっているのは、さすがだ。これで明日はなんとか使いものになりそうだ、と喜んでいると、見透かされたように釘を刺された。

「明日は試合に出るな。つうかしばらく出るなよ」

「そういうわけにはいかないですよ。なんとか出られる状態にしてもらうために来たんですから」

ここ最近、お約束のようになっているやりとりだった。佐伯は、あきれ顔でため息をつく。

「あのなぁ、無茶やって来るたびに悪化してるなんてこっちもやってられんぞ。このままじゃ遠からず手術だ」

「本選まであと一息なんですよ。長年の念願なんです。今年だけでいいんです。とりあえずあと二ヶ月もてば」

「二ヶ月？　正気か」

「正気です。俺、こう見えても四番なんで。出ないわけにはいかないですよ」

佐伯は眼鏡ごしにじろりと國友を睨みつけた。

「わざわざ新しいチームつくって若いの集めたんだろ。なのに、その腰でおまえが四番だぁ？　他の奴らそんなに使えないのかよ」

北山と同じことを言う。國友は苦い笑いを噛み殺した。おそらく、チームを知る誰もが思っていることなのだろう。あんな老害がまだ四番とはどういうことだと。

「うちのチームでは、ただ打順が四番目ってだけでたいした意味はありません」

「なら、なおさらおまえが出なくてもいいじゃないか」

「まあ、そういうわけにもいかないんですよ」

誰を置いても同じ。繋ぎの四番。片桐に明言された時、國友は自分の役割を知ったのだ。同時に、片桐の中では、國友は選手としてはとっくに終わっているということも思い知った。ショックではなかったと言えば、嘘になる。しかし、勝てるチームをつくってくれ、そのためには好きなようにぶった斬ってくれていいと言ったのは、こちらだ。そこに自分が含まれる可能性も、当然考えておくべきだった。

自分こそが、チームを支えてきた。ここまでもってきた。ミスター・ベアーズ、ミスター・ヴィクトリー。皆がそう持ち上げて、自分もそうだと思ってきた。去年までは、思い上がりにはあたらなかったと思う。実際、國友がひとりで踏ん張らねば回らないことも多々あったのだから。

しかし、新チームを見渡せば、自分と長谷川以外はみな二十代。焦がれに焦がれた、やる気のある若い選手ばかり。

自分はもうこのチームの中核にはなれない。選手たちが地元に馴染むまで、そして地元がチームを誇りとともに受け入れるために、細々とバントで繋ぐ。そういう役割なのだ。

はっきりと現実を突きつけてくれた片桐には、感謝した。最初から手の内を全て見せてくれたのは、繋ぎとして信頼してくれた証だろう。

ベテランはいつか去る。自主的に去る者もいるが、自負心が強ければ強いほど、自分が衰えたことを認められずに、突然突きつけられた戦力外に茫然として去っていく。ようやく夢が叶おうとしている瞬間に、時間切れが迫ってきたのは切ないが、それでも土壇場で間に合った。

ぼろぼろになってでも、今年一年は四番にいろ。そう言われるのは、ある意味、本望ではないか。だからこそ、なんとしても試合に出続けねばならない。何を犠牲にしても。

檜垣を寮に送り届け、自宅に戻った時には、すでに十時を回っていた。遅かったね、と出迎えた奈美の顔を見た途端、どっと疲れが出る。

「檜垣を病院に連れて行ったんだよ。熱出してな」

「うん、心花ちゃんから連絡あった。お疲れ様。腰はどう？」

「だいぶいいよ。明日は問題ない」

ダイニングと仕切りなく続いているリビングでは、息子二人がテレビゲームに熱中している。にぎやかなゲーム音を聞きながら、遅い夕飯をひとりでとる。食事は温め直してくれたのでおそらくは美味なのだろうが、疲れすぎてろくに味などわからない。機械的に箸を皿と口の間を行き来させるだけだった。

奈美は食事の支度をするとすぐに食卓から離れ、息子たちの近くに腰を下ろし、途中だったらしいアイロンがけを黙々と続けた。

昨日は泥だらけだったユニフォームが、きれいに畳まれているのを目にした途端、胸が苦しくなった。自分はあと、何回これを着られるだろう。

「どうしたの?」

じっとこちらを見ている夫に気づき、奈美が怪訝そうに顔をあげる。

「……いや。おい、おまえらいいかげん寝ろ。何時だと思ってんだ」

気まずさもあって、ゲーム中の息子たちにかけた声は、いつもより険しくなってしまった。最近、適当に流すすべを覚えた子供たちは、返事ばかりは元気がよかったが、いっこうにコントローラーを離す気配がない。いつものことだが、今日は無性に腹が立った。大股でコンセントに歩み寄る父の姿に、それまでろくにこちらを見もしなかった子供たちは、にわかに慌てだした。

「待って待って!　セーブするまで待って!」

「あとちょっとだから!」

「セーブだかアウトだか知らんが、十時までには終わらせろといつも言ってるだろう!」

問答無用でコンセントを引き抜くと、ぶち、と音がして画面が消え、悲鳴があがった。

「しんじらんねー!　横暴すぎんだろ、クソ親父」

颯太が怒鳴れば、半分涙目の陽斗も便乗して「クソ親父！」と叫んだ。

「おい、親に向かってなんだそれは」

「うっせーな、毎晩遊び歩いてるやつに親とか言われたくねーよ！」

「……遊び？」

凄んだつもりはなかったが、颯太は目に見えて怯んだ。が、怯んだことを恥じるように、いっそう目をつりあげる。

「仕事じゃないなら遊びだろ！　プロ野球選手でもないくせに、毎日毎日バッカじゃねえの？　ろくに家にいないくせに、たまに帰ってきて父親ヅラすんなよ！」

「颯太、やめなさい。陽斗連れて、早く二階行きなさい」

奈美がたしなめたが、父子は睨みあうのをやめなかった。

「聞き捨てならん。おまえだって毎日野球やってるだろう」

「べつに好きでやってるわけじゃねーよ！　ほんとはとっとと帰ってゲームやりたいに決まってんじゃん！」

カッ、と目の前が赤くなった。子供たちに野球の手ほどきをしたのは、他ならぬ自分だ。二人とも、キャッチボールの相手をすれば、それは嬉しそうにしていたのに。

「じゃあやめろ！」

「あーそうするよ！　次の試合ん時に監督に言うよ！」

颯太はコントローラーを投げ捨てると、憤然と立ち上がって部屋から出て行った。陽斗も慌てて後をついていく。

「野球、やめたかったとは知らなかった」

二人の荒っぽい足音が遠ざかるのを待って、國友はいまいましげに吐き捨てた。

「そんなわけないでしょ。颯太はエースなのよ。今の大会、張り切ってるんだから。売り言葉に買い言葉よ」

奈美は、畳の上に転がるコントローラーを見やり、ため息をつく。

「ひどいことするのね。ここ数日、ずっと同じ難所で悩んでて、今日やっと突破できそうだって頑張ってたのよ」

「おまえは甘い。たかがゲームで何言ってんだ。時間は守らせろ」

「たかが野球の難所越えに二十年近くかけてる人に言われたくないでしょ」

國友は横目で妻を睨みつけた。

「なんだと」

「ほら、たかがって言われれば腹立つでしょ。自分が熱中して、必死に取り組んでることをそう言われれば」

「ゲームと一緒にするな！」

再び声を荒らげると、奈美は肩をすくめた。

「悪いけど、はたから見れば一緒なの。思い入れは理解してる。でも、颯太の言うとおり、仕事でもなんでもないでしょ？　プロ野球選手でも、野球採用で会社から報酬もらってる会社員でもない。あなたがこの二十年近く、なにより優先して続けてきたことはね、世間じゃただの趣味でくくられることなのよ」

返す言葉もなかった。息子のように叩きつけるような抗議でもしてくれれば、こちらも怒りのままに言い返すこともできただろう。

しかし奈美は、淡々としていた。彼女の中では、すでにあらゆる感情が通り過ぎ、ただただ平坦な荒野が広がっているだけなのだということが、否応なく理解できた。

「ずっと、そう思ってきたのか」

自分の声が遠い。

頑張ってね、東京ドームに連れて行ってね。あなたの夢は私たちの夢だから。昔はたしかに、そう言って励ましてくれた。

「私は事実を話しているだけよ。夢は大切だけど、家族が当たり前に奉仕するものだと思わないで」

「そんなことは思っていない。この一年はとくに、新チームのことでおまえたちに迷惑をかけているのはわかってるし、悪いと思ってるよ。でもそれは、事前にも言っただろう。おまえだって、新チームのことは喜んでくれたじゃないか」

「あの時はね。でも今は、あなたがやたら焦ってるだけにしか見えない。自分が現役でいられるうちに、自分がスタメンはれるチームで全国に行きたがってるようにしか思えないのよ。今も四番なんだもんね？」

思いがけない言葉に、頭が真っ白になった。

「四番は俺の意思じゃない！」

「ちがうの？　じゃなきゃ、なんで北山さん裏切る必要があるのよ。いつものあなたならもっと穏便にできたはずでしょ」

「裏切ったわけじゃない。もともと北山さんの計画は厳しかった。商工会も俺に賛同してくれたんだ」

「厳しかったけど、いったんはそれで通っていたはずよ。なのにいきなりマレーシアに行って片桐さん連れてきて、ベアーズの仲間ほとんど追い出して。すごい行動力よね」

「彼らじゃ全国には行けないからだ。説明しただろう」

「ええ」奈美は微笑んだ。ぞっとするような目だった。

「今のチームメイトはみんな、あなたを慕っていて素敵ね。そりゃそうね、選手が熱を出せば病院に連れて行って寮にも送り届けるし。若い人たちはご飯つくる時間も金もないからって、しょっちゅう連れてくるし」

「おまえも喜んでたじゃないか。迷惑なら言えば連れて来たりしない」

「迷惑じゃないわよ。マウンテンベアーズのころからやってたし、美味しいって言ってもらえれば嬉しいもの」

「じゃあ何なんだ！　厭味たらしい言い方はやめろ」

「厭味に聞こえるのはあなたの問題じゃないの？　今日みたいに、あなたがキャプテンらしく選手を気遣って、でも帰ってくるなり八つ当たりするのを見てると、私たちってなんなのかなって思ったのよ」

奈美は微笑をおさめ、夫をじっと見つめた。

「あなたが野球一色なのもいまに始まったことじゃない。私はわかってて受け入れてたし、あの子たちもとっくに諦めてる。だから好きにすればいい、ただあんな八つ当たりみたいなことだけはやめて。それだけでいいから」

八つ当たりなんかじゃない。そう言いかけて、口を噤んだ。諦めている、という言葉が胸に突き刺さった。

國友は勢いよく椅子から立ち上がった。我ながら驚くような音がしたが、奈美は眉ひとつ動かさず、テーブルの表面を見下ろしていた。

「……颯太たちには明日謝る。もう寝るよ」

「そう。おやすみ」

奈美は目も合わさずに言った。國友は足音も荒く、リビングを後にした。しかし階段を上る時には、多少は音を控えた。二階の子供部屋では颯太たちが寝ているはずだ。

「なんだってこんな時に！」

寝室のベッドに転がり、天井を睨み毒づいてみても、頭の隅ではわかっている。奈美は鏡だ。自身がやったことが、そっくりそのまま跳ね返ってくる。

妻の言うとおり、外ではこんなことはしない。八つ当たりなんてもってのほかだ。

頼れるキャプテン。面倒見がよく、人格者。四番はクニさんしかいない。ずっとそう言われてきた。國友も、ごく当たり前に受け入れていた。自分はそういう人間だと、今日まで信じてきた。

野球だけではない。職場でも、もちろん家族に対してもそうだったはずだ。

子供たちに野球を教えたのは自分だった。俺、お父さんみたいにでっかいホームランとばすんだ。俺は、お父さんでも打てないようなすごい球投げるんだ。子供たちが目をきらきらさせて叫ぶのを、くすぐったいような思いで聞いたのは、昨日のことのようなのに。

お父さんがドームに連れて行ってやるからな、おまえたちのためにでっかいホームラン打ってやるからな。約束して、子供たちは本当に喜んでくれた。奈美だって、その横で楽しそうに笑っていたはずだった。たしかに去年からは新チームにかかりきりであまり構えてはいないが、昔からよく川釣りに連れて行き、夏は海に、冬はスキーに――そうだ、充分、役目は果たしてきたじゃないか？

ただ、思い返してみれば、もうだいぶ、子供たちの試合は観ていない。キャプテンになってから練習も試合も休めなくなって、一年に一、二回応援に行ければいいほうだろうか。去年から今年にかけては、一度も足を運べてはいない。颯太はエースで四番だと言っていたのに、その勇姿を実際に見たことはない。子供二人の応援に行き、試合や練習の手伝いをするのは、全て奈美だ。國友が外で完璧なキャプテンであるために準備をするのも、奈美。いつもにこにこ笑って、任せて、と言っていた。たまに冗談めかして、野球が恋人なのねと笑うことはあったが、非難することはなかった。

わかってくれているのだと思っていた。耐えていただけだと言うのなら、もっと早く言ってくれればよかったのだ。一番重要な時に、爆弾を落とさなくてもいいではないか。

「そうじゃない」

國友は呻いた。檜垣を思い出せ。言いたくとも言えなかったのだ。そういう状況にしたのは誰だ。奈美だって、今日言うつもりなどなかったのだろう。自分が、導火線に火をつけさえしなければ。ただの遊び。チームのためなんかじゃない、ただ自分の為に。

頭が痛い。急に、わからなくなった。この二十年、自分が何をやってきたのか。

2

雨は、翌朝にはあがっていた。

快晴というわけにはいかなかったが、雲の間から太陽を見るのは久しぶりだった。整体の効果もあって、腰の調子も悪くはなく、國友は久しぶりに気分のよい朝を迎えた。眠る前の気分は最悪だったが、睡眠の力は実に偉大で、消え入りたいような気持ちはおおむね消えていた。もともと、悩みごとはあまり引きずらない性分だし、感情よりも体が先行するタイプだ。気分も悪くないということは、いい徴候である。

　急いで朝食を済ませると、子供たちが起きる前に家を出る。できれば直接顔を見て、昨日のことを謝りたかったが、試合に遅れるわけにはいかない。

　他の選手たちも、一日の中休みのおかげで、多少は活力を取り戻したようだった。

　しかし、檜垣の姿はない。彼と同室の伊野によれば、檜垣は彼よりも早く起きてすでに試合の準備を万全に整えていたらしいが、いざ立たせてみれば明らかにふらついていたので休むよう言ったところ、這ってでも行くと言ってきかないので、「みぞおちに一発決めて寝かせてきた」らしい。外野手の伊野は礼儀正しく、練習もチーム内で一、二を争うほど熱心だが、それが高じて直海としょっちゅう諍い(いさか)を起こし、國友の手を焼かせている一人だった。みぞおち一発は冗談だと思いたい。が、そういえば彼は昔ばりばりのヤンキーだったという話を聞いたこともある。いや、伊野なりの冗談だろう。そうにちがいない。

　彼らが新潟球場に到着すると、すでに第一試合の四回まで来ていた。さすがに準決勝ともなると戦力も拮抗(きっこう)し、熱戦が繰り広げられている。その熱気に反し、空には冷えた雲がひろがりはじめ、僅差で富山の企業が試合を制した瞬間に、とうとう耐えかねたように雨が降り出した。今日の天気予報は、曇り時々雨だ。鬱陶しいが、長くは降らないだろう。

　結局、第二試合は予定より十五分遅れで始まった。その程度の遅れで済んだことに、三香田の面々はほっとした。

　今日完投予定のエース長谷川は、五時半にはここを出なければならない。もし第一試合が大熱戦になって開始時刻が大幅に遅れたらと気が気ではなかったが、祈りは天に通じたようだ。タイムリミットまで、あと四時間。普通に考えれば、問題はなさそうだった。

当の長谷川も、一日休みが入ったのがよかったのか調子がよく、立ち上がりからゴロの山を築いた。先方も最初は早撃ちで来たので、おおいに助かった。

が、相手先発の投手も、合わせにくい左のサイドスローで、打者が一巡するまではこちらもさっぱりだった。それでもじっくり見た結果、なんとか攻略できそうだということになったころ、それまで降ったりやんだりを繰り返していた気まぐれな雨が、急に勢いを増してきた。またすぐにあがるだろうとたかをくくって試合は続けられたが、一度激しくなった雨は衰えを見せず、あっというまに球場を灰色に塗りつぶしてしまう。外野守備についても、横殴りの雨に遮られて、マウンドの投手の背中すらおぼろという有様で、五回の裏一死のところで、とうとう中断が宣告された。

守備についていた三香田ヴィクトリーの面々がひいひい言いながらベンチに戻ると、すぐにブルーシートが運び出され、マウンドや塁上を覆う。

「体冷やすな。着替えてこい」

監督に追い立てられ、國友たちはロッカールームに引き揚げた。ユニフォームはおろか、アンダーも絞れるぐらいのびしょ濡れだ。

「なんだよ、スコールかっての」

「曇り時々雨って、こういうのもアリなのかよ」

文句を垂れつつ、みな急いで新しいユニフォームに着替えた。この時は、勢いはスコール並とはいえすぐにやむだろうと思っていたからだ。

しかし、予想に反し、雨はやまなかった。三十分経ってもいっこうに衰えない勢いに、最初のうちこそ熱心に攻略などを話し合っていた面々もさすがに焦り出す。

七回が終わらなければ、ゲーム成立とならない。つまりこのまま雨が降り続ければ、ノーゲームとなる可能性もある。

ここが流れれば、明日の決勝の前に再試合を行うことになる。勝ち抜けば、そのまますぐに決勝。最後までダブルヘッダーは勘弁願いたい。

不安そうな顔で話しこむ選手たちを残し、國友はベンチに向かった。ベンチには、片桐がひとり座っているだけだった。右手をだらしなく背もたれにかけ、ＥＦ製薬のデータを読んでいる。一次予選、そして他企業との練習試合の偵察に出向いた安東が作成したものだ。ミーティングではすでにおなじみになっている資料で見やすいと評判だが、片桐のものは書き込みが凄まじく、他人が見ても何がなんだかわからない。

「雨雲はじき抜けるようだから、試合は今日中にできるだろう」

背後の気配を察したのか、片桐はふりむきもせずに言った。

「本当か」

「さっき安東がアメダスの予報もってきたから。ただあと三十分は降りそうだ」

國友は顔をしかめ、片桐の横に腰を下ろした。

「一時間の中断かよ。まずいな」

「まずいね。相手チームは、後半はかなり時間をかけて攻めてくると思う」

投手陣だけ見ても、あちらは三香田の倍はいる。こちらが先発を攻略しかけてたことはわかっているだろうし、ここからは次々投入して消耗戦に引きずりこむだろう。そうなると、圧倒的に不利だ。

「長谷川の夜勤もまずいな」

「それが一番まずいよ」

國友は眉を寄せて、グラウンドごしに三塁側のＥＦベンチを睨みつけた。もっとも雨のせいで、ろくに見えない。ただぼんやりと人影が見える程度だ。

二次予選終盤戦では、企業チームですら息切れするもの。ぎりぎりのところでは、如実に地力と人数の差がきいてくる。

「判断ミスったかな」

ぼやくと、あいかわらず片桐はデータを見たまま「何が？」と言った。

「いや、俺、五月の時点でもう腰にキてたから、その時点で切り替えてとっととコーチに回って、投手でも入れときゃよかったかもなって」

片桐は、ふんと鼻を鳴らした。

「馬鹿言え。四番をコーチに回すわけないだろ」

「俺、予選始まってから一本しかヒット打ててないんだぞ。いくら繫ぎの四番っつっても、これじゃあ役に立たないどころか邪魔にしかならん。打率なら五番の伊野や六番の玉置のほうが上だ」

片桐はそこでようやく國友に目を向けた。

「おまえ、繫ぎの意味を誤解してんな。たしかにクニは打率はひどいよ、だがフライ量産したのは初戦ぐらいで、そこで下がるとこまで下がったけど後は横ばいだろ」

「まあいちおう四球選んでるからな」

「そう、そこだ。もともとクニは選球眼がずば抜けてる。四球での出塁は多いし、四番にありがちなゲッツーがほとんどない。不調ってのはざっくり言えば、ボール球を振りまくっちまうことだ。クニは、腰痛めている今も、あまりそれがない。これは奇跡的なことなんだよ。だから不動の四番だっつってんの」

真剣な顔で言われ、國友は苦笑した。

　最近はさっぱり打てないので、せめて迷惑はかけまいと、とにかくじっくり球を見ている。繋ぎと言われたからには、ここで攻撃を断たせてはならない。凡退に終わっても、球を見極めて、次の打者に細かくアドバイスできるようにと心がけていた。その結果、皮肉なことに以前よりも出塁率は増えてはいた。

「評価してくれるのはありがたいが、四番が四球ばっかりってのもどうなんだ？　せめて俺が五番で、今五番の伊野とかを四番にあげたほうが効率いいんじゃないか。俺は出塁はできるが、伊野のほうが長打を打ってるんだから」

「伊野たちがここのところ打ってるのはクニのおかげだろ」

「……は？」

「一番水城が出塁、二番倉内が送り、三番の高階がランナーを返す。これが一番得点の確率が高いが、そこで止まったら意味がない。敵が浮き足立っている時に一気に追加点を取らないとうちは勝てない。だから、当たれば長打になるが当たらない確率も多い伊野や玉置で流れを切っちまうより、出塁できる可能性が高いクニを続けたほうがいいんだ。四球なら、最低でも一死一、二塁の形をつくる。二死一塁と、アウトカウントそのままでランナーが増えてピンチ続行じゃあ、相手バッテリーにしちゃ天国と地獄ほどの差だ。しかも高階は、足もそこそこ速い。クニも速くはないが走塁技術は高い。向こうもそれぐらい知っている。ピッチャーがテンパれば甘い球も来る。だから伊野たちが打てる確率も跳ね上がる。実際、伊野たちがじりじり打率あげてるだろ」

　立て板に水のごとく、片桐は語る。

「それにクニはじじいだけどな、都市対抗三回出場の肩書きは伊達じゃないぜ。一発があることは、向こうだって重々承知だ。これだけ条件が揃った四番、他に誰がいる？　いいか、俺は勝つのに必要な選手しか採ってない。クニにコーチの役割を期待してんなら最初からコーチに配置換えしてたよ。選手に残したのは、あの時点でクニが四番と決めてたからだ。そこが不動だから打線組めてんだよ」

だめ押しとばかりに付け加えられた言葉に、目を見開く。

「……なんでそういう話を最初にしない」

「クニはどの選手のこともよく把握してるし、自分の役割ぐらい当然わかってるだろうと思ってたんだよ。だから最初に打順さげろと言ってきた時は脳ミソ煮えたのかと思ってたんだが、まさか本当に理解してなくて拗ねてたとは」

「拗ねてたわけじゃねえよ！」

思わず怒鳴ったが、いややっぱり拗ねていたのだろうと思い直し、顔が赤くなるのを感じた。

この一年、片桐とはずいぶん話し合いを重ねてきたが、あくまでチームのことだったし、その中で國友はただ「キャプテン」「四番」の一言で済まされていた。それでも、今までの自分ならば、充分に理解していたはずなのに。片桐の言うとおり、彼の採用基準や采配はいささかもぶれてはいなかったのに。なぜ自分は違うと思っていたのだろう。

理由はわかりきっている。自分の衰えを自覚し、高階や若手の台頭に焦ったためだ。大砲としての過去の栄光に固執して、ものが見えなくなっていたのは、自分の過失だ。

「ま、そういうわけだ。頼りにしてるよ、キャプテン」

片桐はにやりと笑い、軽く肩を叩いた。

國友は急いで視線をグラウンドに向けたが、ひょっとしたら、潤んだ目を見られたかもしれない。冷えていた体の奥から、ふつふつと沸き上がるものがある。ここが夢のチーム。自分はその不動の四番であるという誇り。

奈美は、ただの趣味だと言った。たしかに、その通りだ。

あそこまで尽くしてくれた北山を、無情にも切り捨てた。その通りだ。

しかし、もうここまで来てしまった。来たからには、やり遂げるしかない。そうでなければ、それこそこの二十年が無駄になる。

ただの道楽で、結局何もなしえずに潰れて終わったと、家族に思われたくはない。何より、あの日、空のベンチを見て悔しさに震えていた自分に嘘をつきたくはないのだ。

「小降りになってきたな」

片桐がデータから顔を上げ、つぶやいた。バケツをひっくりかえしたようだった雨は、勢いを増した時と同じように、急速に力を失っていった。

霧雨程度にまで落ち着くとシートが外され、役員だけではなく選手たちもスポンジをもってグラウンドに駆けだした。敵も味方も総出でグラウンド整備に精を出す。

中断から七十二分。審判が、とうとう試合再開を宣告した。この時点で、時計はすでに四時をまわっていた。

片桐の言ったとおり、相手は今までと攻め方を変えてきた。投手を惜しみなく投入して目先を変え、攻撃の際にはくさい球はことごとくカットし、あからさまに長谷川の球数を増やす作戦に出た。さすがにここまで来ると、長谷川と三宅のバッテリーもだいぶ配球を読まれている。おかげで、タフネスの代名詞のような長谷川も、二死一、二塁となった時には、傍目（はため）にもわかるほど肩で息をしていた。

六回裏、打席にはＥＦの三番。左打者だ。ベンチから指示されたシフト通り、センターの水城に位置を指示し、國友自身も左へと寄った。

長谷川の第一球は、外へ逃げるシュート。打者はバットをおっつけ、ファウルにした。すると、三塁の高階が振り向いた。

（もっとライン側に）

グラブを振り、さらに寄るよう指示する。國友は眉を寄せた。たしかにこの打者は逆方向に打つのを得意とするが、ここまで左に寄ったら危ない。二死で、二塁ランナーは俊足。真ん中にぽとりと落とされたらホームまで帰ってくる可能性が高い。

しかし高階は、なおも指示を出す。早く動いてくださいよ、と言いたげだった。

（そんなに言うならいいけど、どうなっても知らんぞ）

國友はさらに五歩ほど寄った。定位置からすでに十歩。やりすぎだ。

三番はさらにファウルで粘る。そしてとうとう、バットはボールをとらえ、高々と舞い上がる。内野の頭上を越え、レフトポール際ぎりぎりに飛んでいく。國友が定位置についていたらとうてい追いつかない場所だ。しかし十歩動いていたために、ほとんど動かずにキャッチ、フライアウト。

三塁側のＥＦスタンドからは落胆の声が、一塁側の三香田応援席からは歓声があがった。

「助かったぞ」

ベンチに帰る際、高階に声をかけると、高階は言いにくそうに答えた。

「気をつけてください、この回からあいつらレフト狙いできてるんで」

國友は思わず口を開けた。

「……なるほど。舐めてくれてんじゃねえか」

動きが鈍いことを、前半でしっかり見抜かれていたようだ。

三香田のレフトは四十過ぎのロートル、足も遅く、肩も弱体化。強い打球を飛ばせば追いつけない。投げられない。なら、前に落として堅実に一人ずつホームに帰すより、追いつけないライン際に長打を狙い、一気に二点とる。

「ツーベース損させてやったんです、あいつらももう欲張らないでしょ」

高階は笑ったが、國友の腸は煮え繰り返っていた。舐めくさってくれたＥＦにではない。指示を出されるまで、彼らの狙いを見抜いていなかった自分にだ。その一方で、高階や若い選手たちは、自分よりはるかに冷静に考えながらプレーをしている。

「おい、直海。おまえ、明日から特守な。俺じきじきに指導してやる」

ベンチに戻るなり、飲み物の準備をしていた巨体をどやしつけると、直海は迷惑そうに振り向いた。

「なんすか急に」

「おまえがレフト守れれば、俺はＤＨ打撃に専念でききんだよ。俺の腰ぶっ壊れたらおまえのせいだからな」

「はぁ？」

八つ当たりすんじゃねえよと言いたげな顔に、腹が立つ。直海の資質は、チーム内でも抜きんでいる。しかし怠惰ぶりも抜きんでているおかげで、試合では全く使えない。資源の無駄遣いもいいところだ。

「はぁ？　じゃねえよ。練習に遅刻できないように、毎日会社まで迎えに行ってやるから覚悟しとけよ」

「いや勘弁してくださいよ」

「うるせえ、おまえは秋からレフト固定だ、腹括れ。おら、おまえらもへばってんじゃねえよ！　声もっと出してけ！」

容赦なくのしかかる疲労を押しのけ、國友はベンチの前に立ち、若い選手を叱咤した。

一番・水城から始まった七回表に、ようやくチャンスが訪れる。水城はカットを粘って十二球放らせたあげくライトフライに倒れたが、続く倉内は高めに来た初球を叩きつけた。本来ならばなんということはないセカンドゴロだが、そこが倉内の狙いだ。この雨のせいで、グラウンドはひどく重い。転がるはずのボールは勢いが削がれ、一塁と投手の間に落ちこんでしまい、その間に倉内は勢いよく一塁を駆けた。

歓声の中打席に入った高階は、三球目、中低めに落ちてきたチェンジアップを拾い、思い切りレフト方向へと運ぶ。ボールは左中間に落ち、倉内は一気に三塁まで進んだ。

一死一、三塁。ネクストバッターズサークルの國友は、打席に向かう前にベンチを顧みた。片桐は何も言わず、黙って頷く。

打席に入った國友が、バントの構えをすると、投手が驚いた顔をした。一死一、三塁ならスクイズが定番だが、國友は四番、そして実戦でほとんどスクイズをしたことがない。

「いける、できるぞ。俺は繋ぎの四番」

自分に暗示をかけるように、ぶつぶつとつぶやく。

サインの交換が終わり、投手がモーションに入った瞬間、三塁の倉内が走る。

明らかに外された高いボールに、國友は食らいつくように腕を伸ばしたが空振りし、捕球したキャッチャーはすぐ立ち上がった。スクイズ失敗。キャッチャーはがら空きの三塁に球を投げたが、飛び出したはずの倉内は余裕で三塁に戻っていた。

あっ、とキャッチャーが声をあげた時には、一塁の高階が飛び出している。慌てて二塁に投げようとしたキャッチャーの視界の端には、再び本塁に突入しようとする倉内の姿。そのせいで送球は逸れ、高階はゆうゆうと盗塁に成功した。

「つたく、四番が偽装スクイズとか、勘弁してくださいよ」

苦い顔をするキャッチャーににやりと笑う。

「おっさんの演技力、捨てたもんじゃないだろ？　つぶやきはやり過ぎかと思ったが、やってみるもんだなー」

「……まあここから打たせなければ済むことなんで」

その通りだ。まんまと偽造スクイズを成功させたはいいが、問題はここから。

だが相手は揺さぶられるだろう。今度こそ本物のスクイズをやってくるのでないか？　犠牲フライ狙いか？

國友はスクイズの構えを崩さない。スクイズ失敗三振で併殺だけは避けねばならない。ならば相手も、そこを狙ってくるだろう。

（なら、ストレート押しで来る）

力のあるストレートは、スクイズにとっては天敵。最近の國友は、速いストレートにはあまり対応できていないので、安打を打つ可能性も低い。

案の定、バッテリーは力押しできた。今度はインハイ。顔のすぐ横にきて、思わずよろけた。脅そうってのか、と舌打ちする。次もストレート、今度はストライク。

國友は一度打席を外し、いつもの構えに戻し、再び打席に入った。やはり、スクイズは打てる気はしない。

マウンド上の投手は、してやったりと言いたげにわずかに口許を歪めた。

1ボール、2ストライク。ピッチャー有利のカウント。

（次は一球外してくるか？）

バットを握る手をわずかに下へずらす。

次の球は——外角低めぎりぎりに落ちるスライダー。インに慣れた打者にはボールに見えるコース、振らなければストライクで三振。振っても三振。当てにいってもゴロ。

「——て、知ってたよ！」

投手が投げる直前、國友は中に足を踏み、短距離でバットを回した。渾身の力。腰に鋭い痛みが走り、眉が寄った。

打球は高く高く舞い上がり、センターへと飛んでいく。フェンス近くでセンターがキャッチした瞬間に倉内がダッシュし、悠々と本塁に帰還した。

七回表、犠牲フライにより三香田ヴィクトリー一点先取。大歓声が沸き起こり、ベンチに戻った國友は、大歓呼とハイタッチの嵐に迎えられた。

「さすがクニさん！」「最高の最低限ってやつですね！」「よくあんなん、あそこまで運べますね。俺ぜってーゴロで本塁ゲッツー喰らうっすよ」

頭やら背中やらをばしばしと叩かれる。いてぇよクソが、と笑いながら、タオルをとり、ベンチに座りこんだ。

「よう、よく読んだな」

ドリンク剤をがぶ飲みしていると、片桐がにやにやと声をかけてきた。

「サボリ監督が偽装スクイズの後は全くサイン出してくれなかったから脳ミソフル回転するしかないだろ」

「四番にサインなんて滅相もない」

「ほざけ。長打狙ったんだがなぁ」

「あの球は無理だ、あそこまでもっていったクニの馬鹿力がすごいよ」

その直後、再び歓声が沸き起こる。伊野がライト前にタイムリーヒットを打ち、高階が生還する。

「な、おまえの後は甘くなるだろ」

片桐がしたり顔で笑う。

「かもな。今日は繋ぎの四番っぽかったな、俺」

「ああ、四番にしかできない繋ぎだ。だが次はスクイズも練習しろ」

釘を刺され、國友は肩をそびやかし頷いた。腰をさすり、次があればな、という言葉は飲み込んだ。


味方の援護に気をよくしたのか、七回裏の長谷川は敵をあっさり三凡に仕留めた。

このままいけば、勝てる。ベンチの中には明るい期待が漲り、さきほどまで漂っていた重い空気は霧散した。

が、強豪EFもここで終わるわけにはいかない。八回表から、EFはとうとうエースを投入してきた。最速一四九キロのストレート、一転して緩すぎるほどのカーブの落差に三香田打線は全く歯が立たず、これまたあっさり三凡で終わった。

八回裏に入った時点で、時計は四時四十分を指していた。長谷川が投げられるのは、ぎりぎりまで引き延ばしても五時三十分まで。あと五十分。

現在、ブルペンでは鹿島と真木が肩をつくっているが、今日の長谷川の出来なら完投がベストだし、本人もそのつもりだろう。正直、決勝の相手よりEFのほうがずっと手強い。

そのためにはこのイニングをあっさり終わらせねばならないが、EFは今まで以上にじっくり球を見ては執拗にカットを繰り返し、いたずらに球数と時間を重ねた。六回からマスクをかぶった尾崎は、若いわりにはリードに一家言ある男だが、さすがに相手の猛攻に参っているようだった。

それでも、安打と四球を許しはしたが、無失点でイニングを終える。この時点で、五時ジャスト。

「いいか、長谷川のことを考えて、早くイニング終えようとはすんなよ。じっくり見ていけ。パターンを摑めばこの投手は打てる。まず一球目は――」

と、片桐は細かく狙い球を指示したが、やはり気が急くのか、追加点のないまま九回表は終了する。

いよいよ迎えた九回裏。リードは二点。あとアウト三つを取れば、勝てる。時間は五時十分。國友は守備につく前に選手を集めて円陣を組み、発破をかけた。

「あと二十分だ。これが最後、しまってくぞ！」

今までで一番威勢のよい返事があがり、めいめい守備位置に散っていく。國友は、自分の腰を軽く叩いてレフトへ走った。さきほど犠牲フライを打ったあたりから、痛みがひどくなっている。

「頼むからもってくれ。あと二十分なんだから」

九回裏、ＥＦの打順は幸運にも八番からである。下位二人はアンパイで二アウト、そこから安打が出ても大事故にはならない。二十分で終わる可能性は充分にある。

期待通り、長谷川は八番を三振に仕留めた。しかし、九番には代打が立ち、気合い充分の若い打者は相当粘った。長谷川の投球が十球を越えたあたりから、守備陣は目に見えて焦りだす。

そのせいか、十五球目にして代打が転がしたなんということのないショートゴロを、倉内が取り損ねた。彼は慌ててファーストに投げたが、判定はセーフ。一死一塁となった。

倉内は、チーム一の名手である。守備だけならプロでもいけるとまで言われている男だ。その彼のエラーで動揺を誘われたのか、長谷川は次の一番打者に四球を許してしまう。

五時二十八分。片桐がとうとうベンチから出た。

(間に合わなかったか……)

主審が交代を告げるのを、國友たちは絶望をもって見守った。突然、マウンドを降りる長谷川に、スタンドでざわめきが起こる。たしかに彼らからすれば、不可解だろう。長谷川は安打と四球を立て続けに許したが、まだ球に力はあった。それに、これからクリンナップというところで、エースを交代する余裕が三香田にあるはずがないことなど、知っているだろう。代わりに駆け出してきた鹿島のいかにも気弱げな姿を見て、ざわめきはいっそう大きくなった。

ＥＦ側も、驚いているようだった。意図をはかりかねた様子で、ちらちらと三香田ベンチをうかがっている。

(これが、クラブチームの限界だ)

大事な試合なのに、仕事でメンツが揃わない。クラブチームでは日常茶飯事だ。地元再生を掲げ、企業チーム並の待遇を整えたと自負していても、これが現実である。

マウンドに立った鹿島は、完全に顔が強張っていた。審判から注意が入るぎりぎりまで、集まった内野が彼に励ましの言葉をかけていたが、國友から見ても彼の周囲の空気が変わることはなかった。

試合が再開し、鹿島はセットポジションから第一球を投げた。大きく外れてボール。よけいな力が入っている。その次はストライクが入ったものの、ボールが続き、打者がまだ動かぬうちに３ボール１ストライクとなった。

「鹿島、打たせていいぞ！　とってホームでばっちり刺してやっから！」

國友はレフトから大声で叫んだ。聞こえたかどうかはわからない。が、ロジンバッグを掴む際に、ちらりとこちらを見たような気がした。

頼む、ここでふんばってくれ。片桐が選んだんだ、おまえなら必ずここを乗り越えられるはず。祈るような気持ちで、次の投球を見守る。

鹿島は片足をあげ、投球動作に入った。打席のバッターが、ぐっと踏み込む。

まずい、と思った瞬間、白球は小気味よい音をたてて、唸るバットに跳ね返された。ボールはまっすぐ、レフトへと飛んでくる。

「ほんとに飛ばすこたねーだろ!」

思わず叫びつつ、前に向かってダッシュした。が、雨水を含んだ芝は、走りにくい。滑る上に、ボールのバウンドが重く、方向も微妙に変わる。

しかも二塁上にいるのは、俊足の代走だ。まだ一死だというのに、猛然と本塁めざして三塁を回った。

カッ、と頭が熱くなる。本来ならば、二塁ランナーが一気にホームを狙えるような安打ではない。

「じじいなめんじゃねーぞ、こらぁ!」

國友は猛然と濡れた球をひっつかみ、全身をばねにして、思い切って投げた。

普段ならば、途中で中継をいれるところだ。が、そんなことは頭になかった。キャッチャー尾崎のミットしか見えていない。

投げた瞬間、腰に鋭い痛みが走った。やばい。ボールが手を離れた瞬間、痛みのあまり力が抜け、勢いのままぶざまに転倒する。ボールがどうなったかは見られなかった。

「クニさん、ナイスプレー! ――って、ちょっ、大丈夫っすか!」

センターから水城のやかましい声がとんできたおかげで、どうやら間に合ったらしいと知る。尾崎のキャッチングに感謝しつつ、のろのろと体を起こそうとするが、果たせない。まったく腰に力が入らなかった。

人が集まってくるのを感じる。ああやばい、早く起きなければ。そう思うのに、腰というのはいかんともしがたい。痛くて、頭も働かない。次々に声をかけられるが、誰が誰だか判別もつかなかった。

「クニ、大丈夫か」

混乱するノイズの中で、ただひとつ、はっきりわかる声があった。

「……プレーはきついかもしれん」

「曖昧な表現はするな」

「わかった。無理だ」

「担架いるか」

反射的に「いらん」と応えたのは、キャプテンとしての最後の意地だった。言ったそばから、後悔する。

しかし、二十年貫き通した馬鹿みたいな意地は、こういう時は役に立つ。完全に腰が抜けていると思ったが、手を借りてなんとか立ち上がり、フィールドの外に出ることができた。目がかすむ。ベンチまでの距離が途方もなく遠く感じられた。

その間に選手交代のアナウンスが場内に響き、直海がレフトに入った。ベンチ前ですれ違う際に目を向けると、直海は黙って帽子をとって、目礼した。サングラスなしの目には、動揺はない。安心した途端に、力が抜けた。

「クニさん！　やっぱり担架！」

安東の悲鳴に、手を振って応える。

「だからいらんて。座るの手伝ってくれ」

「いえ、早く診てもらわないと」

「早く診てもらってどうこうってもんじゃねえんだ、長いつきあいだからわかる。それより、試合を見るほうが大事だ」

安東は青ざめていたが、片桐と協力して國友の重い体を抱えあげ、ベンチに座らせた。腰に負担がかからぬよう、タオルを丸めて、腰とベンチの間に差し入れてくれる。

「やっぱ寄る年波には勝てないな」

ひとつあけて座る片桐は、腕組みをして笑った。ねぎらいひとつ寄越さない横顔がいまいましい。

「うるせえよ。これだけやったんだから、勝ってもらわないと困る」

「ああ。信じよう」

片桐はもう笑いを消していた。國友も荒い息をつきつつ、グラウンドを見やる。

ちょうど、鹿島が投球モーションに入ったところだった。


試合が終わったのは、その四十分後だった。

その瞬間も、國友はベンチにいた。立ち上がることができない彼は、グラウンドの選手たちをただ外側から眺めていた。

若々しい感情を衒(てら)いなく爆発させる彼らと、負けても平然と笑っていたかつての仲間たちの姿が重なる。

心臓が握り締められるような痛みが走り、熱いものが喉をせりあがる。それはそのまま涙となって、國友の両目からこぼれ落ちた。

「なあ、見てみろ」

國友はつぶやいた。ベンチに答える者はいなかった。片桐も安東も、控えの選手たちも皆、すでにグラウンドに出ていた。

どの顔も、泣き濡れている。國友はスコアボードを見た。

3―5。

鹿島は、必死に投げた。しかし三番打者に不運なポテンヒットを喰らうと、四番に右中間へタイムリーを放たれた。二人が生還し、2―2。これで勝ちはなくなった。それでも逆転はされまいと、五番を三振に仕留め、試合は延長戦に入った。

十回は互いに無得点、しかし十一回表に高階のソロで三香田が追加点を入れる。これで決まるかと思ったが、裏にはまた一死二塁からタイムリーを決められ、3―3の振り出しに戻ってしまった。

ここで鹿島は限界を迎え、三番手の真木が登板した。真木は慎重に投げてアウトをひとつとったが、その次の打者に甘く入った初球を弾き返された。

ボールがフェンスの向こうに消えた瞬間、真木はその場に崩れ落ちた。尾崎は、ホームベースの周辺で歓喜に沸くEF選手たちを前にうなだれ、立てなかった。

ファーストの玉置、セカンドの津村、サードの高階、ショートの倉内。レフトの直海、センターの水城、ライトの伊野。皆、動きを忘れたかのように立ち尽くし、あるいはうずくまっていた。ベンチでも安東や、マウンドから降りた鹿島、三宅らが肩をふるわせている。

高校野球ではおなじみでも、大の大人が、ここまで虚脱し、悔しがる光景は、そうそう目にする機会はない。だが、本気で準備をして、本気で挑めば、誰だってきっとこうなる。

「俺はやっぱり、間違っていなかった」

國友の目から涙が溢れた。

長年の夢はこの瞬間、潰えた。それなのに、悔しさとは違うものが國友の体を震わせる。

俺はこれが見たかった。こういうチームがほしかった。それを確かに手に入れたのだ。

ああ、だが声をかけなければ。試合終了の整列が待っている。が、國友が口を開こうとした途端、

「おい、集合だ！　いつまでも泣いてんじゃねーぞ！」

高階の声が響いた。彼は真木に手を貸して立たせ、周囲を叱咤してホームベースへと向かう。その姿は頼もしかった。彼の目は、もう次を見ている。

國友は、忽然と悟った。

――俺の役割は、もう終わったんだ。

3

「すまん」

病室に入ってくるなり、片桐は頭を下げた。

試合終了後、球場近くの総合病院に運ばれた國友は、処置を受けたあと念のため一晩入院することとなった。鎮痛剤のおかげで今は痛みはないが、固定していてもろくに歩けない状態なので、距離のある三香田まで帰るのは難しい。

「なんでおまえが謝るんだ。そもそもなんでここにいる。もうバスは出ただろ」

ベッドの上で右の腰を上にして横たわったまま、國友は呆れたように言った。

病院までは野口部長が付き添ってくれたが、彼も選手たちと同じように明日は仕事がある。三香田

までは二時間以上かかるし、選手たちのバスが出る時間に合わせて帰ってもらった。

「俺はこの時期にバイト入れてないからな。問題ない」

頭を下げたまま、片桐は言った。

「俺は、分離症を承知でクニを試合に出し続けた。ここ最近悪化してるのもわかってたんだ。すまない」

國友は長い間、野球腰とも言われる腰椎分離症に苦しんできたが、腰椎すべり症にまで進行していたらしい。

ひどい状態ではあったが、この歳で手術しても癒着するかどうか半々といったところらしく、通院で治療することになった。

「本当にヤバかったら俺のほうが申し出るよ。俺が大丈夫だっつったんだから当然だ。帰るつもりがないなら、とりあえず座れ」

ようやく顔を上げた片桐は、苦虫を嚙み潰したような顔をしていた。壁に寄せてあった折り畳み椅子を開き、音をたてて腰を下ろす。生成り色で統一された病室の中、ユニフォームと鮮やかな緑のウインドブレーカーは、浮き世離れして見えた。

片桐は目の前にいるのに、急に、途方もなく遠く感じた。同じ空間にいても、まるで違う存在として今自分たちは相対している。唐突に、奈美はこんなふうに自分を見ていたのだろうな、と感じ、胸が痛んだ。

「言っとくがな片桐、続けたのは俺のエゴだ。どうせこの歳から治療して、少しばかりよくなったとしても、そのころにはまちがいなく選手としてプレーはできなくなっている。俺は現役としてどうしてもドームに行きたかったから」

「だからってフルで出すのはやりすぎだった」

「俺は、久しぶりに自分は現役なんだと思ってプレーできて嬉しかったよ。その結果がこれじゃ恰好つかないが。まあ何だ、俺だけじゃなく、この大事な時期に離脱者続出ってのは不運だったな」

「多少は予想してたよ。突貫工事で仕上げた自覚はあったしな」

片桐は硬い声で言った。彼が口を閉ざすと、不自然な沈黙が流れる。國友は表情を改め、強張った片桐の顔を見つめた。

「……北山さんに、言われたか」

「まあな。約束したのはこっちだし、仕方がない」

笑う片桐を見て、國友は首を振った。

「すまん。俺が迂闊な約束をしたばっかりに」

北山や、堀田監督に沸く地元の面々を納得させるのに、國友はかつてひとつの条件を出した。

それは、都市対抗に出られなければ、今期かぎりで片桐と國友が揃ってやめるというものだった。

無謀なのは百も承知だったが、片桐は出来ると言った。むしろ、アマならば一年目が一番出られる可能性が高い。初年度を逃すと機会は一年ごとに遠ざかるものだから、しょっぱなから黒獅子旗をとるためのメンツを集めていくと宣言した。その結果、片桐はテストの前から全国を駆け回るはめになった。

以来ずっと、片桐は超人的な働きを見せた。過労で入院したこともあるが、いつも笑顔を絶やさず、精力的に動き回っていたので、いつしかこいつは大丈夫だと思うようになった。國友にできることといえば、放っておけば毎度カップラーメンで済ませる片桐を家に呼んで、まともな食事をとらせることぐらいだったが、それだけでも片桐は本当に助かるよと感謝していた。

だが、それで済むはずがない。改めて見れば、片桐は日本に戻った当初よりずいぶんと痩せている。

「いや、俺が出来ることはだいたい終わったよ。もともと育成専門だしな、チームの基礎はつくったと思う。あとは、勝てる采配をする監督を連れてくればいい」

ひとごとのような物言いに、寂しいと思うよりも腹が立った。

「おまえだって充分に勝てる監督だ。今回は、不運が重なっただけだろう。チームが万全な状態なら優勝できた」

「決勝に万全な状態のチームなんか存在するはずがないだろう」

「ここまで育てたなら、全国を見たいとは思わないのか」

「まだ全日本クラブ野球選手権があるし、もちろんそこで見たいとは思ってるよ。優勝すれば、秋の日本選手権にも出場できる。まあ正直、都市対抗より厳しいとは思うがな。とにかく契約期間中は手を抜くつもりはない」

「なら来年も引き受けろ。北山さんは俺が説得する。選手だって納得しないだろう」

そう言った途端、片桐の顔が曇った。

「いや。悪いが、俺も限界だ」

「たしかにおまえには負担をかけすぎた。来年はもっとスタッフを揃えるように……」

「そういうことじゃないんだ。俺が、監督としての自分を認められないんだ。自分がこんなに馬鹿だと思わなかった」

「何？」

話が見えない。当惑する彼を見て、片桐は小さく笑った。

「俺がクニの話を受けたのは、昔の約束があったからだ。おまえの願うチームづくりは、俺の信条にも合致する。だが、それだけじゃ引き受けたかどうかわからん」

「そうなのか。じゃ、決め手はなんだったんだ」

片桐はそこで目を瞑った。

「隼人だ」

懺悔する信徒というのはこんな顔をしているんではなかろうか、と國友は思ったが、なぜ友人がそんな顔をせねばならぬのかはわからなかった。

「……直海？」

「今まで俺は、多くの選手を指導してきた。その中には才能豊かな奴もたくさんいたよ。彼らがとんでもない勢いで成長していくのを見るのは、本当に楽しかった。でもな、あんなのはじめてだったんだ。あんな、頭のてっぺんから爪先まで、野球の才能だけでできてるような化け物を見たのは」

片桐はゆっくりと目を開いた。さきほどまで死んだ魚のようだったのに、今や爛々と輝いている。

昨年、監督の打診をすべくマレーシアに飛んだ際、片桐の家からうすらでかい居候が現れた時、國友は目を疑った。ドレッドヘアーに褐色の肌、見る影もないがその顔はかつて球界を騒がせた悪童だったからだ。

おっかなびっくり片桐に尋ねると、「雨の日に段ボールに捨てられてた」とふざけた返答があった。要は、知己でもなんでもなく、偶然出会ったらしい。

「なあクニ、指導者って生き物はな、口ではどんな恰好いいこと言ってても、心のどこかでは、自分の手で、とんでもない化け物を育ててみたいって願いがあるんだよ。指導者の最大の楽しみは、そこなんだ」

片桐は、力なく膝に置いていた手をあげ、こみあげるものを押さえ込むように、強く握りしめた。

「まあ、わかるような気はするが……あいつ、もう何年も野球やってなかっただろ」

「そりゃあ隼人は野球を心底嫌っていたからな」

苦笑して、片桐は肯定した。

「だからこそ、再生のしがいもあるってもんだ。少なくともあの時そう思ってたよ。二度とやらねえと言う奴にボールを握らせるまでずいぶん苦労したが、いざやらせてみて、予想以上の才能を目の当たりにした途端、俺は欲をかいちまった。マレーシアで野球を楽しむ選手を育てたいと言ってるくせに、俺は、隼人にはもっと高い水準で腕を磨いてほしいと思ったんだ。最悪だろ」

「だから日本か」

片桐は頷いた。

「プロはあいつが絶対に厭がるが、自由度の高いアマならいける。日本のクラブチームはレベルあがってるしな。おまえの申し出は渡りに船だった。けどな……」

大きなため息が零(こぼ)れると同時に、片桐の肩ががっくりと落ちる。急に、十歳も老け込んだように見えた。

「自分の予測がいかに都合のいい期待に満ちたもんだったか思い知らされたよ。本当は、あいつがやる気を失った時点で、チームから離すべきだった。なのに俺は、諦めきれなかった。三香田ヴィクトリーは、いいチームだ。ここでなら、もう一度こいつは息を吹き返す。もう少し待てば必ず、復活する。こいつが目を覚ませば、黒獅子旗もぐっと近くなる。そう思って、決断を先延ばしにしちまったんだ」

片桐は呻くように言った。

彼が直海に思い入れがあるのは、知っていた。居候させていたぐらいなのだから、当然だろう。しかし普段の彼は、むしろ直海にはずいぶんそっけなかったと思う。ここまで思い悩んでいるとは、思いもしなかった。

「隼人を退団させて、とっとと投手と外野を補充すればよかった。そうすりゃ投手陣の負担も減ったし、おまえだってその腰で守備につく必要はなかった。チームを追い詰めたのは俺だ。今日負けたのは、まちがいなく俺のせいだ。とてもじゃないが、監督なんぞやる資格はない」

伏せた片桐の顔から、ぽつりと水滴が落ちた。見えたのは一粒きりだったが、膝に置いた片桐の手は細かく震えていた。

膝のあたりにひとつだけできた染みを認めた時、國友は片桐がなぜここに残ったのかを悟った。彼は懺悔をしたいのだ。この一年抱えてきたものをここでぶちまけて、そして――もう楽になりたいのだ。

他の選手には明かせない。監督は常に公平であるべきであり、えこひいきはチーム分裂を促す原因になる。

直海のことは試合では使わなかったし、選手の誰も、監督の私情については薄々気づいていても気にはしていないだろう。それだけの実績と信頼を、片桐は着実にあげていたのだから。

まさかその監督が、直海のことでここまで悩み、自分を責めていたとは誰が思うだろう。

一番そばにいた自分でも、気づかなかった。彼が、とびきり生真面目な指導者だということに。

ふと、奈美の言葉が脳裏に甦った。

――夢は大切だけど、家族が当たり前に奉仕するものだと思わないで。

そんなにたくさんの人を犠牲にしなければいけないものなの？　そこまでごたいそうな夢なの？　ただの趣味じゃないの。

國友は、妻に詰られるまで、自分の罪に気づかなかった。しかし片桐は、チームに同じことを強いていると気づいていた。誰も強いられているなどと思わないだろうに、苦しんでいた。

なんという違いだろう。友人の性格を見誤っていた。

まっさきに浮かぶのは、高校時代の、人を喰ったピッチャー姿だ。再会した後もいつも真意の見えない顔で笑って、合理的なトレーニングを進めてきっちりチームを鍛え上げた。だから、頭がよくて、どこまでも合理的な人間だと思っていた。

それも間違いではないだろう。だがそれ以上に片桐は、とんでもなく情に篤いのだ。

なぜ高校野球の監督を辞めねばならなかったか。野球途上国で、苦労しながら何年も指導し続けられたのは、誰よりも熱い野球への情熱と、人間への深い情をもっているからだ。

「悪いが片桐、人選を誤ったな」

國友のつぶやきに、片桐は怪訝そうに顔をあげた。目は充血していたが、涙は見えない。

「おまえは俺に断罪でもしてほしかったんだろうが、チームの中で、俺だけはそれはできん。同じ穴の狢だしな。やってほしいなら、野口さんあたりに頼め」

「……部長か。ああ、もちろん言うつもりだ」

「でも多分、野口さんも怒らんと思うけどな。おまえは、俺たちを自分の夢につきあわせて犠牲にしたと思ってるんだろうが、俺なんか自分の夢のために北山さんをだしぬいて、おまえを強引に連れてきたんだ。俺のほうがよっぽどひどい」

どこからが願いで、どこからがエゴと呼ばれるのだろう。國友には、わからない。

ただわかるのは、この願いは、どんなに詰られようと貫き通さねばならないほど強いものだったということだ。

「それに、俺の思い過ごしじゃなけりゃ、おまえの情は、俺にも及んでただろ。おまえは、俺を四番に置くのにいろいろもっともらしいことを言っていたが、結局のところ、俺がこの一年を現役最後として賭けていることを知っていたからだろ?」

「いや、あの理由に嘘はない。四番に値しない選手はあそこには置かない」

「まあそういうことにしておこう。だが、俺を切る選択肢もあったはずだ。それをしなかったのは、俺がぶっ壊れてもいいからこのチームで最後の夢を見たいと願ってるとわかってたからだろ」

選手として、全国へ。三香田のチームで、黒獅子旗を。

この夢だけは、やはり奈美たちに詰られても手放せなかった。無理をして怪我をすれば、家族は今以上に嘆き悲しむだろう。その結果、周囲の批判は、怪我を承知で四番で使い続けた片桐に集中する。表向きはあくまで、片桐のオーダーだからだ。

「俺は気づくのは遅いが、気づいた時は間違ってねえんだよ、残念だったな。いいか、よく聞け片桐。俺は明日帰ったら、奈美と子供たちに謝罪する」

「は?」

片桐は最初、意味がわからない様子だったが、すぐに難しい顔をして國友を見た。この一年、お互いチームにかかりきりだった自覚はある。家族と何があったかは、すぐに察したのだろう。

「おまえがいらん気遣いしなくても、あいつらは、俺が自分がやりたくて四番やってたって知ってるからな。許してもらえるかはわからんし、今更いい夫、いい父親になると言ってもうさんくさいから、せめてあいつらが恥じる必要のない父になることを誓う。その上で、どうすべきか話し合う。ここからは……俺一人が決めていいことじゃないからな」

今日で、夢は叶った。全国には行けなかったが、最後の光景を見て、もう充分だと思った。心から、そう思えたのだ。

ここからは自分のためではない、夢のために耐えていた人々のために生きねばならない。そうしたいのだ。

「だからおまえもなんとか北山さんを説得しろ。ついでに直海ともちゃんと話せ」

片桐は当惑した顔で國友を見た。

「言っていることが矛盾してないか？」

「していない。俺は、もう俺の夢を叶えたからな」

國友は言った。後悔に染まった目を、まっすぐ見据えた。

「だから次は、家族と、チームの連中と、そしておまえの夢を叶える番だ」

「……だから俺は」

「野球におけるおまえのモットーはなんだった？」

片桐は少し黙りこみ、「野球を楽しむ」とぶっきらぼうに言った。

普段はうさんくさいほど爽やかな笑顔で恥ずかしいことも大声で言えるくせに、わがこととなると、片桐でも羞恥をおぼえるらしい。國友は人の悪い顔で笑った。

「なら、まず監督がきっちり楽しまなきゃなあ？」

第五章　プレイボールをもういちど

1

雨が降っていた。

長梅雨の雨は冷たく、ずっと打たれていると体が冷える。外野の守備位置についていた直海は、早く試合が終わらないかとそればかり考えていた。

しかしいざ終わってみると、立ち尽くすことしかできなかった。

サヨナラ負けの瞬間、選手たちがその場にくずおれる。昔、似たような場面を何度か見た。そのころはマウンド、あるいはベンチから眺めていた。自分も愁嘆場の登場人物であるはずなのに、いつも選手たちが嘆く様を、画面の向こうの出来事のように感じていたから、心が動くことはなかった。ただ、終わったんだな、と思っただけだ。いつも表情ひとつ動かさぬ直海に、マスコミがあれこれ尋ねてくるので、正直に「とくに何も。負けたんだなと思うだけです」と答えたら、反省がないだの傲慢だのと、ずいぶん叩かれた。

しかし、この時はどうもおかしかった。

皆より一段高いマウンドではなく、同じ高さにいたからだろうか。外野から、球場全体がよく見渡せる。サヨナラ勝ちにはしゃぐEF製薬の選手たちも、それぞれの守備位置で茫然とする三香田ヴィクトリーの選手もよく見えた。

サードの高階は、暗い空を見上げたまま彫像のように動かなかった。いくつもの好守で投手を助けてきたショートの倉内も立ち尽くし、必死に差しだしたグラブの先をサヨナラヒットの打球が掠めていったセカンドの津村は倒れたまま泣いていた。一塁の玉置も大きな体を丸め、尾崎はマスクとミットをぶらさげたまま放心していたし、マウンド上の真木は膝をついたまま動かなかった。そうか、高校の時、ああやればよかったのかな、と今になって思った。

　横から妙な音がしたので目を向けると、センターの水城がしゃがみこんで号泣している。

　その横で、タイムリーヒットを最後に捕ることになった伊野も、うつむいていた。

「高校野球じゃねえんだからよ」

　呆れてセンターに歩み寄り、首根っこをひっつかんで立ち上がらせると、縋(すが)りつくように腕をつかまれて、何か喚(わめ)かれた。まだ十代の水城が顔をくしゃくしゃにして泣く様は、本当に球児のようで、全身から激しい感情が伝わってきた。

　その時に、唐突に理解した。

　ああ、「負ける」ってのは、こういうことか。

　小二で野球を始めて、二十歳まで野球をやってきた。去年から思いがけずまたやることになって、つまりは人生の大半を野球に費やしてきたことになる。にもかかわらず、今日はじめて、直海は負けることを知った。

「直海さん？　ああ、小野寺ゴム加工所の。ああはいはい」

　男はずれてもいない眼鏡を押し上げ、面倒くさそうに書類を受け取った。

「返品受け取りね。そこに出してありますんで」

　男が指し示した先には、「小野寺ゴム加工所」の印が入った段ボールが積まれている。直海はぎょっとして、男を見た。

「これ全部ですか」

「そう。社長さんには電話で伝えたけどね、チェック甘すぎるよ。細かい傷が多い」

男は段ボールをひとつ開け、中身を取り出した。箱の中は、膝用サポーターがぎっしり詰まっている。先日、小野寺ゴム加工所からここに納品したばかりのものだ。

男はルーペ片手に、ほらここに小さな擦れが、と説明したが、たしかに拡大すると微妙なヘコミがある。しかし、商品としてはなんの問題もないし、そもそも拡大しなければわからない傷のどこが問題なのか直海にはわからない。

「これは君がチェックしたのかな？」

男は眼鏡をわざとらしく押し上げて、無遠慮に直海を見回した。はい、と応じて、直海も感情を消した目で男を見下ろす。年のころは五十前後、半白の頭頂部はだいぶ薄くなっている。痩せた体を覆う灰色の作業着のせいもあって、ねずみ男に似ているな、と思った。作業着の胸の名札には、山田とある。山田ねずみ男と勝手に命名した。

「こういうことやられると、こっちも取引考えざるを得ないから。最近ミスが増えてるんだよねえ、困るよ」

「申し訳ありません」

「同じものを扱うところは他にもあるし、おたくに頼んでいるのは、小野寺さんとうちの前の社長が昔からのつきあいってだけなんだから。小野寺さんに、よく言っといて」

「はい、申し訳ありません」

モウシワケアリマセン。この一年で一番口にした言葉だろう。それまではほとんど使うことがなかった、しかし今では最も必要なもの。会社に入って叩きこまれた。モウシワケアリマセン。

ゴムと布地でいっぱいの段ボールを抱えると、一瞬体がよろけた。サポーターになるような生地なので分厚く、これだけ大量となると、箱は五十キロ近くになる。普段ならどうということのない重さだが、疲労が抜けていないせいか、不覚をとった。

「台車使っていいよ」と言われたが、「ありがとうございます、結構です」と答えて進むと、なぜか男はそのままついてきた。

「さすが若い人は力あるねえ。しかし小野寺さんのところに若い社員が入るなんて何年ぶり……いや何十年ぶり？　まあ、力はありそうなのはいいけど、もうちょっとねえ」

男の皮肉を右から左へ聞き流し、直海はてきぱきと段ボールを社用のワゴン車に詰め込んだ。むりやり詰めたので箱の端がへこんだが、どうせ中身は廃棄するしかないのでいいだろう。男はまだ何か言っていたが、それでは失礼しますと頭を下げて、さっさと運転席に乗り込み、後方確認もせずにエンジンをかけて発車した。長居は無用だ。

舗装されていない道を進み、車は何度も跳ねるように揺れるというのに、一時間近く運転している間、何度か睡魔に襲われた。昨日の試合は雨の中断もあったせいでやたらと長引いた上、キャプテンが病院に運びこまれたりなんだりで、直海たちが三香田の寮に到着した時には日付が変わっていた。倒れ込むようにして寝たものの、まだ疲れが抜けていない。

睡魔よけのガムを噛みつつ、どうにかこうにか加工所に到着した時には、終業時間をまわっていた。裏口で段ボールを下ろしていると、古びた社屋から社長が顔を出す。

「やあ、お疲れ」

さきほどの山田とは対照的に、小柄で風船のようにまるまるとした体をしており、金縁眼鏡の奥の目はやたらつぶらである。太陽のもとで見ると本気でまぶしくて目をそむけてしまう頭頂部を手ぬぐいで拭きつつ、積み上げられる段ボールを見て力なく笑う。無理もない。予定の三分の二しか納品できなかったことになる。

「申し訳ありません。俺のせいで」

直海は頭を下げた。今日口にした「モウシワケアリマセン」の中で、一番切実な響きがあった。

今回、提出する布地の検品を担当したのは直海である。

「ふむ。宅間工業の検品の人、替わった？」

社長は先方から突っ返された布地を拡げて首を傾げた。

「山田って方です」

直海が差し出した名刺を見て、社長は苦笑する。

「ああ、山田さんか。あの人は本当に細かいから。ルーペですみずみまで見るんだ。運が悪かったところもあるが、このあたりは普通に見えるね。これ見落とすのは、注意力散漫だな」

「申し訳ありません」

「君も試合続きで疲れてるんだろうが、仕事に影響でるようじゃ困るよ。まあ傷は機械の問題でもあるし、今日のぶんは、返品を直接取りに行ってもらって、先方に怒られたことでチャラだ。次は気をつけるように。あ、このサポーター、もっていっていいよ」

「いいんですか」

「どうせ捨てるだけだ、使ってくれるならありがたい。もともと医療用ので、スポーツ用品店にあるようなかっこいいやつじゃないけどね」

「いえ、充分です。ありがとうございます、社長」

頭を下げると、社長は「いいのいいの」と笑った。

「うちはスポンサーとは名ばかりの零細企業だから。じーさんとばーさんしかいないし、援助もそんなにできなくて心苦しいけど」

　直海が勤める小野寺ゴム加工所は、七十六歳の社長を含め、社員が三名しかいない。じーさんばーさんだらけと小野寺が言うとおり、直海以外はみな五十歳以上であり、他に六十代後半から七十代のパートが三人いる。彼らは皆、定年まではここの社員だった者たちだ。

　ここ十年以上は全くメンツも変わることなく、直海は実に久しぶりの新入社員なのだという。そのためか、コミュニケーション能力皆無の自覚がある直海でも、そこそこ可愛がられていた。孫扱いというか野良猫扱いに近いような気がしないでもないが、冷房も暖房もない作業場で、朝から晩まで機械を回して加工品の裁断をし、何十キロになる荷物を全て一人で運んでいれば、重宝（ちょうほう）がられもするだろう。力仕事ではそれなりに貢献できていると思う。

　しかし、今回の検品ではやらかしてしまった。

　この小野寺ゴム加工所で行う主な作業は、ゴムを布地に貼りつけ、機械で極限まで薄く引き伸ばすことだ。それを十メートルごとに切り、傷の有無を確認してから巻きつける。確認は伸縮性のある布を両手で引き伸ばして行うが、この布地はサポーターや業務用の耐火性のシートなどに使われる代物なので、何メートルともなると相当な重みがあり、それを腕で引き伸ばして確認するのは結構な腕力がいるし、三十分もやっていれば肩が痛み始める。老齢の人間には辛い。そこで社で最も若い直海に御鉢が回ってきていたが、今回の見落としは多すぎる。

　三香田ヴィクトリーは昨日、都市対抗二次予選で敗退した。小野寺の言う通り、心身ともに厳しい日が続いており、注意力は散漫だった。言い訳にはならない。これでどれだけの損失が出ることだろう。

憂鬱な気持ちで直海が段ボールを自分のワゴン車に積み直していると、小野寺は後部座席のスポーツバッグに目を留めて言った。

「おや、練習があるのかい。昨日の今日なのに」

「全体練習は休みですが俺は特守あるんで」

「大会の翌日もか。大変だねえ」

「クニさんが腰やっちまったんで」

「昨日運ばれたってね。大丈夫なのかい」

「朝イチでこっちに戻ってきたらしいです。手術はないそうです」

「そりゃあよかった。しばらくはのんびりしないと。でもこう言っちゃなんだけど、直海君にとったらチャンスなんだろう？　練習がんばらないとな」

それが憂鬱の種だ。都市対抗予選が終わっても、日本クラブ野球選手権がある。昨日、痛みで意識が朦朧(もうろう)としている國友に、これからしっかり頼むぞとじきじきに言われてしまっては、さすがにサボれなかった。

「キャプテンが怪我してんのに、チャンスとは思えないっす」

「そんな弱気でどうする。そりゃクニさんは功労者だが、世代交代していかないとどんな組織でもダメになるよ。現にうちの会社なんかずっと若い子に見向きもされなかったからお先まっくらで、いつ会社畳もうかって話してたぐらいでね。でも続けてみるもんだよ、直海君みたいな有名人が来てくれるんだからさ。直海君が活躍してくれればさ、うちにももっといい契約来るし、頼りにしてるよ」

直海の背中を叩き、せりだした腹を揺すって笑う社長と並んで歩き、事務所へと向かう。夕日の射す事務所では、事務員とパートがひとりずつ、せんべいを齧(かじ)って談笑していた。この時間にここに来ると、たいていいつも同じ光景が見られる。あまり早く帰宅しても家族に迷惑がられるからねぇと以前パートのおやじが言っていたのが少し切ない。

「ナオちゃんお帰りー。昨日、残念だったねえ。せんべい食べる？」

事務パートの珠恵がねぎらうようにざらめを差し出せば、その隣でバカでかい湯呑みで茶を啜っていた徳治が声を荒らげる。

「なんで負けんだよぉ。東京ドームに応援行くの、楽しみにしてたんだぞ。昔、根元製紙がドームに行った時に大応援団組んでバス何台も連ねて行ってよ、またあんなんできるのかと思ってたのに」

「勝敗は時の運でしょうが、そんなこと言うもんじゃないよ」

「おめえだって、バスなら格安で東京旅行できるって喜んでたじゃねえか」

よく見れば徳治の顔はやや赤い。ひょっとすると湯呑みの中身は茶ではないかもしれなかった。

「それよりナオちゃん、今日大量返品喰らったって？　やめてよー、宅間工業は数少ないお得意さんなんだから。宅間さんから切られたら、うち本当に潰れちゃうからねえ」

口調は冗談めかしていたが、珠恵の目は笑っていない。徳治もがくがく首を振って頷いた。

「かんべんしてくれよ、もうこのトシで雇ってくれるようなところねえんだからよ」

「申し訳ありません」

「はい二人ともそこまで。もう私から注意したから。直海君、これ今月のぶんね」

社長が封筒を手に再び近づいてきた。ここではいまだに給料は手渡しだ。

「ありがとうございます」

頭を下げて受け取った給料袋をポケットに入れ、直海はそそくさと会社を後にした。

海外をふらついていたころは日雇いをいくつかこなしたり、片桐と会ってからは彼の紹介で畑や店の手伝いに行っていたが、定期的に労働の対価を得て生活するのは初めての経験だった。

貯金ならば、そこそこある。日本を飛び出す際に、とにかく広さだけはある実家の敷地を山ごと売ったし（あまりに僻地だったため、たいした額にはならなかったが）、破格と言われたプロ野球入団時の契約金もまだいくらかは残っている。かといって、さすがに一生遊んで暮らせる額でもない。

お世辞にも金額がいいとは言えないが、ともかくも毎月入る給料。そして野球部寮があるおかげで、格安で済む衣食住。直海は、今の生活がいたく気に入っている。昔から趣味といえば将棋と釣り、あとはカメラぐらいで、全て一人でできるものだし、あとはぼちぼち生活できるだけの稼ぎがあればいい。野球の練習というおまけがついてくるのは厄介だが、それぐらいはなんとか我慢できる。

しかし、果たしてこれもいつまで続くのだろう。國友が怪我をしたのは、チームにとっても打撃だが、直海にとっても同じだ。直海は全くレギュラーの座など欲していない。

人気のない山道を進み、球場に辿りついた直海は、外に出て大きく背伸びをした。見上げた空が、鮮やかな茜色に染まっている。時計を見ると七時近くで、ふとマレーシアでの日々が懐かしくなった。マレーシアでは、一年を通してこれぐらいの時間に日が沈むが、日本では夏至に近いこの時期だけだ。昨日までは雨が続いていたのと、寸暇を惜しんで練習していたので空など眺める余裕がなかったが、雄大な山をあますところなく抱きしめる空の美しさに心奪われ、直海は車の後部座席からカメラバッグをとりだした。

一日中冷たい雨が降り続いた昨日とはうってかわって、今日は爽やかな晴天だった。死闘が繰り広げられた新潟球場では、決勝戦が行われたはずだ。結果は知らない。興味もない。

刻一刻と変わる空を夢中で撮っていると、あたたかい光に包まれた日々を思い出す。

オレンジ色の光が、空気を染めていた。

日没の絶好ポイントを求め、長く伸びる影を引きずるように、沈む太陽を追って歩いていた直海は、周囲に家屋がないのに人の声を聞いた気がして足を止めた。都市部からだいぶ離れた村から、さらに離れたこのあたりにあるものといえば、空と大地を繋ぐ、鬱蒼とした木々ばかり。しかし時々、林が途切れて無造作に野原が広がっていたりするので、そこで人が騒いでいたとしてもおかしくはない。

気になったのは、声にまじって、金属音が聞こえたからだ。小気味よい、かわいた音。昔、うんざりするほど聞いていた音に似ているが、こんなところで聞こえるはずがない。聞き違いだ、とひとり判断を下した途端、また音がした。今度は間違いなくはっきりと、聞こえた。カキーン、と。

気がつけば、音のほうに足を向けていた。彼を動かしていたのは、疑問だった。なぜここで金属バットの音がする？　都市を回っていた時だって球場らしきものを見たおぼえはない。

球音に似ていたが、たぶんちがう。ただあまりに似ていたので、その音の正体が知りたかった。

しかし近づけば近づくほど、音は記憶の中のものに近くなっていく。困惑と興味がもつれ合い、いつしか小走りになっていた。

突然、緑に覆われていた視界が開ける。そこには、予想通りの光景があった。

野原では、十数名の人間が、野球をしている。どうやらシートノックの最中らしく、鮮やかな黄色いTシャツを着た男がノックを打ち、他の選手たちは声をあげてボールを追っていた。

のぞいたらすぐに立ち去るつもりが、直海はその場で立ち尽くした。本当に野球をやっていたのも意外だったが、なにより驚いたのは、彼らがうまかったことだ。

年齢は少年から老人一歩手前の者までさまざまだったが、いずれも動きがなめらかだ。しっかり基礎が叩き込まれているのがわかる。もちろん、うまいと言っても、直海が日本で所属していたいくつかのチームに及ぶものではないが、その動き、かけ声、そして真剣な顔つきといい、彼らが単なる暇潰しでやっているのではないのは、明らかだった。なによりノックをしている黄色いTシャツがべらぼうにうまい。

まさかこんなところで、本格的な野球の練習を見るとは。直海はほとんど無意識のうちに、カメラを取りだしていた。

夢中でシャッターをきったところで、声をかけられた。カメラをおろすと、男が近づいてくるところだった。黄色いTシャツだ。

「もっと近くにおいでよ！　いっぱい撮ってくれ」

ぎょっとした。日本語だった。やたらと歯が白く、肌は褐色に近かったが、顔立ちもこの近辺の人間とは明らかに違う。

なぜこちらが日本人だとすぐにわかったのだろう。直海はその風体とサングラスのおかげで、自分から言わなければ、同じ日本人相手でも同胞と思われることはまずなかった。

「ああ、びっくりさせたかな。僕はここから車で一時間ほど行ったところに住んでるんだけど、ずいぶん背の高い日本人カメラマンが最近よく朝焼けと夕暮れを撮りにくるって聞いてね。だから君のことかと思ったんだけど違うかな」

こちらの当惑を察したのか、男は笑顔で訊ねた。たしかにここ数日はこのあたりをうろうろしているし、宿や店で会う人々とは片言で話もした。だがまさか、こんな奥地にまで日本人が住んでいるとは思わなかった。

「たぶん俺だろうが、カメラマンじゃない。ただの趣味だ」

「そうか。野球が好きかい？」

「いや、ただ単に珍しかったから」

「ああ、マレーシアはまだまだ野球が普及してないからね。でも野球やりたい人は結構いるんだよ。まずボールを調達する時点で一苦労だったりするんだけどね。日本にいたころの友人に頼んで、古い道具を寄付してもらったんだ。あと、ここのグラウンドもみんなで整備してマウンドつくって、ネットも張ってみた。なかなかいいだろ」

よく喋る男だった。やたら早口だが、明瞭で聞きやすい。久しぶりの日本語が妙に心地よく、なんとなく去りがたくなり、ああ、と相槌を打った。

「君、大きいねえ。野球やってたの？」

まぶしそうに彼を見上げる男を、サングラスごしにじっと見る。どうも、どこかで見たことがある気がする。

「いや」

「へー、投手でもやってるのかと思った。ああ僕はね、青年海外協力隊に参加して来た時に、子供たちに野球を教えたんだよね。そしたら気がつけばこんなことに。一時は代表チームのコーチもやってたよ」

こっちは何も訊いていないのに、本当によく喋る。

「代表チームなんてあったのか」

「東南アジアリーグがあるからね。でもここの代表チームは、リーグでもすぐ負けてしまうんだ。そりゃそうだ、野球ってスポーツ自体がマイナーだからね。ソフトボールはまだ多少は普及しているけど、なんせ国の中に正式な球場がひとつもない。だからレベルの底上げをするには、こうしてクラブチームを地道に指導していくしかないんだ」

その笑顔と物言いに、再び既視感を覚えた。やはり自分はこの男を知っている。どこでだったか、と考えこんでいると、クールダウンに入っている選手から「カントク！」と声がかかった。男は振り向き、現地語でなにごとかを指示をした。

「呼び方は日本語なのか」

「そう、なぜかね。一人、日本の野球が好きなやつがいるんだよ。そいつがカントクって呼び出したら、面白がってみんなそう呼ぶようになった。たぶんみんな、カントクが名前だと思ってるだろうなあ。あ、よかったら君もやってかない？」

「遠慮する。野球は知らねえんだ。だが面白そうだから、もう少し見学していてもいいか」

「もちろん！　喜んで！」

面白そうというのは、世辞ではない。

カントクは楽しくたまらないといった顔で笑っている。彼らだけではない、選手たちの皆が、いきいきとプレーしていた。黄昏に似合わぬ、弾けるような明るさに満ちていた。

日本を離れて、そろそろ四年。まさか野球を見て、シャッターを押す日が来るとは思わなかった。

昔は、野球のことを考えただけで吐き気に襲われていたぐらいなのに。

野球と聞いて彼が真っ先に思い浮かぶのは、白い光だ。野外の高いマウンドを照らす、容赦ない真夏の日射し。あるいは、ドーム球場のカクテルライト。全てを暴き立て、焼き尽くし、世界を漂白する光。

しかしこの、オレンジ色の空の下で見た光景は、記憶にあるものとはまるで別物だった。

もしこんな世界なら、自分の道も違っただろうか。

もしくは、こういう人間がカントクだったなら――

回想を断ち切ったのは、遠くから聞こえるエンジン音だった。カメラをおろすと、見慣れたCR－Vが近くで停まった。

「何やってんだ、隼人」

窓から、ひょっこりと片桐が顔を出す。

「空の写真撮ってた」

「あいかわらずだなあ。あっちじゃ空ばっか撮ってたもんな、おまえ。マレーシアが懐かしいか？」

「べつに」

「僕は懐かしいよ。みんな元気にやってっかなー」

片桐は懐かしそうに目を細めた。言葉に釣られて、直海の脳裏にも、マレーシアのチームの面々が次々に浮かんだ。

昨年、偶然彼らと出会った直海は、そのまま片桐の家に泊まることになり、それが二泊になり三泊になり、気がつけば三ヶ月近く世話になってしまった。正確には、そうせざるを得ない状況になっていたのだが、せめて食費だけでもいれようとすると拒まれるので、片桐が監督を務めているチームの手伝いをするようになった。最初はボール拾いやグラウンド整備などから始め、最後はノック出しや打撃投手もやるようになり、案外楽しいものだった。

「来年はマレーシアに戻ることになると思う」

しばらく空を眺めていた片桐は、ついでのように言った。直海はしばらく、何も言わなかった。驚きのあまり、とっさに声が出なかった。

「ふうん。チームの連中は納得しないいんじゃねーの」

十秒ほど経過した後で、そっけなく言った。驚きを声に乗せないようにするのに、苦労した。

「でも、僕の仕事は終わったからね」

口調は軽いが、決意が揺るぎないことは直海にもわかった。片桐は、決意が固い時ほど軽くふるまう癖がある。

「……まあ、逆に一年でよかったんじゃねえの。おっさん、来年もやってたらまた倒れるぜ。つうか、ここの連中、次々ぶっ倒れすぎだろ。どんだけ体力ねえんだよ」

「サボりまくってた隼人に言われたくないだろうね」

「温存してたんだよ。あー、しかし来年からどうすっかな」

「三香田に残ればいいじゃないか。ここでの生活気に入ってるんだろ。せっかく仕事もあるんだし」

今日の失敗を思い出し、直海は暗い顔になった。

「そっちもやばい。検品を任されたが、今日、大量返品を喰らった」

「ああ。その目じゃ、長時間細かい傷を見るのは辛いね」

「手術してもう一年以上経つ。目の機能が問題なわけじゃねえよ。ったく久々にマジに野球なんぞやったせいだ。慣れねえことして疲れたよ。もう野球はいいわ」

「じゃ、一度故郷に戻ってみたら」

「冗談じゃねえ」

直海は憎々しげに吐き捨てた。地雷を踏んだことに気づいたのだろう、片桐は肩をすくめた。

「悪い。そうだったね」

「どうせ十年もしないうちにあんな村消える。死に損ないのじじいとばばあしかいねえし」

「君が彼らを嫌うのはわかるが、そういう言い方はよくない」

「なんでだよ」

たしなめられたことにカッとして、直海は激しい口調で続けた。

「さんざん村八分にしといて、俺が甲子園で活躍するなりばーちゃんにすり寄ってもちあげて勝手に後援会つくって、村再興の資金とかぬかしてプロの契約金半分近く巻き上げたようなクソどもだぞ。山火事でも起きて全員焼き死ねばよかったんだよ」

「隼人」

静かに名を呼ばれ、我に返る。そういえば、約束したのだった。死ねだの殺すだの気軽に言ってはならないと。たとえ本心から言っているにしても。

「……あー……まあ、ばーちゃんの墓参りには、そのうち行くつもりではいるけど」

頭を掻き、ごまかすようにつぶやくと、「それがいいね」と片桐は頷いた。

直海は、ほっと息をついた。片桐に怒られるのは困る。怖いわけではなく、ただ困るのだ。

片桐は恩人だ。昨年、はじめてマレーシアで片桐と会った時、直海の肉体は自分で自覚しているよりもはるかにボロボロの状態だった。長年の放浪と不摂生で内臓も傷めていたらしく、片桐が強引に病院へぶち込んでくれなければ、遠くない未来に野垂れ死んでいたかもしれない。退院後も、「また放流させたら僕の胃が壊れかねない」と言って居候させ、療養の面倒を見てくれた。もともと、こんなところまで野球の指導に来るぐらいだからボランティア精神が旺盛なのだろうが、お人好しもここに極まれりだ。

いかに傲岸不遜が服を着て歩いていると言われる直海でも、ここまでされて何も感じないわけではない。

今までは誰に何を言われても気にしたことなどなかったが、片桐だけには、迷惑をかけたくはない。

失望させたくはない。そうは思うものの、直海は子供のころから周囲の人間を怒らせることしかできなかった人間なので、今でもどうしていいかわからなくなることがよくある。

「悪かったよ、おっさん」

直海は気まずげにつぶやいた。

「反省したならいいさ」

「……いや、そうじゃなくてさ。なんつーか、期待に添えなかったたっつーか」

こうして日本に帰ってきたのも、大嫌いな野球を再びやるようになったのも、片桐に誘われたからだ。そうでなければ、絶対にやろうとは思わなかった。

「せっかくここまで来たけど、俺、役に立てなくてさ。せっかく誘ってくれたのに、悪かったよ」

「悪いってなんだい？　役に立つなんて、君はそんなことを考えていたのか」

片桐は寂しそうに微笑んだ。

「僕はただ隼人に、野球は楽しいと思ってほしかった。それだけだよ」

2

白い光に照らされた鮮やかな人工芝。そして一段高く盛り上がった茶色いマウンド。

直海にとってはなじみのある場所だ。なじみはあるが、懐かしくはない。

皓々（こうこう）と輝く照明灯のもと、ユニフォームを着た選手たちが右往左往している。実況や解説の声にまじって、スタンドからの賑やかな応援がひっきりなしに聞こえる。

都市対抗本選の応援は、独特だ。駆けつけた社員や地元の応援団が、大きな山車を持ち出して、華やかな応援合戦を繰り広げる。試合そのものよりこれを目当てに球場に来る者もいるぐらい、どのチームも趣向を凝らしている。

三塁側を占めるのは、先日死闘を繰り広げたＥＦ製薬だ。チームカラーの緑が波打ち、よくわからないマスコットが踊っている。

試合は三回表、一死一、二塁。ＥＦ製薬は二点差で負けている場面だった。ランナーが二人とも帰れば同点という場面で、応援にもますます力が入っている。

それを大画面ごしに眺める國友家の座敷も、妙な熱気に包まれていた。

『さあＥＦ製薬、得点のチャンスです。ワンナウト一、二塁、打席は五番、高階』

テレビから聞こえるアナウンサーの声に、どよめきが重なる。

「来た、圭さん！」

「やっぱ、ＥＦのユニフォーム似合ってねえ〜」

「ここは三香田代表としてマジで打ってくんないと！」

「いけるいける、このピッチャー、圭さんの好物だって」

盛り上がる選手たちの声を背景に、直海は黙々と食事に専念している。

現在、國友家には、監督とマネージャー、選手一名をのぞいた面々が集まっている。今日は練習を早めに切り上げ、この上映会のために「奈美亭」に集合することになっていたからだ。

現在、時刻は夜の十時過ぎ。平日の夜、こんな時間に大人数で押しかけるのも非常識だが、居酒屋ではここまで大きなテレビがない。恐縮する選手たちを、「今日は私が来てって夫にお願いしたのよ」と奈美は笑顔で迎え入れた。

店ではなく、巨大テレビのある國友家に集まった理由こそ、唯一この場にいない選手——画面の中でバットを構えている高階圭輔だ。

一月前の二次予選決勝で、三香田ヴィクトリーはＥＦ製薬に負けた。そして今日は、都市対抗本選の、ＥＦ製薬の初戦である。

補強選手に選ばれた高階は、ＥＦ製薬のユニフォームを纏い東京ドームに立つ。三香田ヴィクトリーからは長谷川も選ばれていたが、彼は肩の痛みを訴えて辞退し、高階のみが参加となった。あの鉄人・長谷川でも、激務をこなしながらあれだけ投げ続けたのははじめてで、「生まれてはじめてこれはヤバイという痛みを感じた」らしい。生来の頑丈さゆえか、大事には至らなかったが、しばらくは練習でもノースローを義務づけられている。

高階への声援を右の耳から左へと流した直海は、デザートのバナナをほとんど丸呑みし、食器をもって立ち上がった。盛り上がっている面々を尻目に、食器を台所までもっていくと、洗い物をしていた奈美が振り返った。

「あら、ありがとう。わざわざいいのに。ゆっくり試合見ててよ」

「いえ、もう帰るんで」

「え、もう？」

「素振りしたいんで。ごちそうさまでした」

頭を下げて廊下に出ると、國友が待ち構えていた。

「帰るのか？」

「ウス」

「まだ三回だぞ」

「録画だし。俺はメシ食いに来ただけっす。うまかったっす」

「おまえなぁ」

悪びれる様子のない直海に、國友はため息をついた。一度、盛り上がる座敷のほうにちらりと目をやると、声をひそめて訊いた。

「なあ、おまえ来年どうすんだ？　片桐からは聞いてるだろ」

直海が探るように見返すと、察したのか國友は小さく笑った。

「ああ、俺には隠さなくていい。準決勝の日にもう聞いてるから」

「そっすか。俺も退団します」

「……ずいぶんあっさりだな」

「おっさんがいる間はやめないってのが、約束だったんで。やめるなら俺いる意味ないっす」

「何だかな。まあ、あれだけサボりまくってもやめようとはしなかったのは義理堅いっちゃ義理堅いのか」

國友は苦笑した。マレーシアまで片桐に会いに来た彼だけは、その約束を知っている。

「マレーシアに行くのか？　それとも国内のどこかのテストを受けるのか？」

「いや、野球はやらないです」

きっぱり応えると、國友は眉を寄せた。

「本当に、それでいいのか？　片桐とはちゃんと話したのか」

「話しました。マレーシアに戻っても俺やることねえし。どっか働けるとこ探します」

突然、座敷から歓声があがった。

『抜けたぁー！　二塁ランナー、生還！　五番高階タイムリーヒット！　一点差！』

アナウンサーの声まではっきり聞こえた。國友がそちらに気をとられた隙に、

「ごちそうさまでした。また明日」
軽く頭を下げて、直海は大股で玄関へと向かう。國友も呼び止めなかった。

一足先に戻った寮は、しんと静まりかえっている。一階の一番奥にあたる部屋に戻ると、やはり不気味なほど静かだった。団地サイズの2LDKは直海には狭い。一人暮らしならばともかく、同室者は高階だ。直海ほどではないにしても彼もかなり体は大きい。揃うと、空気まで薄く感じる。今は東京ドーム参戦中で不在なので、久しぶりに空気がうまい。

歯を磨き、バットを手に再び廊下に出ると、そのまま裏庭に回った。軽くストレッチをしてから、素振りを始める。練習はよく遅刻をするし、何かとさぼる直海だが、これだけは一日も休まない。

直海は野球を始めたころから、投手一本でやってきた。高校からはピッチングに専念させるため特別メニューとなり、バッティングの練習はあまりしなかった。そのため他の野手に比べると、素振りの数が圧倒的に足りない。とくに高階に比べれば、それこそ何十万本、いや百万は劣っているかもしれない。今から野手をやるなら人の何倍も振れ、毎日振れ、と入団前に片桐に言われた。何倍もやってられないが、いちおう毎日は続けている。

振り出してまもなく、全身が燃え上がり、汗が流れ出した。通常のバットよりも重いマスコットバットに、さらに四百グラムのバットリングをつけて重くしている。それをひたすら振り込む。

無心に振れ。言われた通り、いつもはすぐに没頭できるのに、今日はなかなか集中できない。さきほど見た光景がちらつくせいだ。

白い照明に照らされた、けばけばしい人工芝。盛り上がったマウンドは、傾斜がきつく、土が硬い。かつて下半身の弱さを指摘されていた直海は、このマウンドで投げた時、足がつりかけた。

投げるたびにずしんと突き上げてくるような鈍い痛み。痛いのは、足だけではない。肩も、肘も、腰も、どこもかしこも痛かった。ぼろぼろの体を、あのやたらと目に沁みる白い光は容赦なく照らし、もっと投げろと急き立てた。あの広いグラウンドの中、狭苦しく最も過酷で硬い場所。見世物のように立たさせる場所。

フォームが崩れる。腰に痛みを感じ、直海は素振りを中断した。

「だせぇ」

上がる息のせいで、毒づく声も弱々しい。それがよけいに癇に障った。

情けない。ちょっとテレビで見ただけではないか。それだけで、まだこんなに動揺するとは。

國友の家に行くまでは、直海も試合を見るつもりだったのに、いざ試合が始まると脂汗が止まらず、結局早々に逃げ出すはめになってしまった。

東京ドーム。社会人野球の選手にとっては最大の聖地。三香田ヴィクトリーの面々もそこに行くために練習に打ち込み、そして夢破れて、子供のように泣いた。

五年前、あのマウンドから逃げ出したころ、直海の体はどこもかしこも限界だった。

そもそもプロに入団した時点で、長年酷使し続けてきた肩と肘はほぼ限界に近かったので、当初の予定ではリハビリも兼ねて、入団後一年は二軍でじっくり力をつけることになっていた。専門のトレーナーがつき、医師と相談しつつトレーニングをしていくうちに、痛みはましになり、さすがにプロともなるとケアもちがうものだ、といたく感心した。どうやら直海はとびきり頑丈なたちらしく、回復も早かった。君は投手として才能に恵まれているが、その中で最も重要な得がたいものはこの並外れた頑丈さだよ、と医者に感心された。だからって自分の体を過信してはいけないと念を押されたにもかかわらず、六月に一軍で投げることになってしまった。ノースロー命令が解け、キャッチボールが解禁されて一ヶ月、二軍戦で何度か投げた程度だった。

　突然の昇格の理由は、一軍の投手陣が次々と故障で脱落し、チーム成績がここ数年ないほど低迷していたためだ。また、直海と同時期にライバル球団に入団した高卒の投手が、開幕一軍ですでに二勝をあげてもてはやされ、その彼が次に巨人相手に先発することとなったからだろう。彼も直海ほどではなかったが複数球団が競合した投手であり、ドラフトの目玉同士の対決は、いい見世物となる。二軍監督はまだ早いと反発したが、怪我がもういいのなら問題ないだろうと聞き入れられず、直海は一軍にあがった。

　短いイニングでいい。二イニングでも投げられればそれで充分。顔見せだと思って、気楽に投げろ。一軍の監督にも、ピッチングコーチにもそう言われた。要は、直海とあちらの二人が先発して対決するという形であればよい。

　成績の低迷のせいで鈍っていた客足も、この華々しい対決につられてか、直海登板の日は久々の満員となった。

　そして直海は、白く光り輝く東京ドームのマウンドに登った。ひどく固いマウンドだった。

　視界は真っ白だったが、頭は冴えていた。そのころの直海はまだ、マウンドにあがって動揺するようなことはなかった。大嫌いな場所だったが、人生で最も長く過ごした場所だからなのか、そこに立つと頭が切り替わり、しんと心が冷えるのだ。

　直海は全力で投げた。気軽に、力を抜いてと言われたが、それは直海にはできないことだった。彼はいつも全力で投げてきた。持ち玉はストレートとスライダーのみ。スライダーもほとんど投げない。愚直なまでの力押し。ビギナーズラックというべきか、直海の初登板は無失点で終わった。五イニング四死球が五つ、安打二という、お世辞にも好投とはいえぬ内容だったが、それ以上に三振をとりまくり、いかにも新人らしい力押しの投球は喝采を浴びた。

直海は一軍に留まり、結局オールスターの時期まで投げ続けた。肩も肘もまた痛みだし、打ち込まれるようになって二軍に落ちると、靭帯に異常が見つかりクリーニング手術となった。

シーズンはリハビリで終わったが、翌年はキャンプから地獄だった。二軍に新たに監督として就任した男は、とにかく厳しいことで有名で、すぐに直海に目をつけた。去年打ち込まれたのは投げる体力が足りないからだと、キャンプでは徹底的にしごかれ、教育リーグが始まると、何度も完投させられた。打たれても、打たれても投げさせられた。肘と肩はケアしていたが酷使に痛みだし、痛みのあまり眠れぬ日が続いた。日中もぼんやりしていることが多くなり、悪いことは重なるもので、ある試合で打球が右目に直撃し、そのまま病院に担ぎこまれる事故があった。検査と治療をしてその時はなんともなかったが、マウンド上で集中していないからぶつかるのだ、あれは避けられた球だと監督の雷が落ちた。

それから、直海の心身は加速度的に歪んでいった。

最初はなんともなかった視界が歪み、距離感がつかめなくなった。捕手のミットも見えなくなり、ノーコンに拍車がかかる。そしてある日、投げた途端に何かが焼き切れるような音を聞いたと思ったら、左の肘がだらんと落ちていた。靭帯が切れていた。再建手術を受けるほかなかった。二度目となるこの肘の手術は、復帰まで丸一年はかかる。

直海はもう限界だった。靭帯を切る前にも、マウンドを見るたびに猛烈な吐き気と戦っていたが、そのころにはもう、ボールを見るだけで駄目だった。野球全てが恐ろしくて、ある日とうとう、衝動的に寮から逃げ出した。一度目は連れ戻されたが、二度目はもっと遠くまで逃げて、歓楽街でヤケ酒を呷って急性アルコール中毒に陥り、病院に運ばれたことがすっぱぬかれ、シーズン終了時に解雇が言い渡された。

あの時、直海が感じたのは、安堵だった。ようやく自由になれるという思いしかなかった。

あれからもう五年だ。にもかかわらず、あのマウンドはまだ怖いらしい。気にするな。もう俺はあそこにあがることはないじゃないか。

何度か深呼吸を繰り返し、頭の中からテレビ画面の光景を追い出すと、直海は再びバットを握った。

3

翌日の夜、高階は早々に三香田に帰ってきた。

ＥＦ製薬は、初戦で敗退した。常連の企業チーム相手に善戦し、高階もタイムリー含め二安打を放ったが、結局は及ばなかった。

夜の練習を済ませ、恒例の素振りも終えて自室に戻ると、リビングで高階がビール片手にスポーツ新聞を読んでいた。直海が入ってくると、顔だけあげて「素振り？」と言った。ただいまもおかりえもない。

「帰ってくんのはえーよ」

「帰ってきたの十時過ぎだぞ」

と、高階は卓上の時計を見た。現在は十一時をまわっている。

「そういう意味じゃねえ」

「わかってるよ。負けたんだからしょうがないだろ。あっちで結構知り合いに会ったけどさ、うちのチームけっこう有名だったぞ。準決勝で投手いない時に直海が投げてりゃドームに来れたんじゃねえのってさんざん言われた」

直海は冷蔵庫を開け、ラベルに大きく「なおみ」とマジックで書かれたスポーツ飲料を取り出した。マグカップに注ぎ、一気飲みをする。からからに渇いた喉に心地よい。しかし汗まみれの体を潤すには足りず、もう一度注ぐ。

「実は俺も、鹿島が打たれた時にもしかしたら監督がおまえをマウンドに送るんじゃないかって思ったんだが、何もなかったなあ」

「俺は野手だ」

何度この言葉を口にしただろう。高階相手にだけではない。他のチームメイトにも、球団関係者にも、鬱陶しいマスコミにも、観客にも。

これ以上よけいなことを言われないうちにと、直海は足早に浴室へと向かった。シャワーを浴びて歯を磨き、再びリビングに戻ってくると、まだ高階はいた。頬杖(ほおづえ)をつき、ぼんやりと宙を見ている。さっさと寝ればいいのにと思いながら、自室に戻ろうとすると、通り過ぎざま声をかけられた。

「最近は吐かないのか？」

直海は勢いよく振り向いた。

高階は頬杖をついたまま、じっとこちらを見ている。てっきりにやにや笑っているのかと思いきや、その目は静かだった。

直海は舌打ちし、今度こそ自室に入った。怒りをこめて、荒々しく扉を閉める。乱暴にバスタオルで頭を拭き、昨日から敷きっぱなしの布団にごろりと横になった。他の部屋はベッドらしいが、直海の体に合わせたベッドとなると、間口が狭いこの社宅の扉を通すのは難しい。同じ理由で、高階も布団だ。

ゆっくりと目を開き、天井を見上げる。黄ばんだ天井の真ん中で白い光を放つ電灯がいまいましいほどまぶしい。この白い光は、マウンドを照らすカクテルライトを連想させる。

直海は勢いよく起き上がり、電気を消すと、再び横になって目を閉じた。それなのに、視界は奇妙に白茶けたままで、鬱陶しい光があちこちで瞬いている。

「うぜえ」

高階圭輔という男は、初対面から気に食わなかった。なんでよりにもよってこいつが同室なんだと安東に食ってかかったが、「あんたと同室でも、調子崩さずにいられるのって高階さんぐらいしかいないんだけど」と冷ややかに返された。

だが、よりにもよって彼にみっともないところを見られるとは。思い出すと、今すぐ居間に飛び出して高階をぶちのめしたくなるので、何度も深呼吸をした。

「……俺だって、投げられりゃ投げてえってんだよボケが」

『野球の試合開始の合図は、ボールで遊ぼう（プレイボール）、だろう。そこからやってみようじゃないか』

片桐はかつて、そう言って直海を野球に誘った。

もちろん最初は断った。野球なんか冗談じゃねえ、と吐き捨てた。しかし片桐は諦めない。オレンジ色の光を浴びた笑顔で、君も楽しもうとしつこく誘う。

結局、直海は折れざるを得なかった。

マレーシアのチームでぼちぼち野球を始め、まあこの程度なら悪くないかと思っていた矢先、今度は日本行きの話が来た。

さすがにこれは当惑したが、日本で片桐がどういうチームをつくるのか、少なからず興味はあった。

そこで自分が投げて勝利に貢献し、片桐が喜ぶなら、居候の恩返しになるかもしれない。それに、飽きたらさっさとやめて、また国外に行けばいい。

　そう思っていたら、約束させられた。片桐が監督をしているかぎり、直海はチームをやめない、と。

　完全に見透かされていて腹が立ったが、どうせ行き先はクラブチーム。高校やプロのような、本気の世界ではない。その程度なら適当にこなせるだろうし、しばらくは道楽につきあってやろうと受け入れた。

　目論みが狂いだしたのは、入団テストを間近に控えた日だった。それまで順調に調整していた直海は、突然片桐に呼ばれ、思いがけない宣告を受けた。

「隼人を投手として採る気はない。野手としてテストを受けてくれ。最初は外野で」

　耳を疑った。

　野手など、今までろくにやったことがない。高校時代も、投手に専念させるために、打撃練習を免除されていたぐらいなのだ。

「なら、今から練習しなさい。そもそも、今のままでは、来年になっても君に投手は無理だ」

　直海は衝撃を受けた。では今までのリハビリはなんだったのか。直海を感激させるほどの片桐の献身的な協力は。いや、つまりリハビリにつきあったからこそ、無理だと判断したのか。

　投手などやりたくてやってきたわけではないが、投手としての自分を否定されたのははじめてだった。他の部分でどれだけ詰られようと、投手としての才能は誰もが認め、欲した。

　唯一の部分を否定されて直海は動揺した。テスト当日を迎えても、なかなか球場に足が向かなかったのは、突然のコンバートは片桐なりの縁切り宣言なのではないかと思ったからだった。あの時、安束が転げ落ちて来なければ、あのまま逃げ出していたかもしれない。

入団してからも、片桐はやはり、直海を野手として扱った。周囲がどれほど圧力をかけようと、頑として首を縦に振らなかったため、直海は他の野手たちにまじって、つまらない基礎練を黙々と繰り返すはめになった。とくに、弱点である下半身を強化するために厳しいトレーニングを課され、ストレスがたまるどころではなかった。

そして九月、高階が現れた時に抑えてきたものが爆発してしまった。かつての大学野球のスター選手の一人で、片桐が熱望し、安東が出向いて勧誘してきた大物だという話を聞き、最初から面白くなかったのだ。やって来た高階はあきらかに気乗りしない顔だったが、能力の高さは一目瞭然だった。最初のほうこそ力みが見られたが、練習が進み、片桐が指導していくにつれ、目に見えてスイングが変わり、高階の顔つきまで変わっていった。短時間でのはっきりとした変化に、直海は驚き、同時に胸にもやもやしたものが広がるのを感じた。

――なんだあいつ、あんな楽しそうなツラしやがって。

ここに来た時は、死にそうな顔してたくせに。なんで俺がこんなところに来なくちゃならないんだと全身で訴えていたくせに、今さら何だ。

とどめは、練習の終わりに慌てて駆けつけてきた安東だった。彼女は、高階を見て本当に嬉しそうな顔をした。あのテストの時の態度とはえらい違いだった。

高階と安東の会話が聞こえた時、苛立ちははっきりと怒りに変わった。高階は、入団する気はないようだった。あれだけ楽しそうな顔をしていたくせにどういうつもりか。これだけ望まれて、なにが不満なのか。

頭が真っ白になって、気がついた時には、「打席に立て」と言っていた。いつもならば、直海が投げることを認めない片桐もなぜかこの時ばかりは何も言わず、素直に審判役を引き受けた。ならばこいつにも見せつけてやろうと思った。俺はもう、投げられる。入団が決まって、もう二ヶ月以上経つ。体は、ここ十年のなかで一番調子がいいぐらいだ。シャドウピッチングだってひそかに続けている。今なら、ほとんど普通りの球が行くという確信があった。

その確信は、現実に変わった。大学野球のスターだったという男が、ミットに吸い込まれたボールを茫然と見つめて立ち尽くすのは、なかなか胸がすく光景だった。

結局、高階はその場で入団を決めた。これで片桐も、自分を投手に戻すだろう。久しぶりに満足という感情を味わったが、異変はその後まもなく起きた。肘が少し重いな、と思ったのがきっかけだった。ささやかな違和感はあっというまに明確な痛みに変わり、果てには肩まで激痛を訴えはじめた。視界もおかしい。マレーシアで手術を受けたおかげで、まだ目薬や日中のサングラスが手放せない状態ではあるものの視力はだいぶ戻っていたはずなのに、唐突に見えなくなった。

これらの症状には全ておぼえがあった。四年の月日を経て、突然ぶりかえした異変に直海は動揺し、病院へと向かった。しかし、検査の結果、多少炎症を起こしてはいたものの、以前のような異常は見当たらなかった。

つまりこの凄まじい痛みは、幻覚なのだ。昔、あの白いマウンドで味わった苦しみを、体が勝手に再現している。

衝撃だった。肉体の怪我はひとまず病院に行けばどうにかなる。完治はせずとも、ある程度のめどは立つ。だが、こんなわけのわからない状態はいったいどうすればいいのだろう?

一度甦ったトラウマは、どうにかせねばと焦れば焦るほど悪化していく。投げられないのはもちろん、野手として試合に出た時ですらカメラのフラッシュを浴びた途端、体が動かなくなった。その夜はきまって昔の悪夢を見て、痛みと吐き気にのたうちまわるはめになる。

ある晩、トイレに駆け込んで胃の中のものを全て吐き出すと、顔の横からぬっと冷たいペットボトルが現れた。ふりむくと、神妙な顔で高階が立っている。追い払いたかったが、そんな気力もないほど消耗していた直海は「誰にも言うな」とだけ言った。高階は黙って頷くと、すぐ部屋に戻っていった。よけいなことをいっさい訊いてこないのは、助かった。普段は腹立たしい察しのよさが、この時ばかりはありがたかった。

誰にも言うなという約束は、今のところ守られているらしい。嘔吐（おうと）については、おそらく片桐も知らない。

今ではやり過ごすすべも覚えたが、あくまで野手としては問題がなくなっただけで、こんな状態でマウンドに登ったらどうなるかは目に見えていた。今度こそ、その場で倒れるかもしれない。

『野球は楽しいと思ってほしかった。それだけだよ』

そんなもの知るか。野球など大嫌いだ。野球のせいでどれだけ人生を無駄に浪費したと思っている。だが野球しかできないこともわかっている。結局ここに戻るしかないことも。だが、白いマウンドに立つことだけはできない。今はむしろ、野手しかやらせないという片桐の言葉が救いになっている。

オレンジ色の光が懐かしい。あそこでは皆、楽しそうに見えた。ついついカメラを向けてしまうほどに。

閉じた瞼（まぶた）を腕で覆い、直海はため息をついた。

何がしたいのか。どこへ行けばいいのか。わからない。今もまだ、わからない。

4

七月下旬、全日本クラブ野球選手権二次予選が始まった。

富山の会場で行われた大会には、北信越の県予選を勝ち抜いてきた八つのチームが集合し、トーナメント方式で全国大会に出場する二チームが選出される。

大会は二日。トーナメントは一日四チームずつ振り分けられており、それぞれのトーナメントの勝者が代表となるため、どのチームも一日二試合をこなし、その日のうちに全てが終わる。

三香田ヴィクトリーは二日目の第二試合に初戦を迎えた。結果は、8―1でコールド勝ち。先発の檜垣は絶好調で、八回まで一人で投げ抜き、投手陣を温存できたのは大きかった。都市対抗予選の病欠以来、鬱屈していた彼は、久しぶりに笑顔で選手たちとハイタッチを交わした。

休憩を挟んで始まった第二戦の相手・卯木ホワイトタイガーは、マウンテンベアーズ時代から相性は悪くない。しかし、初戦のコールドで気が緩んだのか、三香田側は予想外に苦戦することとなった。

のらりくらりとかわす相手投手の術中にはまって打ち取られ、三香田の投手陣の出来も今いちだった。先発の真木はよく抑えていたが、怪我の影響で第一試合は温存されていた長谷川が五回から登板した途端に連打を喰らい、先取点を取られてしまった。

全く点が取れぬまま迎えた八回表、先頭打者である直海は、前打席から狙っていた甘く入ったスライダーを見事に捕らえ、今大会初ヒットで出塁した。久々に出たヒットにベンチは大盛り上がりで、直海も顔には出さねど、やっと打てたことに安堵した。

が、その次がいけなかった。ベンチからの指示は、初球バスターエンドランだったが、打者・三宅が派手に空振り、一、二塁間に挟まれた直海はあっというまにタッチアウトとなってしまった。

重い足を引きずりベンチに戻ると、ナイスバッティング、と声をかけられる。

（ナイスなわけあるか、ちくしょう）

直海は、打席でまだ奮闘している三宅を睨みつけた。彼が空振ったのは低めのスローカーブ。空振るとかアホか、と怒鳴りつけたかったが、ランナーが水城や倉内ならば、あのまま盗塁できただろう。単純な走力でいえば、直海は速いほうだ。しかし、走塁技術が追いついていない。結局、漫然と飛び出し、戻ることも盗むこともできず、自分でつくったチャンスを潰してしまった。

（めんどくせぇな、頭痛ぇ）

國友が故障でベンチに退いてから、直海もスタメンで出る機会が多くなった。打順はだいたい七番か八番。フルで出場することがこれほど消耗するとは思わなかった。プレー云々よりも、集中力を維持するのが厳しい。一日で二試合続けてのフル出場となると頭がパンクしそうだった。

おそらくそれは、直海だけではない。

現在、四番には高階が座っている。都市対抗予選までは絶好調だった高階は、ここにきて調子を落としていた。補強選手として出場した都市対抗本選では打撃の冴えを見せつけていたというのに、今日はタイミングが合っていない。これまでの三打席、全て凡打に終わっている。絶好球を見極めて手を出してはいるのだが、焦って肩が開いてことごとく遅くなっているのが、ベンチから見ている直海でもわかる。

昨日今日のことではない。全日本クラブ野球選手権一次予選、そして合間の練習試合でもその傾向はあった。本来の彼ならば全く問題にしないような投手相手にまで打ち損じている。

試合が進み九回裏、ワンナウト二塁の場面で、再び高階に打順が回る。どうにかタイムリー、できればホームランで一気に追いつきたいところだった。

大声援を受けて、高階は打席に入った。顔は未だかつてないほど緊張し、青ざめていた。その重い空気を見た時、ああこれはダメだな、と直海は思った。数え切れないほどマウンドから打者を見下ろしてきた彼は、高階の強張りがいいものではないことがすぐにわかった。

高階は、粘りに粘った。くさい球は全てカットし、フルカウントに追い込まれてからもさらに六球ファウルにした。彼の粘りにベンチやスタンドからは激励の声があがったが、おそらくあれはカットではなく、単に前に飛ばないだけだろう。いつもの高階ならば飛ばせる球が、タイミングがずれているために、ファウルにするので精一杯なのだ。

案の定、粘りは実らず、高階は三振に終わった。ミットがドスンと音をたてるのと、ベンチから落胆の声があがるのが、ほぼ同時。

三香田ヴィクトリー一年目のシーズンが、実質終わった音だった。

――と誰もが思ったが、高階を抑えたところで相手バッテリーの気力も力尽きたのか、同じくこの試合では打てていなかった五番の伊野が甘く入った球を弾き返し、土壇場で同点にした。ここから一気に連打攻勢に入り、最終的には4―2で勝利。なんとか九月上旬から行われる全国大会の切符を手に入れた。

試合後、マイクを向けてこようとする記者を無視してロッカールームに引き揚げると、大きなアイスボックスが二つ、テーブルの上に鎮座していた。

「北山さんから差し入れだそうですよ。ひとつずつどうぞ」

アイスボックスの片方にはペットボトルが、もうひとつにはシューアイスがところ狭しと入っている。北山と聞いてあの鬱陶しい眼鏡ヅラが浮かんだが、食べ物に罪はない。迷わずいちご味のシューアイスをとった。

さっさと着替えを済ませ、シューアイスを咥えて外に出る。二試合ぶっ続けてこなしたオーバーヒートの体に、この冷たさと甘みはなによりありがたい。

裏口から球場を出た直海は、足を止めた。出入口からやや離れた場所に聳える大木の前で、高階が誰かと話し込んでいる。試合直後には、グラウンドで記者たちを相手に険しい顔で何かを話していたが、今いる相手は記者ではない。正面に立つのは、アロハシャツを着た男だった。麦わら帽子を首から背中にぶら下げ、寂しくなった頭髪が風に揺れている。高階はこちらに背を向けているので表情は見えなかったが、男のほうは親しげな笑顔だった。

見覚えがある。たしか、どこぞの球団のスカウトだ。彼らがこちらに気づかぬうちに、直海は足早にその場を離れた。

ふと、頬に冷たい感触をおぼえ、空を見上げる。球場に着いた時には暴力的なまでの太陽が輝く青空だったのに、いつしか灰色の雲に覆われていた。どうりでやたらと暗いと思った。

直海はサングラスを外した。彼の右目は極端に光に弱く、ナイターの際に使用するカクテルライトも沁みるぐらいだが、これだけ暗ければ、問題ない。白い光のない、灰色に沈んだ世界なら、この目はなんの問題もなく見回すことができる。体も心もごく自然に息をする。

垂れ込めた空からこぼれた小さな粒は、あっというまに雨の矢となって地上に突き刺さり始めた。遠く雷鳴が聞こえる。

――ああ、嵐が来るな。

「すみません。ちょっと集まってもらっていいですか」

嵐は、安東心花の姿をとって到来した。

決勝から数日が経過し、その日は後援会と会議だとかで監督やマネージャーもおらず、國友も病院で不在、今いちぴりっとしないまま練習が終わろうとしていた時のことだった。

監督は結局姿を見せなかったが、安東は青ざめた顔で球場へとやって来た。大きな眼鏡の奥の目は充血しており、はれぼったい。

後援会がらみとなるとマネージャーが不機嫌になるのはお約束のようなものだったが、気の強い彼女が明らかに泣いたとわかるのははじめてで、選手たちは厭な予感に顔を見合わせつつ、ベンチ前に集合した。

安東は一同をぐるりと見回し、口を開いた。

「単刀直入に言います。片桐監督と國友キャプテンは、今季かぎりと決定しました」

しばらく、反応する者はいなかった。驚きのあまり、声が出ないというほうが正しい。が、水城が
「はあぁ!?」と叫んだのをきっかけに、次々と疑問が噴出した。

「どういうことだよ？　意味わかんねえよ、なんでいきなり!?」

「マレーシアのほうと揉めたとか？」

「なんで今の時期？　俺らクラブチームなんだから、むしろこれからが本番なんですけど！」

顔色を変えて一斉に騒ぎ立てるので、直海は舌打ちした。彼らは普段から、やたら声を張り上げる傾向がある。野球をやる連中はたいていそうだ。鬱陶しくて仕方がない。

「おい、落ち着け」

ようやく制止の声があがる。予選からキャプテン代理を務めている高階だった。

「マネージャー、監督とキャプテン同時の理由は？　聞いてきたか？」

安東は胸の前でぎゅっと拳を握り、頷いた。

「監督からの申し入れだそうです。都市対抗に出場できなかったため責任をとる、と」

一同は、しんと静まりかえった。

「逆に無責任だろ。クラブの全国大会が残ってるんだぞ」

ぽつりと、三宅が言った。高階も眉間に皺を寄せて、首を傾げる。

「それで部長は了承したのか？　信じられないんだが」

「了承しました。もともと、片桐さん監督就任は反対が多くて、説得する際につけた条件が――」

安東は一度言葉を切った。顔が、泣きそうに歪む。

「都市対抗に出場できなければ、その場で契約を打ち切る、だそうです。國友キャプテンも一緒に」

なるほど、そういうことか。直海はいちはやく理解した。

開幕時、ダグアウト裏の通路で口論していた安東と北山の姿が脳裏に浮かんだ。あの時北山は、はっきり言っていた。黒獅子旗などとれるわけがないし、本選に出るとなると費用がかかるから、ぎりぎりのところで切り上げてもらうのが理想的。さらにこう言った。

「……少なくとも、今年はね」

直海のつぶやきに、近くにいた伊野が怪訝そうな顔をする。

「何だ？」

「なんでもねえよ」

直海はちらりと安東を見た。彼女だけには伝わっただろう。その蒼白の顔を見て、同じことを考えていると確信した。

最初から北山は、こうなることを見通していたのだろう。この一年は、片桐と直海で客を集めるだけ集めてコストを抑え、来年いよいよ自分の計画を通す時に備えるつもりだったのだ。

「もともとは、片桐さんとは別のかたが監督に就任する予定だったんだそうです。それをクニさんが片桐さんを連れてきたものだから、そういう条件がついたのだと思われます」

安東は言葉を選び、一同に説明した。北山の言葉そのままを突きつけるのは、さすがにためらうようだった。

そのへんが甘いと思う。言ってやればいいのに。おまえらみたいに残りカスが全国に行けるなど誰も思わないのだ、と。

「無茶苦茶だ。初年度から本選に行けなんて、もうハナっから解雇が決まってるようなもんじゃないか」

「北山ふざけんなよ。クニさんもなんでそんな条件出すんだか……」

「こんなところで監督とキャプテンにやめられたらどうすんだよ」

「そもそも、監督が代わるとなると、選手の入れ替えもかなりあるんじゃないのか」

再び蜂の巣をつついたように騒ぎが始まり、直海は辟易した。とっとと帰ろうとダグアウトに向けて足を踏み出した途端、「みんな聞いて！」と悲鳴のような安東の声が響いた。

その場の全注目を集めた彼女は、勢いよく頭を下げた。

「お願いします。監督を引き留めてください」

頭を下げているので表情は見えない。しかし声には切実な響きがあった。

「みなさんを集めてきたのは監督です。このままなんて、駄目です。このチームで黒獅子旗、とらないと。私たち、何も恩返しできてないじゃないですか」

「もちろんそうしたいが、今から何ができる？　署名を集めるぐらいしかできないだろ」

高階が難しい顔で言った。安東は目をあげ、口を開きかけた。が、直海に一瞬目を向けると、気まずそうに再び口を閉ざしてしまう。思わせぶりな態度に、直海はむっとした。

「そう言うからには、なんかあんだろ。とっとと言え」

口調も荒く促すと、安東は再び直海を見て、それからさっと目を逸らした。いかにも気が進まぬといった体ながら、喋りだす。

「……北山さんと野口さんに、続投させてほしいとお願いしたんです。最初は相手にされなかったんですけど、しつこく食い下がったら、それならこっちの条件をクリアできたら考える、と北山さんに言われました」

「また条件かよ。なんだ？」

「全日本クラブ野球選手権優勝が、最低条件です。優勝すれば、十月の社会人選手権大会に出られるから。都市対抗本選出場に匹敵するといえば、これしかありません」

夏の都市対抗、秋の社会人選手権。これが、社会人野球における二大大会だ。

クラブチームの場合はこの間に全日本クラブ野球選手権があるので三大となるが、トップレベルが集結する大会となるとやはりこの二大会となる。

ただし、都市対抗の場合は、企業もクラブチームも予選から平等に参加できるが、社会人野球選手権の場合は事情は異なる。春のスポニチ大会を皮切りに全国で行われる公式戦のうち、社会人野球選手権選抜該当大会に優勝したチーム、及び都市対抗ベスト4までが出場を許される。

当然、出場チームのほとんど全てが企業チームとなるが、クラブチームにも数年前から門戸が開かれた。クラブチーム全国選手権の優勝チームだけは、出場が認められたのだ。

「つまり、都市対抗の代わりに社会人選手権に出ろってことか。きっついな。クニさんもいないし長谷川さんも肩痛めてるし、無理ゲーだけど」

一塁手の玉置がおおげさに嘆く。周囲の選手たちも、困り果てた様子で再びざわつき始めた。その中で、じっと考えこんでいた尾崎は、落ち着いた様子で口を開いた。

「安東さん。北山さんは、それが最低条件って言ったんですよね」

「うん、そう」

「じゃあ、まさか社会人選手権に優勝しろってことですか？」

「さすがにそこまでは言われてない。選手権は十月下旬だから、そこまで引っ張る気はないみたい。ただ、その……」

安東の目が不自然に揺れる。その視線の先が再び自分をとらえたことに気づき、直海は厭な予感に身構えた。

「直海を投手に戻すのが条件だと言われました」

全員の視線が一気に自分に突き刺さるのを感じる。実際に肌にぴりぴりと痛みを感じ、直海はことさら乱暴に「あぁ？　なんだそりゃあ」と吐き捨てた。

「キレないでよ、私は北山さんの言葉を伝えただけなんだから。とにかくこの二つがクリアできれば、後援会側は続投を要請するって」

「優勝はともかく、なんで俺が投げることが条件に入ってんだよ」

「今は投手が実質三人しかいないでしょ。長谷川さん、まだ本調子じゃないし。このまま勝ち抜くのは厳しいから、理にはかなってるよ」

安東は縋るように直海を見た。彼女だけではない。誰もが、うかがうように直海を見ている。

「オイ、ふざけんなよ。俺はやんねえからな」

「そりゃああんたが投げたくないのは知ってるけど、監督このままでいいの？」

「知るか、負けたのはてめえらだろ。今さら俺に尻ぬぐい押しつけんじゃねえよ」

「ふざけてんのはてめえだろうが」

這うような声が聞こえたと思ったら、突然、息が苦しくなった。同じ外野手の伊野が、胸ぐらを摑みあげ、直海を睨んでいた。

「負けたのは俺ら？　なに、ひとごとみたいなこと言ってんだよ。てめえもだよ。そもそもあんだけサボりまくってたてめえに言われたくねえ。直海がまじめにやってりゃ、勝てたかもしれないだろうが」

「へえ、ずいぶん俺を買ってくれるじゃねえか。まあおまえはろくに打てなかったもんな。八つ当たりする気持ちもわかるが」

　伊野の形相が変わり、ますます首が絞まる。それまではやりたいようにさせていたが、さすがに苦しくなって腕を払いのけた。

「気安く触んな。とにかく、俺は投げない。どうせやめるから関係ねえよ」

「は？」

「一応、監督に恩はあるから、今までやめなかっただけだ。これでお互いせいせいする。そうだろ？」

　伊野や、固唾を呑んでこちらを見ている選手たちに向かって、挑発するように唇の端をつり上げる。

　真面目にやらないならとっととやめろ。邪魔なんだよ。毎日のように言われた。伊野のように直接ぶつけてくる者もいるが、直海に諫言（かんげん）する勇気のない大半の人間が陰でこそこそ言っていることぐらい知っている。

「しょぼいクラブチームなら楽ができるかと思ったが、結局暑苦しい青春ノリで、もううんざりなんだよ。自分たちの力が足りなくてピンチになったら、今まで面倒くさくて放置してた人間にいきなり協力しろ、か。たいしたチームワークだよ」

「……直海」

　安東の声は掠れていた。ひどくうちのめされたような顔を見ていられなくて、直海はさっさとダグアウトへと向かった。

「じゃあな、せいぜい頑張れや」

捨て台詞を吐いて今度こそ立ち去ろうとした時、背中に冷ややかな声を聞いた。

「見た目によらず、すげぇビビリなのな、お前」

足を止め、振り向いた。

それまで黙ってやりとりを聞いていた高階が、表情を消した顔でこちらを見ている。

「なんだかんだ言って、結局はびびってマウンドに立てないだけだろ？　打席に立ってカメラのフラッシュ焚かれただけで、パニック起こしてるぐらいだもんな」

直海はこの時ほど、サングラスをかけていてよかったと思ったことはない。顔の下半分は動かさなかった自信はあるが、目は嘘をつけない。

「おまえのプライドを尊重して今まで何も言わなかったけどな、チームメイトじゃなくなるなら気を遣う必要もないだろ。どう見ても、重度のイップスだ。練習ではいけるのに、試合でフラッシュ喰らうと動きがおかしくなるなんざわかりやすい。まあフラッシュは耐性がついたようだが、マウンドはまだ怖いんだろ？　いつまで尻尾まいて逃げてんだ？」

「……逃げてるだと？」

凄んだ直海にずかずかと近寄ると、高階は乱暴に腕を摑んだ。

「ああ、そうだ。いいか、ここにいるのは、俺含め後がない連中ばっかだよ。他じゃクズ扱いだ。行くところがなくて、それでも諦められないから来てる。それはわかってるよな？」

直海は答えない。ただ乱暴に、高階の手を振り払った。

気がつけば、あたりはしんと静まり返っていた。その中で、怒りを押し殺した高階の声だけが響く。

「俺たちは、ただ野球がやりたいわけじゃない。野球やってりゃ幸せってほどお気楽なわけでもない。自分はまだこれで食っていける、てっぺん目指せると思いこんでるバカだから、ここまで来てんだよ」

高階は、手にしていたバットでまっすぐグラウンドを指し示す。

「俺たちみんな、みっともないいんだよ。この下はない。だから怖くない。でもおまえは怖がってる。なんでか？　元プロなのに、マジでやってももう俺たちにすらかなわないってわかってるからだろ」

「はぁ？　てめえ、去年俺に手も足も出なかったじゃねえか」

「あの一回はな。今なら余裕で打てる自信はある」高階は挑発するように笑う。

「かと言って、今から野手としてやったところで俺にはかなわないことも知ってる。そりゃ耐えられないよな、まがりなりにも百年に一度の逸材と言われた天才様だ。でもそんなんとっくに期限ぎれってのは、誰よりもおまえが一番知ってるもんなあ」

「んだと、コラ」

今度は逆に、直海が高階の胸ぐらを摑みあげる。高階は痛みに顔をしかめたが、それでも口を閉じようとはしなかった。

「やる気がないならやめりゃあいいのに、監督との約束だとか理由をつけて、チームから去ることもしなかった。それはおまえが義理堅いからじゃない。結局おまえも、いつかはトラウマもなくなる、そうすりゃ俺たちを見返せるとどこかで思ってたからだ」

直海は唇を嚙みしめ、拳に力をこめた。

「うるせえ、黙れ」

「野球がやりたくないなら、むしろさっさと身を引いてそれこそ後援会に回って宣伝に協力するとか、もっと効率的な恩返しの方法いくらでもあるだろ。だがおまえはそうしなかった。ここにいれば、衣食住が保障されてる。おまえみたいな無気力なクズには魅力的な生活だろうよ。だが監督の庇護から離れたら、また一から住む場所も家も探さなきゃならない。それは面倒だろ？　ここにいて、いつかは覚醒すると監督が期待しているうちは、だらだら練習のふりしてりゃあ生活は保障される。そんなところだろ」

「うるせえっつってんだろ！」

直海はとうとう、左手を振り上げた。拳はあやまたず、高階の頰に吸い込まれる。高階の体がふっとび、安東が悲鳴をあげた。

高階は派手に尻餅をついたが、すぐに頰を拭い、鋭い目で直海を睨みつけた。

「要はおまえが一番、監督をバカにしてんだよ。チームだけじゃない、今すぐ寮からも出ていけ。そして監督に二度と接触するな」

「——ああ、そうするよ」

吐き捨てて、直海は踵を返した。

もう止める者はない。無数の敵意が背中に突き刺さる。その中で、直海を気遣う安東の声を聞いた。

「待ってよ、直海。自棄になっちゃダメだよ、話聞いて！」

振り切るように、今度こそグラウンドを後にした。もう二度とここに戻ってくることはない。高階の言う通りだ。本当はもっと早くそうすべきだったのだ。

「悪いな、おっさん。お先に失礼させてもらう」

ロッカールームに向かう道すがら、直海はつぶやいた。

野球を楽しむことなど、自分にはやはり無理なのだ。

5

生地を伸ばし、目を凝らす。

十メートルある生地を端から手繰り、引き伸ばしては瑕がないか確認をする。一時間以上もやっていると、手は痺れ、左肩がじくじくと痛みだす。目の奥にも鈍い痛みが走り、瞬きをする回数が増えた。

ようやく最後の生地を終えて目をあげれば、七時半だった。大きく息をついて瞼を揉み、すっかり固くなった首と肩をまわす。印をつけた生地を再び巻き取って縛ると、ひょいと小野寺が顔をのぞかせた。社長は一時間ほど前に隣の自宅に戻ったはずだが、まだ直海が鍵をもってこないので、様子を見にきたらしい。

「まだやってたのかい」

「今終わったところです」

「終わらなかったら明日でいいって言ったのに。午後に出せばいいんだから」

しかし午前には午前の仕事があるし、明日も引き続きやっていたら先輩組に呆れられるだろうし、見かねて手伝ってくれようとするだろう。自分の要領が悪いせいでそんな迷惑はかけられない。目のよくない直海が、失敗の少ない仕事をしようと思うと、どうしても時間がかかる。だから今日は最初から残業を申し出ていた。もちろん残業代は出ないという条件で。

小野寺は巻き取った布地の端を摑み、引っ張ってざっと確認すると、満足そうに頷いた。

「今回は大丈夫そうかな。でも野球部員は残業禁止が決まりだから、次はいけないよ。練習時間が減ってしまうじゃないか」

「……それは」

どうせもうやめるからもう必要ない、と言いかけて口を噤んだ。しかし、聡い小野寺にはそれで充分だったらしい。

「君、いま寮に帰ってないって？」

「……はあ、まあ」

「あのワゴン車で寝泊りしてるのかい。内部事情はよくわからんが、終わりが決まってるからって、投げ出すのはよくないな。まだ全国大会があるじゃないか。最後まで頑張らないと」

直海の眉が寄った。いつもなら、ありがちな励ましの言葉として、受け流せる。しかし、自分が思っていたよりも苛立ちが蓄積されていたのか、やたらと癇に障った。

「最後まで頑張れ、っすか」普段より低い声が、勝手に口から零れ落ちた。「で、頑張って何があるんすかね。俺はいつもそう言われて、意味のない連投させられまくって、肘ぶっ壊したんすよ。まだやれって言うんすか」

ただの八つ当たりだ。わかっているのに、一度溢れたものは止まらない。

またか。またあいつらは、俺をマウンドに追い立てるのか。それ以外はなにも俺に価値などないというように。

「監督に言われたのかい？」

掠れた声に、ようやく直海は我に返った。小野寺が、複雑そうな顔でこちらを見ている。

「違います。すみません、関係ない話を」

「いや、悪かったね、事情も知らずに安易なことを言ってしまって。ちょっと、茶でも飲まないか。お茶受けがざらめしかないけども」

小野寺の表情は穏やかだったが、どういうわけか有無を言わせぬ迫力がある。気の乗らぬまま事務所について行くと、小野寺はほうじ茶を淹れてくれた。普段はペットボトルの冷たいお茶しか飲まないので、あたたかく香ばしいお茶に、強張っていた体が緩むような気がした。ざらめは好きではないが、前の席に座った社長がばりばりと食べ出したので、直海も礼儀として手を伸ばした。

片桐と出会った時まで、直海は躾らしい躾をろくに受けてこなかった。直海が五歳の時に出て行った母親も、その後ひとりで彼を育てた祖母も、近所の老人たちも皆、口を揃えて直海はまともではないと言った。普通の子供ができることができない、言うことは全くきかない、力は人一倍でへたに抑えつけようとすると周りが怪我をするはめになる。小学校にあがっても同様で、友達はひとりもできず、教師からも疎まれた。

それが、隣町の少年野球チームに入ってから全てが変わった。直海の圧倒的な才能が明らかになるにつれ何をしても怒られぬようになり、そのまま中高と進み、プロになり、適当に放浪し、片桐にぶん殴られた。

日本に帰ってきたのは、恩返しの意味合いもあるが、「定職について収入を得る生活をするというのは、君にとってものすごく必要なことだと思う」と片桐に真剣な顔で諭されたのも大きかった。

今、直海はそれを実践している。うまくできているとは思えないが、とにかく、続けてはいる。

もし自分がもう少し「まとも」だったら、最初からこういう生き方ができていたのだろうか。野球でめちゃくちゃにならずに済んだのだろうか。いや、野球がなかったら、片桐と出会うこともなく、早々にドロップアウトしていた可能性が高い。そう考えると、どこが分岐点で、何が正解なのかわからない。

「私はあんまり野球のことは詳しくないんだよね」

お茶を口に運び、小野寺は静かに切り出した。

「だが直海君がものすごい投手だったことは知ってる。昔怪我をしたと聞いたが、投げられることは投げられるのかい」

「そうみたいです」

「みたいですって、ひとごとか」

「自分でもよくわからないんです。検査では異常ないんで。けど、めっちゃ痛くなるんす」

「それは皆、知っているのかね？」

「……いいえ」

「ならば早く伝えるべきだ。知っていれば、彼らだってそんな無茶は言わないだろう」

直海は首を振った。

「そうは思いません。高校の時は、知っていても言われたし」

こみあげてくる苦い思いに蓋をするように、派手な音をたててざらめを噛み砕き、飲み込む。喉にひっかかり、お茶をがぶ飲みした。苦かった。

「うちの高校、県内ではそこそこ強くて……部員も結構いて、俺が三年の時も、ベンチに投手は五人いたんすけど。結局ずっと俺ひとりで投げてました。予選の後半から甲子園の準々決勝までずっと」

「ああ、甲子園ってそういうイメージあるねえ。毎年、すごいエースが連投で肩壊すとかそういう」

「投げ続けるのがエースの務めだと言われました。チームのために頑張って投げろって。だからずっと投げました。予選の時から肩ヤバかったけど、誰にも言わなくて。けどさすがに甲子園で本気でヤバくなって……」

今でも覚えている。

力がうまく入らず、コントロールが乱れ、選手たちがマウンドのまわりに集まった。ベンチからも伝令がやって来た。だが、痛みのあまり青ざめ、脂汗にまみれている直海に対し、誰ひとり、もういいんだとは言わなかった。口先だけでねぎらい、励ますばかりだった。彼らはもう、直海に頼ることに慣れきっており、それで直海が壊れようが知ったことではない。痛みに喘ぐ自分に突き刺さる視線に、直海はそれをはっきりと感じた。

もし自分が、普段から模範的なエースであったなら、こうはならなかっただろう。おまえのおかげでここまで来られた、ありがとう、とねぎらう声もあったかもしれない。しかし直海はよく練習をサボっていたし、友人と呼べる存在もいなかった。

いつものように、もう無理だと言ってさっさとマウンドから降りればよかった。しかしできなかった。「仲間」の突き刺すような視線が、足をマウンドに縫い止めて放さない。

——おまえはエースだ。だから降りることは許されない。そのために、今まで勝手なふるまいを許されてきたんだろう。

彼らを前にして、直海は交代したいとどうしても言えず、結局はマウンドに一人残された。そこからマウンドは、真夏の白い光が突き刺さる処刑場になった。

そして直海はつるべ打ちを喰らい、一イニングに八点を失うに至って、ようやく交代を告げられた。

試合後、監督は直海の酷使について批判を受けた。その際に彼はこう答えた。

「直海は投げることを望みました。むろん彼の将来を考え、悩みましたが——」

後半はよく覚えていない。頭が真っ白になって、聞こえなかった。

その後、日本代表として招集されたチームの監督も、似たようなものだった。他にも投手はいたが、直海は連投させられた。優勝はしたが、その後に待っていたのは、痛みとの長い戦いだった。プロに入っても変わらない。痛かろうがなんだろうが、結局は光り輝くマウンドに送り込まれた。

「あの時、俺、よくわかったんす。エースって、消耗品って意味なんだって。その中でも俺は、本当に使い捨てにされるだけのものなんだなと」

直海は、小野寺相手に訥々と語った。なぜ社長にこんなことを話しているのか、自分でもわからなかった。今まで、誰にも話したことはない。片桐にも、ここまで明かしてはいない。

小野寺に話せるのは、彼が野球とは関係がなく、全く自分に期待もしていない相手だからだろう。それにもう自分はチームをやめた。この会社もやめて、近々三香田から去ることになる。もう二度と会うこともない。そう思えば、戸惑いも消えた。

「才能というのは、ない人間からすると羨ましく思ってしまうが、過ぎるのもまた辛いものだな。否応なく、人生が決まってしまうんだから」

心の奥に溜まっていたものを全て吐き出した直海が、すっかりさめてしまったお茶に手を伸ばすと、小野寺は静かに言った。

「昔のことは気の毒だとは思う。ただねえ、今は違うんじゃないか。それは利用とは言わないよ。勝つためにそれぞれが全力を尽くす、だから君も最善を出せと言っているように聞こえるが」

「同じことじゃないすか」

「全然違う。同じだと思うのなら、それは寂しいよ、直海君」

やや語調を強くして社長は言ったが、その後、ふと顔を和らげた。

「いや、わからないのもしょうがないのかな。君はあまりに突出していた。協力するにも力の差がありすぎるだろうからね。ただ、いくら君が突出してるとはいえ、投手がいれば野球はできるってもんじゃあないだろう？」

「ルール上では。でも、ずっと一人でやってるようなもんだったっす」

「ふうむ。だから片桐さんは君に野手をやらせていたのかな」

直海がきょとんとしていると、小野寺は慌てて手を振った。

「ああすまん、野球はまるで素人だから、突拍子もないことを言っているかもしれない。ただほら、会社だと、よくそうやって、流れを理解したり、お互いにやりやすくするように、担当を交代してみたりするだろ」

「はあ……」

適当に相槌を打ってから、直海ははっとして目を見開いた。

都市対抗二次予選、準決勝。雨の中、三香田ヴィクトリーは負けた。あの時、レフトから見た球場の光景で、胸に去来したもの。敗北という光景に呑み込まれた者たちひとりひとりが、三香田ヴィクトリーというチームを構成しているのだと、落雷のようにひらめいた。当たり前の事実を、直海は現実として認識したのだった。今まで彼は、そんなふうに選手たちを見たことがなかった。

チームは、自分とそれ以外。いつも、そうだった。

だからこそ、ただの有象無象でしかなかったものが、急に意味をもったことに、ひどく戸惑ったのだ。あの甲子園も、そうだった。ぼろぼろの自分を見つめる、「仲間」たちのいくつもの目。あの時も、ただの「その他大勢」が、意思をもった人間となって立ち現れた。だから、慣れっこだったはずの悪意や侮蔑が、深く突き刺さった。

ただのモノが人になった。同じ変化なのに、自分の中に起きた反応は違う。甲子園ではただただ恐ろしかった。先日の準決勝では、胸が痛かった。

「直海君、大丈夫かね？」

怒濤のように押し寄せる記憶と感情に耐えきれず、湯呑みをもっていない手で額を押さえた直海に、小野寺は気遣わしげに尋ねた。

「……大丈夫っす。社長の言うこと、当たってるかもしれません」

「おや。本当かい」

「はい。たしかに、あのままマウンドにいたらわかんなかったかもしれないです。けど、そんなら言ってくれりゃよかったのに」

「自分で気づかなければ意味がないってことじゃないかな」

「ああ……おっさ……いえ監督は、そういう感じです。肝心なことは言わない」

苦い顔で同意すると、小野寺は笑った。

「本当は言うなって言われてたんだけど、君も打ち明けてくれたんだし、言ってしまおう。君がうちに勤めることが決まった時、片桐さんはわざわざ挨拶に見えたんだよ。君のことを頼む、どうか見捨てないでほしいってね。君のことを本当に息子のように思っているんだね、彼は。でも、外で見ると、いつも飄々（ひょうひょう）としていてねえ。懐かしいなぁと思ったよ。君たちは恰好いいね」

「恰好いい、ですか？」

「そう、まだ恰好いいうちに身を引いてしまおうと思っているように見える。違うかね」

直海は言葉に詰まり、顔を伏せた。じっと見つめる小野寺の目を見ていられなかった。

「迷って選択して、悔やんで、空回りして、全て放り出したくなって、でもやっぱり諦めきれない。地べた這いずりまわって、みっともないと指差されて笑われるぐらいになってもいい。素っ裸で泥まみれになっても手放せなかったものが、一番重要なんだということがわかるんだ。これは実体験からだけどね」

小野寺の手が伸び、二枚目のざらめをとる。派手に嚙み砕く音が聞こえた。

「隠居目前のじじいの願望としてはね、やっぱり君にはもう一度野球をやってほしいと思うんだ。最後までやるって、とても大切なことだよ」

「……俺には無駄にしか思えないっすけど」

正直に答えると、小野寺は少し笑ったようだった。またしばらくせんべいを嚙み、音をたててお茶を飲むと、湯呑みをテーブルに置いた。ちらりと横目で見た直海は、明日ちゃんと茶渋を落とそうと心に決めた。

「本当は今日は、違う話をしようと思ってきたんだ。ついでだから、その話もしておこうか。じつは、この会社、今年いっぱいで閉めることになった」

直海は顔をあげた。予想のはるか外にあった言葉だったので、一瞬、何を言われたのかわからなかった。目を丸くしている彼に、小野寺は静かに続けた。

「ここ数年は、いつ潰れてもおかしくない状態だったからね。みんな言ってただろ？」

たしかに事務室では頻繁に、いつまでもつかという話が出ていた。しかしそう言われてもう十年近いと聞いていたし、誰もが結局なんだかんだこのまま続いていくのだろうと思っていたからこそ、冗談まじりに話題に出していたのだ。

直海の頭の中に、恐ろしい考えがひらめいた。なぜこんな中途半端な時期にこんな話が？　瀕死の状態にとどめをさしたのは、もしや。

「……社長、まさかそれ、この間の……」

俺のミスが原因では、という言葉は、途中で掠れてしまってほとんど声にならなかった。

あの取引相手とは、前社長との個人的な繋がりだけで、お情けでやってもらっているようなものなのだと聞いた。あそこが切られたら、いよいよここも終わりだと。

大事な時に、練習で疲れきって欠陥品を大量に渡してしまった。引き取りに行った時の態度だって
お世辞にもいいとは言えなかった。大失態だ。

「お、俺、ちょっと行ってきます」

勢いよく立ち上がると、小野寺は苦笑した。

「誤解しているようだが。君には関係ないんだ。それにもう決まったことだよ。私も、もう充分やったと判断した」

「ですが」

「でもじゃない。まあ、聞きなさい」

促され、直海はしぶしぶ座り直した。

「去年も悩んでいたんだが、こんな状態でも三香田ヴィクトリーのスポンサーになって選手を引き受けることにしたのは、こういう形で若い人が来てくれれば助かるというのも大きい。でも何よりも、君たちが一度挫折して、それでもやっぱり続けたいと集まってきた人たちだと聞いたからなんだ。君たちがもう一度輝いた姿を見て、自分たちは間違っていなかった、諦めなくてよかったと思いたいからだよ。それは私だけじゃない」

小野寺は、古びた事務室を、目を細めてぐるりと見回した。狭くて小さな、黄ばんだ壁の部屋。今は、年老いた事務員たちが細々と仕事をこなし、家に帰るまでの時間をもてあまして茶飲み話に花を咲かせるだけだが、昔はここも若者で賑わっていた時期もあったのだろう。

「直海君、人生には、努力が報われないことはいくらでもある。なんの才能もない人間でも、ただ堅実に努力を続けていればいつかは報われると信じてやってきて、それでもどうにもならないことって

のはあるんだ。私はそういうことばかりだったから、君は怒るかもしれないけど、かつて君にひどいことを言った選手たちの気持ちも、私にはわかるよ」

直海の眉がわずかに寄ったのを見て、小野寺はわかっているというように頷いた。

「そういう人間でも、ぎりぎりまでやれるだけやったと思えれば、それはひとつの誇りになるんだ。自分を誇る瞬間がなければ、人は前にも後ろにも行けないものさ。私はここまで、かなりみっともなくあがいてきた。妻は苦労させ通しのまま死なせてしまったし、子供たちは家族を顧みなかった私やこの土地を嫌ってみんな外に出てしまった。悔やんだこともあるよ。それでも、本当にこんな、みみっちい会社だが、生涯を賭けてきたのだから、最後の最後まで諦めたくはなかった。従業員だっているし、簡単に手放しては、私は自分が許せない。子供たちは私を許さなかったが、妻は私を許してくれた。なのに私が許せなければ、顔向けできないだろう」

「でもそれならなおさら、あんなことで」

小野寺は首を振った。

「言っただろう、やれるだけやったと。去年の時点で諦めなくてよかったと、私は心の底から思っている。こうして、直海君が来てくれたからね」

思いがけない言葉に、直海は声を失った。

君が来てくれて嬉しい。このチームに来てくれてありがとう。今まで、どのチームに行っても当たり前のように言われてきた言葉だ。しかし、小野寺の口から出た言葉は生まれてはじめて与えられた福音のように響いた。

直海はうろたえ、視線をさまよわせた。

「……いや……でも俺……だって俺は……」

礼儀もなってない。ミスばかりだ。小野寺以外の企業は皆、直海のあまりの素行の悪さに恐れをなして採用しなかったほどだ。それぐらい駄目だという自覚はある。

「君がどう思っているのかは知らないが、君は立派な社員だよ。今日だって、一人でこんなに頑張ってくれたじゃないか」

「それは、俺がミスしたから」

「ミスは誰だってする。野球だってエラーはあるだろう？　でもそれを挽回しようと頑張るだろう？　同じだよ、重要なのはその後どうするかだ。君は、本当に信頼されれば、ちゃんと応えて努力する人だ。片桐監督だって、それはわかっていたはずだ」

「……監督も……」

「君はおそらく今まで、おのれを誇ることがなかったのじゃないか。才能に自信はあったろうが、それは誇りとは違う。むしろ全く自分が誇れないから、才能にしか恃めなかった。自分を誇れない者は、自分が見えない、従って他人のことも見えない。見えなければ、信という心は生まれない」

　小野寺の顔には、いつもの好々爺然とした微笑みが浮かんでいる。説教めいた言葉は、直海が最も嫌うものだ。そのはずが、今、直海は真剣に耳を傾けていた。それどころか、餓えたように、彼の言葉を欲していた。ひとつひとつが、そのまま皮膚から染みいり、勢いよく流れこんでいくのを感じる。

　今までろくに意識したことがなかった場所——今も真っ白に漂白されたマウンドで痛みに震えている自分のところへ。もう誰も俺を見るな、誰も使うなと叫んでいる子供の中に。

「監督は、君に、野球と共存できるごく普通の生活ってのを知ってほしいと言っていたよ。その手助けができたとうぬぼれてはいないが、直海君は去年ここに来た時よりも変わったと思う」

　もう我慢ができなかった。鼻から目にかけて熱いものが一気にかけのぼったと思った途端、涙が溢れ出す。だがもう、顔を伏せようとも拭おうとも思わなかった。

「だから、互いに最後まで頑張ってみようじゃないか。どうだい？」

小野寺の笑顔に、直海は泣き顔のまま頷いた。涙ばかりか鼻水もひどいことになっている。ティッシュを差し出されたが、追いつきそうにないので、頭に巻いていたタオルをとって、乱暴に拭った。

それでも、しばらく涙は止まりそうになかった。

6

固いソファに腰を下ろし、直海はじっと奥の壁を見つめた。

作業テーブルの向こうにスチール棚があり、その傍らにポスターが貼られている。右側の壁には、カレンダー。

いずれも、写っているのは三香田ヴィクトリーのユニフォームに身を包んだ選手たちだ。その中に、自分の姿はない。断固拒否を貫いたためだ。

片桐を筆頭に國友や高階のうさんくさい笑顔を見てげんなりした。ひどい写真だ。三香田ヴィクトリーをアピールするなら、もっとここの美しい自然や球場も取り入れるべきなのに。こんな嘘くさい爽やかさなんぞ並べて誰が喜ぶのだろう。

部屋の中は静かで、時計の秒針の音がやけに耳をつく。根元製紙の本社内にある、三香田ヴィクトリー後援会事務局。ここに足を運ぶのは、二回目だ。去年は、五分もいなかったと思う。今日は、ここに通されてから優に三十分は待っている。息苦しくて、無意識のうちに襟を緩めかけ、慌てて止める。ネクタイは、高階のものだ。手持ちの唯一のネクタイを締めていこうとしたら、あまりにも趣味が悪いと怒られ、強引に取り替えられた。

さきほど、直海がこの風体で本社の受付に現れた時は、ちょっとした騒ぎだった。

「人事課の北山さんにお会いしたいのですが」

そう言っただけで、受付嬢たちはなぜかひきつっていた。少し伸びかけていた髪はバリカンで刈ってきたし、サングラスはさすがにまずいと思ったので透明なUVカット眼鏡に替え、一年ぶりにスーツも着てきた。恰好だけはまともなはずなんだが、と首を傾げたが、身長約二メールの男が坊主頭に黒いスーツとくれば、どう見てもその筋の人間である。高階が土壇場でネクタイを替えたのは、わずかにでも印象を和らげようという意図だったが、あいにく全体のインパクトが強烈すぎてまったく効果がない。

気が短い直海がしびれを切らし、いっそ人事課に乗り込むかと腰をあげた時、ようやく足音が近づいてきた。

「ちょっとなんなの直海君、今仕事中なんだけどぉ……って、ぎゃあ！」

扉を開けた北山は、直海を見て絶叫した。

「ちょ、なに？　なんなの？　カチコミ？　私、善良な一般人です！」

「お忙しいところお邪魔して申し訳ありません」

直海はほぼ直角にお辞儀をした。北山からの返答はない。おそらく、硬直しているのだろう。直海はそのままの姿勢で続けた。

「来季の件でうかがいました。片桐監督続投は、全日本クラブ野球選手権優勝と俺、いや私の投手復帰が条件とうかがいましたが確かですか」

「……あ、ああ、その件？　ていうか君、会社は？」

ようやく自失の状態から立ち直ったらしく、北山はよろよろと奥のソファに座った。

「今日はお休みを頂きました。社長が、必ずこちらにうかがうようにと」

「はぁ、あいかわらず小野寺さんお人好しのお節介だね」

「お願いします。ぜひ、投手もやりたいのです」

直海は頭を下げたまま言った。しばらく、なんともいえぬ沈黙が続く。予想はしていたので、直海は姿勢を崩さず、相手の反応を待った。

「意外だねえ。君、退団したって聞いたんだけど」

たっぷり十秒ほど経ってから、北山は白けたように言った。

「一週間ほど練習を休んでいただけです」

「休んでいただけ、ねえ。それで、小野寺さんに説得されてコンバートってわけ？」

直海はゆっくりと頭を上げ、北山の顔を見下ろした。まともに目が合うと、北山は口許をひきつらせ、慌てたように眼鏡を押し上げた。

「監督が認めてくださるなら、投手としての練習も再開したいと思います」

北山は、ふうん、と興味なさげに相槌を打ってから、急に眉根を寄せた。

「待って。今、投手もって言った？」

「はい」

「コンバートするんだよね？」

「投手もやります。ですが今まで通り、外野手も続けます」

北山は、あっけにとられた様子で口を開けた。

「今季のテストが終わるまで、野手も足りません。ですから、登板しない時は、野手として出場します」

「……正気？」

「はい」

　すると北山は鼻を鳴らした。眼鏡を外し、胸ポケットから取り出した眼鏡拭きで乱暴にレンズを拭きつつ、直海を睨みつける。

「とてもそうは思えないね。君は今年、うちに迷惑しかかけてない。当然、監督と一緒にクビの予定なわけ。でも、安東ちゃんがあんまりしつこいから、譲歩をしてあげたのよ。君は死にものぐるいでそれに応えなきゃいけないはずなのに、投手に専念するんじゃなく、二刀流でいくっていうの？」

「野手でもお役に立てると思います。それに二刀流は尾崎と話して決めたことです」

　眼鏡を拭く手が止まった。

「尾崎君？　なんで」

「俺は肩をつくるのが早いんで、ブルペンで長く投げ込むよりも、さっさと投げたほうがいいんです。もう痛みが出ることはないとは思いますが、しばらくは、マウンドにあがるまで時間をかけるより、むしろ途中まで野手で出て試合に慣れて、そのままリリーフとして登板するのが精神的にいいかもしれないとのことです」

　北山はまじまじと直海の顔を見た後、理解しかねるといった様子で首を振った。

「正気？」

　今日、二度目だ。

「正気です」

「でも君、すごいノーコンだよね？」

「投げ込みします。片桐監督に改めて指導をお願いします」

直海は再び、九十度に体を折った。

「必ず、三香田ヴィクトリーの優勝に貢献いたします。よろしくお願い申し上げます」

再び、北山は黙った。今度は、明らかに違う種類の沈黙だった。

どれぐらいそうしていただろう。やがて北山は苦い声で言った。

「……だそうだよ、クニ。おまえの勝ちみたい」

驚いて直海が顔を上げると、開け放たれたままだった扉のところに、いつのまにか國友が立っていた。直海を見て、キャプテンはにやりと笑う。

「遅い。正直、あと一日待ってこなかったら、首に縄ひっかけて連れてくるしかないと思ってたぞ」

「は？」

「君の投手復帰を条件として提示してきたのは、そこにいるキャプテンだよ」

北山は腕を組み、苦虫を嚙みつぶしたような顔で言った。直海はますます驚いた。

「キャプテンが？　監督の指示ですか？」

「まさか。あいつにはまだなにも言ってない。じつを言うとな、家内の発案だ」

國友の顔は心なしか誇らしげだったが、直海は全く事態が呑み込めなかった。しかし彼の疑問にはかまわず、國友は大股で直海のもとへ行くと、笑いをおさめた顔で言った。

「ありがとう、直海。おまえが心から投手に戻りたいと言ってくれなけりゃ、片桐は絶対に納得しない。だから、どうしても、おまえの口から言ってもらいたかったんだ」

「はい」

「本心、なんだよな？」

「はい」

探るような目に、力強く頷いてみせる。再び國友が相好を崩した。

「よく決断してくれた。あいつは今、バイト先にいる。報告してきな。どっかの馬鹿が、不粋な電話かけちまう前に」

「ありがとうございます」

直海はもう一度深々と頭を下げると、勢いよく部屋を出た。廊下に出た途端、ネクタイをむしりとり、ポケットにつっこむ。

これで、縛るものはもう何もない。

後は、さあ、勝つだけだ。

＊

力ある足音が完全に消えると、今度は國友が頭を下げた。

「ありがとうございます、北山さん」

北山は、どっと疲れた様子でソファに座りなおした。

「まさか本当に来ると思わなかったよ。しかも社業時間内に。ないわー。君、来るって知ってたよね？」

「ゆうべ、高階から連絡があったんで。消灯ぎりぎりに直海が寮に戻ってきたみたいです。大騒ぎの後、ロビーで号泣謝罪大会だったそうですよ」

「あっそ、青春だね。でも夜に見たくないなー、あれは。つうかまともなスーツ買えって誰か言ってあげなよ。あれじゃただのチンピラ。かろうじてネクタイだけはまともだったけど。座れば？」

國友は軽く頭を下げ、はすむかいに腰をおろす。

「本当に北山さんがあの条件を承諾してくれるとは思いませんでした」

「どっちも実現不可能と思ったからだよ。直海クンもさあ、こんな土壇場でやる気出すなら、せめてあと半年早くしろって感じだよね」

事務所内は禁煙のはずだが、北山は煙草を取り出した。國友は咎めなかった。

「でも、まだ喜ぶのは早いよ。なんせ彼は何年も実戦登板から遠ざかっていたんだ。最近なんて投球練習すらしてないんだからね」

「直海は、片桐が才能の塊と言った男です。片桐が必ず間に合わせます」

「今度は、もう敗者復活戦はないよ。優勝は絶対条件だからね、絶対に譲らないよ」

「わかっています。彼らはやります」

力をこめて断言すると、北山は面白くなさそうに鼻を鳴らした。

「自分は出られないのに、ずいぶんすっきりした顔しちゃって」

「最後までやれるだけやったので。若い連中が継いでくれると確信できるなら、これはこれでいいもんです」

「まあ、優勝できればこっちもいい宣伝になるし。なおかつ直海君が投打で大活躍して全国レベルで注目されれば、いいことずくめだからね。せいぜい頑張ってよ。ところで結局、離婚の危機回避しちゃったの？」

途端に、國友の顔が厭そうに歪んだ。

「離婚の話なんか出てませんよ。ちょっと行き違いがあっただけです。なんで知ってるんですか」

「家内同士は今も仲いいからねえ。いろいろ入ってくるよ」

「うちは全くそちらの話は聞きませんが」

「話しても聞いてないだけでしょ」

國友はわざとらしく咳払いをすると、しかつめらしい顔で言った。

「……まあ、冬の家族旅行をハワイに格上げで手を打ちました。へそくり全部パーです」

「ざまあ」

「仮にも部下に言う言葉じゃありませんね」

「だって奈美ちゃん、君にはもったいないじゃない。ま、でももったいないぐらいの人だから、つきあってられるんだろうねえ」

にわかに國友の表情が引き締まる。

「ええ。肝に銘じます」

「今だから言うけど、実は去年までうちも結構ヤバかったんだよ。僕もマネージャー業に入れ込みすぎてたからさ。おかげさまで今年は家族との時間が増えたんで、だいぶギスギスは解消されました。ありがとね」

「どういたしまして」

皮肉にも動じず真顔で返した國友に、北山は舌打ちした。

「本当、さんざんな年だったよ！　信頼していた後輩には出し抜かれるわ、目玉だと思ってた選手はとんだ地雷だわ、監督は歯がうざいわ、どっかの馬鹿が年甲斐もなくはりきりすぎて再起不能になりかけるわ、安東ちゃんからは鬼畜扱いされるわ」

「でも、北山さん以上に後援会をうまく回してくださる方はいませんでした。感謝しています」

皮肉にも動じず、真剣な面持ちで謝意を述べた國友に、北山は毒気を抜かれた顔をした。ごまかすように、煙草を口に運び煙を吐き出す。

「今からもちあげても何も出ないからね～」

「そんなつもりはありませんよ。本当にそう思っていますから」

北山は口をへの字に曲げた。調子が狂いすぎて、困り果てている時の顔だ。

「なんだかなぁ。……まあ、今回のことは、ちょっと魔が差したのはあったかもねえ」

「魔ですか」

「前に安東ちゃんに訊かれたことあるんだよね。北山さんの楽しいことって何ですかって」

「……どう答えたんです？」

「何も。答える前に帰っちゃったし。腹たってさぁ。僕、二十年以上も三香田の野球に尽くしてきたわけよ。なんで、にわかにやる気になった部外者に、あんな目で見られなきゃなんないの？」

「まあ安東も当時はいっぱいいっぱいでしたからね」

「だからさ、そんなこと言うなら、それなりの本気見せてみろって思っちゃったんだよね。そしたら、これだもの」

國友は微笑んだ。

「いいんじゃないですか。きっと、クラブ選手権では存分に楽しませてくれると思いますよ」

「だといいけどね～。あーあ、社会人選手権もさくっと優勝してくれないかなー。取材ばんばん来てNHKあたりが特番つくってくんないかな～。そしたら僕も痩せるのに」

特番がなくてもあなたは少し痩せるべきです、と國友は言いかけたが、「なるといいですね」と答えるにとどめた。

終章

1

スコアボードには、ゼロが並んでいる。

残暑厳しい九月上旬、西武ドームで行われた全日本クラブ野球選手権決勝戦は、息詰まる投手戦のまま九回に突入した。

一塁側の応援席に陣取っているのは、「三香田」と書かれた揃いの緑のTシャツを着た一団で、その中には、雪ん子の衣装をアレンジしたチアガールがポンポンを振り回し、応援に花を添えている。九回表、三香田ヴィクトリー最後の攻撃。なんとかしてここで一点とっておきたい。遠い三香田から駆けつけた応援団も、声をかぎりに叫んでいた。

ドームと言っても、球場に蓋のような屋根をかぶせただけの西武ドームは、この時期の日中は応援しているだけでも汗だくだ。暑さに慣れていない三香田の人間には、この蒸し風呂のような空気は辛く、応援団も疲れきっていた。延長戦に入る前に、ここで決めてほしい。

切実な思いは、最後の攻撃を前に円陣を組む選手たちも同じだろう。彼らのほうこそ、延長戦を戦う余力は残されていない。

全国大会で戦った試合はこれまで三つ。いずれも厳しい相手だった。初戦は平均年齢十九歳の島田医療体育学院と乱打戦を繰り広げ延長十一回で8―7で勝利、二戦目は一転して古豪の倉敷球友会と行き詰まる投手戦を演じ2―1、準決勝は三年前まで企業チームとして都市対抗にも出場していたKnox高砂を相手にタイブレークまでもちこみ、12回で5―4。いずれも一点差ゲーム、しかもそのうちの二つが延長戦という、文字通り死闘を経て勝ち進んできたのだった。

そして今日の決勝相手、四方寄ベースボールクラブは、創立五十年を数え、メンバー数も豊富な優勝経験もある九州の名門チームである。

古豪復活を掲げ、昨年から元プロ野球選手を監督に迎え、今年は都市大会の二次予選でも四強に残り、クラブの予選では全試合コールド勝ちで代表の座を勝ち取った。スタメンの多くは強豪校、元企業チームの選手が多く、投打のバランスがとれたチームである。

古豪・四方寄と、初出場の三香田による決勝戦は完全に拮抗しており、シーソーは水平を保ったまだ。そしてどちらも、延長戦など毛頭なく、なんとしてもこの回で決めるつもりだった。

「俺たちは、強い。本当に強くなった。それがハッタリでも思い上がりでもなく、今までの試合でみんなが実感していることだと思う」

一塁側ベンチ前、選手たちが組んだ円陣に、力ある声が響いた。

「俺たちは強いと思い出させてくれたのは、監督とクニさんだ。俺らは、この二人に手を引かれて全国まで出てきた。だからこの先は、俺たちが監督たちを連れて行く」

円陣の中心に立つ高階キャプテンは、ひとりひとりを見回して言った。

「誰かのために戦う人間は強い。だから、気負うことはない。監督ならきっとこう言う。あと一イニング、全身全霊で楽しめばいいってな」

高階の声に、ベンチ奥に陣取っていた片桐が苦笑する。傍らの國友コーチも、にやりと顎を撫でた。

「さあ、ここで決めるぞ。俺たちは強い！」

「強い！」

雄叫びが、グラウンドに轟いた。

「――さん。安東さん」

呼びかけられて、安東ははっと我に返った。

せわしくまばたきを繰り返した目は、怪訝そうにこちらを見つめる倉内の顔を認めた。

「あ、はい。なんですか」

「いや、箸もったまま寝てるから」

そう言われてはじめて、安東は社食で居眠りをしていたことに気がついた。目の前には月見うどん。さきほどまでは熱々だった湯気も、いつしか姿を消している。

「やだ、すみません。昨日ちょっと眠れなくて」

安東は慌ててうどんを啜った。はすむかいの席に生姜焼き定食を置いて座った倉内は、「後援会会議の資料？」と訊いた。

「いえ、それは終わりました。ただ、眠れなかっただけです」

「だから今日は休みをとれって言ったのに。そうなることなんて予想がついてたんだから」

倉内の呆れたような表情に、安東は真っ赤になった。

「や、休む意味ないじゃないですか。べつに私は関係ないし」

「けど、朝からあからさまに心ここにあらずって顔で仕事されてもねえ」

そんなにわかりやすかっただろうか。倉内だけではなく、他の人間にもバレバレだっただろうか？そういえば、パートたちの視線がいつもより妙にやさしかったような気がする。

しかも、居眠りをしたあげくに見た夢が、クラブ選手権決勝の光景？

あれからもう二ヶ月近く経つというのに、やたらと臨場感に溢れた夢だった。漲る緊張、選手たちの燃える目。そして、高階の決意に満ちた表情、声。

それらは全て、あの日に実際、安東が目にしたものだ。わざわざ夢になど見なくとも、目を瞑(つむ)れば、あの日の試合のどの瞬間もありありと思い出すことができる。それぐらい反芻(はんすう)してきた。

いや、あの決勝戦だけではない。クラブ選手権の激闘全て、そして都市対抗の涙の準決勝に至るまでの試合の全てを覚えている。

「すみません。私が今さらじたばたしてもしょうがないことはわかっているんですけど」

安東は箸を置き、ため息をついた。まったく食欲がないのでうどんにしたが、いつもならつるつる入る麺も、今日は飲み込むのが難しい。

体じゅうが、今までの記憶でいっぱいなのだ。今、新たに何かを入れることを拒否している。

「気持ちはわかるよ。ある意味、今日が新チームの結実とも言えるわけだから」

倉内はあいかわらず冷静な表情で言った。この男が声を荒らげたり、表情を乱したことを、安東は見たことがない。

――いや、おそらくは一度だけ見ている。

おそらく、というのは、安東自身、その瞬間は頭がいっぱいいっぱいで、それが現実かどうかわからないからだ。もし事実だとしたら、夢の続きで、倉内はたしか泣いていた。

「あとは、信じて待とうよ。あと数時間だ。大丈夫、練習に行くころには全て終わってる」

夢の中とは別人のように涼しい顔で、倉内は言った。

しかし安東は知っている。

今日、倉内は何もないところで二回もコケている。朝練の時には、キャッチボールで珍しくとんでもない方向に投げていた。

思い出して、安東はこっそり笑う。

やはり平静でいられるわけなんてないのだ。自分たちにとっても、今日は運命の日なのだから。

2

同じ時刻、灰島電気硝子では、尾崎が辟易しながら仕事をしていた。

隣の席からひっきりなしに話しかけられるせいで、仕事が進まない。

「んで結局、今日のドラフト、指名されるのは何時ぐらいなの？」

好奇心に目を輝かせた矢吹が、声をひそめて聞いてくる。周囲に聞こえぬようにという配慮があるなら、まず話しかけるのをやめてほしい。課長の目が、そろそろ厳しくなってきた。

「そんなのわからないって言ってるでしょう」

「なんでだよ。あんなの出来レースなんじゃないの？」

「ちがいますよ。確定しているのなんて、一巡目の人ぐらいです」

「高階は違うの？　つまらんなあ。まあいいや、とりあえず今度高階のサインもらってきて。あとついでに直海も」

日ごと図々しさを増す先輩に、尾崎はあからさまにため息をついた。

「高階さん、今サイン待ち色紙が大量にあるので少しお時間頂きますよ。あとなんで直海さんもなんですか」

「あいつだって、そのうちプロ行くだろ。新聞だってさー、大会ＭＶＰの高階より、クローザーのあいつのことばっかり書いてたじゃん」

「プロはないと思いますけどね。まあ頼んではみます。断られると思いますけど」

今まで、直海にサインをねだって無事もらえた人間を見たことがない。後援会から依頼されたものだけはしぶしぶ書くようになったが、個人相手にはまず無理だ。

それでも、彼の態度は昔に比べるとずいぶんとマシになった。インタビューは短時間なら受けるようになったし、カメラを向けても殺意を漲らせるようなことはなくなった。

クラブ選手権で、野手兼クローザーとして大車輪の活躍を見せた彼は、一躍時の人となった。

全ての試合に八番ライトでスタメン出場し、八回までは野手として走り回り、九回になるとグラブを投手用のものに持ち替えて、悠々とマウンドに登るのだ。その瞬間、いつも球場はすさまじい歓声に彩られる。

大会中、直海隼人があげた打点は二点。そして彼が許した点数はゼロ。

球速は、最盛期よりも十キロ以上落ちていたが、昔とはまるで違う力みのないフォームから投げ下ろされる速球とスライダーを打てる者は誰もいなかった。決勝で当たった四方寄の四番打者は、「体感球速は、昔よりも速い。あんなの打てない」と素直に負けを認めた。

全日本クラブ野球選手権は全国大会とはいえどもスポーツニュースに一瞬とりあげられる程度の扱いだが、直海のおかげで、決勝戦はずいぶん大々的に報じられた。三香田ヴィクトリーの名が全国に轟き、先月の入団テストでは前年の倍の応募者がやって来て、三香田の人間を感動させた。普段の練習にも取材や見学が相次ぐようになり、後援会が嬉しい悲鳴をあげている。

直海プロ復帰の噂ももっともらしく囁かれるようになって久しいが、チームの人間ならば、ただの眉唾だということは皆知っていた。

マウンド上では堂々としている直海が、試合が終わる度に吐いているのは、チームの中での秘密である。高階によれば、以前に比べればトイレにこもる時間はずいぶん短くなっているそうだが、やはり直海にとってマウンドは苦痛であることにかわりはないらしい。

「このチーム以外で投げることはありえない。俺は、監督と三香田ヴィクトリーのためだからこそ、マウンドにあがれるんです」

一度、プロ復帰についてしつこく尋ねた記者に、直海はきっぱりと言った。この言葉は野球雑誌で大きく取り上げられ、話題になった。

たしかに直海ばかり取り上げられるのはどうかと思うが、それも今日を機に変わるだろう。

今日の四時から、品川プリンスホテルにて、NPBのドラフト会議が行われる。

そこで、キャプテンの高階圭輔が千葉ロッテマリーンズから指名を受けることになっていた。

クラブ選手権が終わるなり、長年高階を見守ってきたというスカウトが三香田まで挨拶にとんで来て、ほぼ合意が出来ていることは、すでに三香田中に知れ渡っており、今日は朝からその話題でもちきりだ。尾崎自身、先ほどから構ってくる矢吹に苛ついてはいたが、それがなくとも今日は著しく集中力を欠いていることを自覚していた。

朝練で会った時、高階は全くいつもと変わらないのに、明らかに周囲のほうが浮き足だっていた。

「ドラフトは指名されるまで何があるかわからないからな。まあ、気楽に待つよ」

一度ドラフトで苦い経験をしている高階は、言葉通り気楽に笑っていたが、尾崎は祈るような気持ちだった。

高階が、長年の夢であったプロになる。この三香田から、プロ野球選手が出る。

チームの一員として、三香田の人間として、そして高階の友人として、実現を願わずにいられない。

クラブ選手権で、三香田ヴィクトリーが最初から最後まで高い集中力を維持することができたのは、片桐監督と國友元キャプテンのために戦うという強い目的があったからだ。

しかしその途中で、新しい目的も加わった。

都市対抗予選のあたりから、高階目当てでスカウトがしばしば訪れていることは、少なからぬ人間が気づいていた。

——あいつを今度こそプロにしよう。俺たちの手で、やってやろうじゃないか。

そう言い出したのは、副将の三宅だった。

キャプテンとなってからプレッシャーで不振に喘いでいる我らがキャプテンを、プロに送り出す。そのために自分たちができることは、やはり優勝しかない。

高階には秘密、を合言葉に、彼らは駆け抜けた。高階ひとりに負担がかからぬよう、必死に打線を繋ぎ、点をとった。

そして高階は、声なき熱い期待に、最後の最後でみごと応えた。

0—0で九回を迎えた決勝戦、二死二塁の場面で決勝打を放ったのは、四番・高階である。

その一点を、九回裏に登板した直海が守り抜き、三香田ヴィクトリーはみごと初優勝の栄冠を手にした。

その瞬間、尾崎たちは未来を手に入れた。片桐と國友という明確な未来、そしてそれぞれが望んだ未来に手が届いたことを、たしかに感じた。

それは、大会MVPを獲得した高階にとっても、同じであるはずだ。

あの日からにわかに身辺が忙しくなった高階は、この運命の日をどんな思いで迎えたのだろう。尾崎には想像もつかない。

しかし、今日彼が眠りにつく時、この三香田に来てよかったと——ここで仲間たちに会えて本当によかったと思えるよう、心から祈った。

3

四年前のこの日は、時計の音がやたらと気になった。

東城大学野球部のクラブハウスの一室で、もう一人のドラフト候補と指名を待っていた時の記憶と言えば、それしかない。ドラフト会議が始まってすぐ、もう一人が指名を受けて部屋を出て行ってからは、いっそう時計の音に苛ついた。針が動くたびに焦りが募り、ただ待って、ひたすら待ち続けて——その先にあったのは絶望だった。

しかし今日、高階の心は穏やかだった。緊張していないと言えば嘘になるが、焦りはない。ごく普通に出勤し、仕事をして、ただその時を待つ。

大学の時のように、わざわざ別室で待機などすることはない。野球とは全く関係ない企業に勤める彼にとっては、今日はごく普通の平日でしかなかった。もし指名を受ければ、野口部長か片桐監督から、連絡が来ることになっている。そのせいか、課長やその周辺が朝からそわそわしていた。

これだけ多くの人たちが、自分がプロになることを望んでいる。不思議な思いだった。

朝練でもチームメイトたちが痛々しいほど気を遣っているのがわかったが、それもまた不思議だった。

もし指名されなかったら、来年こそこのチームで黒獅子旗をとる。それだけのことなのに。

今のチームなら、きっと狙える。自分もそこに加わりたい。そう願う思いと、子供のころから抱き続けていたプロへの憧れが、今やほとんど同じ重さになっていることが我ながら驚きだった。

しかし、キャプテンとしてチームにできる最大の恩返しがプロとなって巣立つことであることも、わかっている。

三香田ヴィクトリーとしては大きな戦力喪失となるが、彼がプロになることによって得られるものはその何倍も大きい。

だから、どちらでもよい。どちらにしても、チームの役に立てるのならば。

そう思えば、動揺などとは無縁だ。高階はいつものように朝練に出て、いつものように仕事をこなした。

気がつけば時計は五時をまわっており、課業時間も終わろうとしていた。

その時、高階の携帯が大きく震えた。音は消していたが、卓上の機体は思いがけず大きな音をたてて、室内の視線がいっせいにこちらに向いたのがわかった。

高階は「すみません」と謝罪して、携帯を手にとった。

震える機体を手にし、画面に表示された片桐の名を見た途端、どういうわけか、脳裏にあの日の光景が甦った。


クラブ選手権決勝戦、九回表、二死二塁。

最高のタイミングで四番に打席が回り、三香田ベンチと応援団はかつてないほどの盛り上がりを見せていた。

大声援を受けて打席に向かう高階の息は、ひどく切れていた。審判がぎょっとして「大丈夫かね」と声をかけてくるほど、顔が真っ赤だったらしい。

「問題ありません」

大きく深呼吸をして、打席に入る。

息が切れているのは、ネクストバッターズサークルで息を止めていたからだ。調子を落とし、考え過ぎてしまう時は、必ずこうしている。今日は気合いが入りすぎて、いつもより長く止めてしまった。おかげで、頭の中はいい具合に空っぽだ。バッテリーのデータは頭に入っている。へたに考えこむより、これぐらいシンプルになったほうが、逆に読みやすい。

絶対に打たせないという意思をもってマウンド上から見下ろしてくるのは、四方寄のエースだ。その背後には、二塁上でリードをとっている水城の姿が見える。

さらにその後ろには、色鮮やかな人工芝のひろがる美しいグラウンド。強い既視感が、高階を貫いた。

三香田スタジアムの打席で、同じような光景を見た。ばらばらのユニフォーム。まだ腕に痺れを残す竹バット。古びたボール。誰も彼もが楽しそうにプレーをしてた。

あの時も、こんなふうに胸が熱くなった。

ああ、打ちたい。心から思った。打たなければ、ではない。ただ打ちたい。放り込みたいのだ。

投手がモーションに入る。一球目は外低めにストレートが来て、外れたと思ったらストライクを取られた。次は一転してシンカー。これはボール。三球目はカットし、ファウル。

まずそうなものはカットしているうちに投手は九球を投げ、フルカウント。

三球続けて、内角に来ている。そろそろ外が来るか？　それともやはり中？　ストレートか変化球か。

一度打席を外し、大きく深呼吸をした。考え過ぎるな。集中しろ。この打席で見たものが、全てだ。

いつものルーティンを繰り返し、打席に入る。

投手が大きく息をつき、投球動作に入る。ストレート――いや、やはりシンカー！

下半身をぐるりと回し、センター方向を意識してバットを上から叩きつける。

完璧な手応え。高らかな打球音が響いた直後、高階の世界から音が消えた。視界に映るもの全ての速度が落ちた。

ボールは、ピッチャーのグラブのはるか上を越え、まっすぐセンターへと駆け抜けていく。

ドームの白い天井と、緑の芝の間の空間を、弾丸のように突き進む。潤む熱気と歓声、さまざまなものを引き裂き、巻き込み、鮮やかに飛んでいく。この世界の中心のような顔をして、迷わずまっすぐに。

外野手たちが茫然と見守る中、ボールはセンターのフェンスに直撃する。

その瞬間、高階の耳に、音が戻ってきた。速度も戻った。

外野から視線を戻した高階は、一気に本塁まで駆け抜けた水城が、ベンチで選手たちにもみくちゃにされるのを見た。

誰もが、心底楽しそうに笑っている。選手も、マネージャーも、コーチも、そして監督も。

高階は、知らず微笑んでいた。幸せな心地のまま、携帯の通話ボタンを押し、顔の横に当てる。

「はい、高階です」

途端に、電話から興奮気味の片桐の声が流れてくる。

高階の笑みは、いっそう鮮やかになった。

本書は「星星峡」165号（2011年10月）〜176号（2012年9月）に
連載されたものを大幅に加筆・修正したものです。

〈著者紹介〉
須賀しのぶ　上智大学文学部史学科卒業。1994年「惑星童話」でコバルト・ノベル大賞読者大賞受賞。その後、『スイート・ダイアリーズ』『芙蓉千里』『神の棘』など、一般文芸にも活躍の場を広げる。

GENTOSHA

ゲームセットにはまだ早い
2014年10月10日　第1刷発行

著　者　須賀しのぶ
発行者　見城 徹

発行所　株式会社 幻冬舎
〒151-0051 東京都渋谷区千駄ヶ谷4-9-7

電話:03(5411)6211(編集)
03(5411)6222(営業)
振替:00120-8-767643
印刷・製本所:中央精版印刷株式会社

検印廃止

ISBN978-4-344-02649-0 C0093
幻冬舎ホームページアドレス　http://www.gentosha.co.jp/

この本に関するご意見・ご感想をメールでお寄せいただく場合は、comment@gentosha.co.jpまで。